T0279787

MELISSA DE LA CRUZ

EDICIONES KIWI, 2020
Publicado por Ediciones Kiwi S.L.

EDICIONES**KIWI**

Primera edición, marzo 2020
IMPRESO EN LA UE

ISBN: 978-84-17361-96-9
Depósito Legal: CS 144-2020
Copyright © 2020 Melissa de la Cruz
Copyright © de la cubierta: Borja Puig
Copyright © de la foto de cubierta: shutterstock
Traducción: Yuliss M. Priego y Tamara Arteaga

Copyright © 2020 Ediciones Kiwi S.L.
www.edicioneskiwi.com

Este libro está dedicado con muchísimo cariño a la parte coreana de mi familia: Francis de la Cruz y Ji Young (Christina) Hwang,
Sebastian Francis Hyunhu Hwang de la Cruz,
y Marie Christina Huyoung Hwang de la Cruz.

En la cultura coreana la creencia popular es que cualquier número acabado en nueve o «y nueve», como se le dice aquí, trae mala suerte y acarrea más dificultades y problemas de lo habitual.

Glosario de términos

-ya: Sufijo que se añade al nombre y denota informalidad. Usado por la familia y los amigos cercanos. Se utiliza -ya cuando el nombre acaba en vocal y -ah cuando acaba en consonante.

Agashi: Mujer joven.

Aigoo: Ay.

Ajumma: Mujer casada.

Annyeonghaseyo: Hola (registro formal)

Appa: Papá.

Banchan: Platillos a compartir que se sirven con arroz.

Bang-seok: Cojines de suelo.

Bulssuh wasseo?: ¿Ya está aquí?

Bulgogi: Plato de ternera marinada coreano.

Chaebol: Conglomerado empresarial con presencia en distintos sectores económicos.

Chuseok: Festividad anual de la cosecha y la abundancia.

Dae-bak: Gran éxito, genial.

Fighting!: Expresión para dar ánimos, equivalente a «no te rindas, ánimo»

Gomo: Tía.

Gwisin: Fantasmas de personas fallecidas.

Hagwon: Academia privada para el refuerzo de los estudios.

Hanguk saram: Persona coreana.

Haraboji: Abuelo.

Jansori: Perorata, discurso, regañina.

Kimchi: Preparado fermentado de vegetales como la col china.

Kuya: Término filipino para referirse a otro hombre, mayor y de su misma familia.

Matseon: Entrevista formal de matrimonio.

Namul bap: Tazón de arroz con hierbas.

Noonchi: Arte de saber escuchar y detectar el estado de ánimo de la gente.

Omo: ¡Hala!

Sang: Mesa baja típica de Corea.

Seon: Cita propiciada por la familia para encontrar pareja.

Shigol: Campo, área rural.

Soju: Licor coreano tradicionalmente de arroz.

Omma: Mamá.

Prólogo

The card box:

```
CITA Nº29

NOMBRE: Kang Daehyun
```

INTERESES
Debate, ciencias medioambientales, lacrosse, fútbol.

LOGROS
Capitán del equipo de fútbol, admisión anticipada en Harvard.

JISU: Hola, soy Jisu.

DAEHYUN: Yo, Daehyun.

JISU: ¡Un nombre coreano! Pero ¿has nacido y crecido aquí?

DAEHYUN: Sí, tú te mudaste aquí desde Seúl no hace mucho, ¿no?

JISU: Sí, a mis padres se les ocurrió de última hora que sería buena idea venir a estudiar a San Francisco y me hicieron cruzar todo el Pacífico. Así que aquí estoy.

DAEHYUN: No te diré que lo comprendo. Soy incapaz de imaginarme mudándome a otro país.

JISU: No ha sido fácil. Pero he conocido a gente que ha hecho que merezca la pena.

DAEHYUN: Parecerá una tontería, pero la verdad es que ahora mismo estoy un poco nervioso.

JISU: ¿En serio? ¡Es como si hubiésemos quedado sin más!

DAEHYUN: Lo sé, pero es mi primera *seon*. Incluso decirlo hace que suene oficial y formal. Y me estás poniendo nervioso. Incluso les he pedido consejo sobre citas a algunos amigos.

JISU: ¿Y qué te han dicho?

DAEHYUN: Que la amabilidad está sobrevalorada. Y que la clave son los gustos en común y lo que no nos guste. Pero pusieron énfasis en lo segundo. ¿Has ido a muchas *seon* aquí y en Seúl?

JISU: Sí, pero en ninguna me fue bien… a la vista está. He conocido a chicos estupendos y aún soy amiga de algunos de ellos. Pero no he tenido química con ninguno, ya sabes. Me encanta conocer a gente nueva, pero lo cierto que es que estoy cansada de las *seon*.

DAEHYUN: Estoy seguro de que el chico adecuado hará que no tengas más. Pareces saber lo que quieres.

JISU: ¿Y tú qué quieres? ¿Qué pretendes sacar de las *seon*?

DAEHYUN: La verdad es que tengo novia, lo cual me perjudicará a la larga si sigo saliendo a escondidas. Solo voy a estas citas para contentar a mi madre. Odia a mi novia.

JISU: Vaya, qué mal. Tenía la sensación de que esta vez podía salir bien.

DAEHYUN: Bueno, encantado de conocerte, Yiis.

JISU: ¿Me has llamado Yiis? Odio los apodos. Sobre todo cuando me los pone alguien al que acabo de conocer.

1

El gran 79 rodeado y en rojo en lo alto del examen de historia de Kim Jisu no era lo que la preocupaba. No era el hecho de que hubiese estudiado mucho. Tampoco se trataba de la mirada preocupada de la señora Han lo que la ponía nerviosa. No; era la decepción en los rostros de sus padres que tan bien podía imaginarse lo que la hacía querer arrugar el examen y hacerse un ovillo debajo de la mesa. No quería decepcionarlos.

¿Así es como vas a empezar el año escolar? ¿No sabes lo importante que es el último año de instituto? ¿Cómo piensas entrar así en una universidad prestigiosa aquí, o, ya puestos, en cualquiera de Estados Unidos? Aunque quisieras mudarte al otro lado del mundo, tus notas tienen que ser altas. Jisu prácticamente era capaz de oír la interminable perorata de sus padres, su *jansori*.

Ahí estaba la nota, de color rojo sangre, burlándose de ella. Solo había sacado un 79 por ciento. ¡Un bien alto! ¿No podía haberle subido la nota la señora Han ni un mísero punto para poder llegar al notable bajo? El número nueve era, de verdad, lo peor. Cualquier cosa que terminase en nueve para ella era el colmo de la mala suerte. Cerca, pero no del todo puro; casi, pero no lo bastante bueno. Se habría sentido igual de mal si hubiese obtenido un 59, 69, o incluso un 89 por cierto. *En realidad, si hubiese sacado un 89, habría estado muy contenta,* pensó Jisu. *Solo que era un punto por debajo del 90. Y cualquier otro número en los noventa estaría lo bastante cerca del 100, ¡pero seguiría sin ser perfecto! Aj.*

Sus padres eran de esos que hasta cuestionarían el haber sacado un 100 por cien alegando que por qué no había conseguido un 110; ¿es que no había puntuación extra?

—¡*Dae-bak*! —exclamó Park Minjung, sonriendo a la vez que miraba su examen—. Ni siquiera había estudiado —presumió.

Jisu miró de reojo el examen de Min. Un 86 por ciento... un notable en toda regla. No hacía falta sacar unas notas perfectas para ser una estrella del pop, que era el sueño de Min. ¿Cómo podía haber sacado menos nota que una chica que dedicaba su vida únicamente a sacarse fotos y a asistir a clases de canto?

Jisu guardó el examen en la libreta para que nadie pudiera verlo. Ojalá pudiese volver a hacer el examen, empezar el curso de nuevo y repetir todo el instituto.

—Jisu, no me digas que has suspendido el primer examen del año —exclamó Min a la vez que se retocaba el brillo de labios.

—No he suspendido —murmuró Jisu. Y técnicamente no lo había hecho. Incluso se podría argumentar que había sacado siete puntos por *encima* del aprobado. Ese argumento, por supuesto, nunca le valdría con sus padres.

—Entonces, ¿cómo te ha ido? ¿Por qué no dices lo que has sacado? —Min nunca sabía cuándo callarse.

—Vamos, Min, métete en tus asuntos —se inmiscuyó Eumi desde detrás de ellas.

Desde que Jisu tenía uso de razón, Hong Eunice siempre la había apoyado. Euni había nacido siete días antes que Jisu y, con excepción de esa semana, las dos siempre habían estado la una en la vida de la otra. Habían crecido en la misma calle en Daechi-dong, habían asistido a las mismas clases en el colegio bilingüe Daewon y habían soportado las mismas actividades extraescolares a las que sus padres las habían obligado a apuntarse. Pintura, tiro con arco, francés, *ballet*... tuvieron el privilegio de estar expuestas a una gran variedad de artes y culturas, pero, con más frecuencia de la que no, se les antojaba demasiado deliberado, como si las estuviesen preparando para reemplazar a sus padres en la sociedad. Como un campamento militar básico para la clase alta. Euni tenía muchísima facilidad para los estudios, pero Jisu no tanta. Aun así, cada vez que Jisu se quedaba atrasada, Euni la ayudaba a ponerse al día. También la ayudaba cada vez que Min se pasaba de la raya, lo cual sucedía bastante a menudo.

—El examen era muy difícil —dijo Euni. Ni pensaba que me fuera a dar tiempo a terminarlo. —Estaba mintiendo de forma descarada. Las tres sabían que había sacado la nota más alta de la clase, como siempre. Euni era una gran estudiante, pero una mentirosa horrible, y Jisu la quería con locura por eso.

Jisu pensó en el fin de semana que había desperdiciado en la *hagwon* como una prisionera, haciendo los deberes y luego reduciendo las lecturas adicionales y ejercicios que le habían impuesto sus profesores en la academia. Bien podría haber caminado por Gangnam o junto al río Han mientras sacaba fotos con su nueva cámara réflex digital. Pero no, eso habría decepcionado a sus padres. *Si dedicaras el mismo tiempo que te pasas con la cámara a estudiar, tus notas serían mucho más altas.* Si Jisu sabía algo sobre sí misma, era que no era buena estudiante.

—Euni, tienes suerte de que yo ni siquiera me esfuerce —dijo Min mientras observaba su reflejo en el espejito de bolso—. Tendrías una seria competencia si alguna vez abrieses uno de esos libros.

—Nadie querría que lo hicieras. —Jisu golpeó suavemente la frente contorneada de Min con la goma del lápiz—. A lo mejor te salen arrugas de pensar demasiado. Entonces te parecerías a Euni y a mí, y ninguna discográfica querría firmarte nunca.

Euni se rio y hasta Min no pudo evitar sonreír. Jisu se sintió mejor al instante. ¿No era así cómo debería pasar el tiempo en el instituto? ¿Disfrutando con sus amigas en vez de estar estresándose por el futuro?

—Clase, calmaos. —La estridente voz de la señora Han cortó toda la cháchara—. Este examen era difícil, pero no quiero que os desaniméis. El último año de instituto es el más importante. No me cansaré de repetirlo. La universidad, vuestras carreras, vuestro futuro... el comienzo de un nuevo y genial capítulo está a punto de empezar. ¿No es emocionante?

No lo era.

Era absolutamente terrorífico. Jisu miró a sus compañeros de clase y pudo imaginarse el futuro de todos ellos menos el suyo. Por pesada que pudiera ser Min, tenía talento. Al final, su semblante perfecto y simétrico, con aquellos ojos expresivos y aquel mohín natural, terminaría apareciendo en todas las paradas de autobús y del metro en Seúl como parte de una campaña de publicidad masiva para su primer álbum. Solo era cuestión de tiempo. Las notas perfectas de Euni eran sinónimo de Harvard o de la Universidad Nacional de Seúl, por supuesto. Y luego estaban los demás. Había rumores de que Lee Taeyang seguiría los pasos de sus hermanos en Oxford. Choi Sungmi tenía todas las papeletas para entrar en Yonsey, una de las universidades más prestigiosas de Seúl, mientras que Kang Joowon se había pasado los tres últimos veranos tocando el chelo en el prestigioso programa de arte de la academia Interlochen, progresando junto a sus compañeros de campamento para asegurarse una plaza en Juilliard. Y todos sabían que Kim Heechan estaba suspendiendo, pero pertenecía a una familia *chaebol*, así que una generosa donación le abriría las puertas de la Universidad Nacional de Seúl y al final terminaría tomando las riendas del negocio familiar.

¿Pero Jisu? ¿Qué le deparaba el futuro?

Su teléfono vibró, alertándola de que había recibido un correo electrónico de la señora Moon, la casamentera. También conocida como la Reina de las *Matseon*. La señora Moon venía de una familia de casamenteros. Casi se podría decir que la señora Moon, su madre y su tía eran colectivamente responsables de la infraestructura social de la clase alta de Seúl.

La señora Moon estaba bien entrada en la sesentena, pero sus excelentes habilidades para la evaluación de perfiles, junto con el consistente manejo que tenía de la cultura pop y de los temas de actualidad, la habían convertido en la mejor casamentera para parejas entre los 28 y los 35 años durante varias décadas y contando.

Tras una larga racha de éxitos, la señora Moon se había empezado a centrar en un grupo ligeramente más joven. Los rumores decían que la cabecilla matriarcal de una familia *chaebol* estaba detrás de aquella andanza empresarial adicional. La señora Moon había encontrado a la pareja perfecta para su hijo, una tarea relativamente sencilla dado que era uno de los solteros más cotizados de Seúl: guapo, encantador y heredero de un negocio familiar lucrativo. Pero la que preocupaba era la hija; que, aunque guapa, era terriblemente tímida e introvertida. Estaba en el último año de instituto, era la pequeña de la familia y el objetivo de muchos pretendientes que solo tenían la intención de seducirla para acceder así al negocio familiar.

Si se le preguntaba, la señora Moon probablemente estaría de acuerdo con que era demasiado pronto buscar marido mientras se estaba a punto de terminar el instituto y de empezar la universidad, pero también diría que nunca era tarde para conocer a la gente adecuada, lo cual se traducía en la gente que aprobaba la alta sociedad y los padres que solo buscaban mejorar de posición social.

Siempre y cuando esos padres obsesos del estatus social en Seúl estuviesen dispuestos a pagar a alguien para que controlase las vidas sociales de sus hijos, la señora Moon estaba dispuesta a ofrecerles aquel servicio.

Querida Jisu,
Este es un recordatorio de tu seon con Lee Taemin esta noche a las 19:00 en el 10 Corso Como Café. Te adjunto otra vez la hoja de presentación de Taemin para que la leas. Por favor, confírmame que te ha llegado este correo. Espero que los dos paséis una maravillosa velada.
Mis mejores deseos,
Sra. Moon.

Aaaaaaj. Otra *seon.*

A principios de año, la señora Kim había oído rumores de sus amigas que decían que la señora Moon estaba expandiendo su clientela. La señora Kim era diferente a las otras madres puesto que seguía trabajando a jornada completa, aunque, como los demás miembros de la alta sociedad dirían, a su familia no le hacía falta que entrasen dos sueldos a la casa. Trabajar como analista de datos jefe en el Grupo Han no era lo mismo que tomarse almuerzos de tres horas y organizar ceremonias benéficas, pero a ella le encantaba su trabajo y esa era razón suficiente como para seguir haciéndolo. Aun así, la señora Kim se suscribía a todas las demás normas de la sociedad, sobre todo las que concernían a la educación de su única hija, e inscribió a Jisu en el servicio de búsqueda de parejas de la señora Moon.

Sí, era repugnante escalar así de descaradamente en la sociedad para mantener tu lugar, sobre todo a través de tu propia hija, pero nadie estaba por encima de tales gestos si funcionaban. Incluso la larga amistad de Jisu con Euni había empezado con cada uno de sendos padres observándose detenidamente e investigándose mutuamente. Ese era el mundo en el que vivían. Y, así, la señora Kim había mandado a Jisu a diferentes *seon* durante el verano con la esperanza de que pudiese echarle el guante a un novio prometedor que encajase con sus prometedores amigos, que se convirtiese en un prometido prometedor que luego pasase a ser un marido prometedor y que completase la idea de vida perfecta de toda madre coreana para su hija.

Pero el verano había terminado y Jisu no había encontrado pareja. Otra decepción.

Socializar con la gente adecuada es tan importante como entrar a una universidad prestigiosa. El fastidioso *jansori* de su madre era inevitable. Las voces de sus padres eran como el zumbar de los mosquitos, tan incesantes que no la dejaban en paz. Pero no tenía más elección que obedecer. La Casamentera de las *Matseon* era extremadamente selectiva con los clientes que aceptaba y tampoco era barata. Dado el expediente tan poco prometedor de Jisu en el instituto, sus padres habían movido algunos hilos para que pudiese estar en aquella lista exclusiva. Jisu no había pedido nada de eso; sus padres lo hacían todo por ella. Si de verdad quería algo, era ser una buena hija. Quería hacer que todos sus esfuerzos merecieran la pena.

—¿Tienes otra cita? —preguntó Euni—. Creía que tu madre había dicho que las *seon* eran solo para el verano.

—Sí, pero ninguna llegó a nada, que no era precisamente lo que mi madre había tenido en mente. —Jisu abrió el archivo adjunto.

LEE TAEMIN. Ocupación: Estudiante de arte con especialidad en escultura. Educación: Instituto de Arte de Seúl (beca completa; primera exposición en solitario a principios del año que viene).

Era impresionante, como los demás, y seguía con una lista interminable de logros. Jisu se avergonzó de pensar en la cantidad de información que su madre le tuvo que haber enviado a la señora Moon para que pudiese crear su perfil.

Kim Jisu. Estudiante promedio. Medio guapa (las clases de maquillaje de Min han ayudado). Sin logros relevantes (tiene diecisiete... dadle un respiro).

Lo cierto era que se consideraba una adolescente normal y corriente. Le gustaban todas las mismas cosas que a muchas chicas de su edad: los selfis, los vídeos en Instagram, las comedias románticas, las chucherías. Y no le gustaban las mismas cosas que al resto: el acné, la gente maleducada, los anuncios de Instagram de ropa fea con mensajes sobre el «empoderamiento de la mujer». (En serio, ¿a quién estaban engañando con las camisetas de *El futuro es de las mujeres* a 800 dólares?).

Los chicos guapos eran una de las cosas buenas, pero algunos de los chicos que conocía en las *seon* eran tan serios que, aunque fuesen monos, casi que ni importaba. A su padre le gustaba bromear diciendo que cualquier chico con un coche caro era guapo, tras lo cual su madre añadiría que no se trataba tanto del coche caro en sí, sino de que pudiese permitirse un coche tan caro como el suyo.

—¿Estás segura de que no estás siendo demasiado selectiva? —bromeó Euni—. ¿Qué pasó con el de los padres que tenían un restaurante?

—Ah, me acuerdo de ese. ¡Era mono! —dijo Min. Si no te gustaba, deberías habérmelo dejado a mí. Una cantante aclamada nacionalmente y el heredero de uno de los mejores restaurantes de Corea; seríamos una pareja poderosa e increíble.

—No sé, Min. Era un poco creído y no dejaba de mirarse al espejo. Pero eso es algo que tenéis en común, ¡así que a lo mejor sí que funcionaría! —Jisu se rio.

—¿Cómo es el chico que vas a ver esta noche? —Euni alargó el brazo para hacerse con el teléfono de Jisu—. ¿No viene una foto con la hoja de presentación?

—Espera, ¿la cita es esta noche? —preguntó Min—. Conseguí entradas para la grabación de esta semana de *Music Bank*. ¡Me dijisteis que vendríais conmigo! —Puso los ojos en blanco y soltó un suspiro dramático e intenso.

Jisu y Euni intercambiaron una mirada de culpa. Era cierto que se lo habían prometido. Y a diferencia de los micros abiertos prácticamente vacíos y los *meet and greets* abarrotados de gente a los que Min solía arrastrar a sus amigas, *Music Bank* era un programa emocionante al que Euni y Jisu sí que querían ir. Muchas de sus estrellas favoritas del pop actuarían de forma consecutiva. Jisu siempre lo veía en la tele, pero la idea de estar en el estudio, justo delante de sus artistas favoritos, la llenaba de emoción.

—Ay, sí, es verdad. Jisu, ¿no puedes cambiarla de fecha? —Euni pulsó la pantalla del teléfono de Jisu y agrandó la foto que había adjuntada—. ¿O cancelarla? —Frunció el ceño—. Tampoco es tan guapo.

Jisu volvió a hacerse con su teléfono y miró la foto en pantalla. Deseó haber tenido alguna reacción: que el corazón le latiera más rápido, un vuelco del estómago, algo. Pero su cuerpo permaneció estático. No hubo nada. No es que no fuera mono. Simplemente tenía el mismo aspecto que cualquier otro hijo intachable, dotado y bien peinado de una familia adinerada.

Lo siento, señora Moon. He de cambiarla de día. Hoy tengo *hagwon* hasta tarde.

Jisu le dio a *enviar* y la embargó una sensación de alivio. Se había pasado el verano yendo a citas sin futuro y había perdido el fin de semana anterior estudiando para un examen que nunca habría aprobado con un sobresaliente. Una noche de diversión no le haría daño.

Cuando Jisu salió del ascensor y entró en el piso de su familia, le alivió ver que todas las luces estaban apagadas. Con cuidado se quitó los zapatos en la entrada y se puso las zapatillas de casa. Desde la planta superior de su piso en Daechi-dong, Jisu podía contemplar el resto del vecindario de Gangnam a sus pies. El flujo del tráfico iluminaba la autovía Dongbu Expressway. Las luces rojas y blancas de los autobuses, camiones y coches se movían a la vez que las aguas relucientes del Tancheon.

Era demasiado tarde para decir que volvía a casa de la *hagwon*. Había redactado una mentira completa y elaborada cinco veces distintas antes de decirles simplemente a sus padres que iba a ver una película con sus amigas. Aquello bastó para que la creyeran.

Los oídos de Jisu todavía retumbaban del concierto, que solo exageraba el silencio total que la rodeaba. Cada crujido del suelo de madera anunciaba con descaro su presencia. Contuvo el aliento, se adentró en el salón y echó un vistazo al sofá blanco de piel para asegurarse de que su padre no se hubiese quedado dormido allí esperándola a que volviese a casa. Soltó el aire en silencio. No estaba allí, encorvado en uno de los lados como a veces estaba. Mientras se dirigía a la cocina, se imaginó a su madre sentada en una de las banquetas altas con los brazos cruzados sobre la fría encimera de mármol de la isla. *No estés despierta. Por favor, no estés despierta.* Pero no había ninguna luz nocturna encendida, y ninguno de sus padres la estaba esperando. *Gracias a Dios.*

Jisu cogió una mascarilla de la nevera y se escabulló hasta su habitación. *Por fin.* Después de colocar el teléfono y la cámara en la mesita de noche y de ponerse el pijama, se metió en la cama y se desparramó entera, como si quisiese estirarse para deshacerse de todo el peso del día.

Su teléfono vibró. Era un mensaje de Min.

¡¡Jisu!! ¿Has llegado bien a casa?

Normalmente era Euni la que se aseguraba de que todas hubiesen llegado bien a sus casas.

¡Tampoco te olvides de mandarme las fotos de esta noche!

Jisu sonrió. Por supuesto. Lo que realmente quería Min eran las fotos. Jisu se irguió, rasgó el envoltorio de la mascarilla y luego se la colocó de manera que pudiese ver bien y respirar por las aberturas de la nariz. El olor refrescante a pepino y aloe relajaron a Jisu casi al instante. La mascarilla era agradable y fría y reduciría la hinchazón de sus rasgos, eliminando así la evidencia de lo tarde que había llegado a casa. Se miró en el espejo y se rio. Tener aspecto de asesino ojiplático y extremadamente inocente de *Viernes 13* era siempre de lo más gracioso.

Se tumbó de nuevo para que la mascarilla no se le resbalase de la cara. Sujetó la cámara directamente sobre la cabeza y comenzó a mirar todas las fotos. Min bailando, Euni riéndose. Todas las instantáneas de Min eran con una pose perfecta, pero de alguna manera seguían pareciendo espontáneas. ¿Cuántas fotos hacían falta para descubrir cuáles eran sus mejores ángulos? Euni, que era más del tipo de quedarse en casa y ver una peli, también parecía habérselo pasado bien. Y, por supuesto, luego estaban las fotos haciendo el tonto. Las tres sonriendo de manera exagerada, pasándoselo bien. ¿Por qué daba la sensación de ser tan ilícito tener una noche de diversión con sus amigas? ¿Qué sentido tenía matarse para conseguir una «vida feliz y de éxito» —significase lo que significase eso— si no se podía relajar de vez en cuando?

¿Y quién definía lo que era tener un futuro «feliz y de éxito»?

No había mayor fracaso que empezar el último curso en el instituto Daewon sin saber qué plan quinquenal tenías.

Los párpados de Jisu se volvieron pesados. Se quitó la mascarilla, se restregó el mejunje frío de pepino y aloe por la piel y luego se quedó dormida enseguida.

Cuando Jisu entró en la cocina a la mañana siguiente y se encontró a sus padres sentados con cara seria a la mesa del comedor, todo ápice de euforia de la noche anterior se evaporó de golpe. Las extremidades comenzaron a pesarle de repente, así que llegar hasta la mesa se le antojó como estar arrastrando una tonelada de ladrillos. La habían pillado. Por supuesto. ¿Cómo podría haber pensado por un segundo que conseguiría engañarlos? Jisu se sentó a la mesa y se preparó para el impacto.

—Espero que el concierto de *Music Bank* fuera divertido, porque será el último al que vayas —espetó la señora Kim mientras metía la cuchara en su taza y removía el té. Directa al grano. Como siempre. ¿La habían mandado seguir? Sinceramente, no le sorprendería si así fuera.

—Min quiere ser una estúpida estrella del pop, así que al menos tiene sentido que vaya. —La señora Kim se giró hacia su marido; le hablaba como si su hija no estuviese sentada justo delante de ellos—. Me sorprende que fuese Euni. Normalmente se porta bien con estas cosas. A su madre no le gustará cuando se entere.

Jisu rechinó los dientes. Podía aguantar el interminable *jansori* de su madre, pero no soportaba que se atreviese a hablar de sus amigas.

—Ah, ¿ahora estás enfadada? —La señora Kim miró a Jisu, cuya mandíbula apretada probablemente fuese sinónimo de tener «problemas de actitud» para su madre—. ¿Ahora que te hemos pillado ignorando tus responsabilidades y llegando a casa tarde, pero no cuando casi ni apruebas el primer examen del año escolar? —El examen de Jisu seguía estando en su mochila, que había permanecido junto a ella toda la noche. Su madre debió de haber llamado a la señora Han.

—*Omma*, por favor. Yo tampoco estoy contenta con la nota —protestó Jisu. Miraba hacia abajo, a sus manos plegadas sobre el regazo—. Pero no es baja. Estoy esforzándome. En el siguiente sacaré mejor nota. Siento no ser perfecta.

—¿Perfecta? —Su madre suspiró—. Nadie te está pidiendo que seas perfecta. Sería más que suficiente que sacases más que la media de tu clase. Pero al parecer hasta eso es pedir demasiado.

Su padre colocó una mano en el hombro de su madre como si estuviese echando el freno al enfado de su mujer. El padre de Jisu era el calmado y racional de los dos. Esos eran los roles que tenían: la señora Kim era la madre con los estándares tan altos como sus emociones, fuertes; el señor Kim era el padre cuya decepción se manifestaba en silencio, pero era igual de devastadora; y, por supuesto, Jisu, la hija decepcionante.

—Y la *seon* a la que no has ido... —la señora Kim volvió a suspirar—. Se precisa de mucho tiempo y energía para preparar esos encuentros. Cuando decides saltarte una, es irrespetuoso para con la señora Moon. Es irrespetuoso para con tu cita. Es irrespetuoso para con nosotros.

Jisu sintió una presión en el pecho, y de repente le resultó muy difícil respirar. Se le tensaron los brazos como si los tuviese atados con una camisa de fuerza. Sacar buenas notas en el instituto, entrar en una buena universidad... Jisu podía entender por qué sus padres la presionaban con sus resultados académicos. Pero disponer de su vida amorosa era llevar sus papeles de padres obsesivos a otro nivel. Quería gritar, pero la frustración la paralizaba. Solo pudo pronunciar unas cuantas palabras.

—*Omma*, me he pasado todo el verano yendo a todas y cada una de las *seon*. Solo pedí mover de día la de ayer. —Jisu se atrevió a mirar a su madre—. ¿Y si no *quiero* conocer a nadie a través de unas citas a ciegas?

—¿Quieres vivir un romance perfecto? ¿Que te caiga de la nada?

24

—¿No es eso lo que pasó contigo y con *appa*? Esa es literalmente la historia de cómo os conocisteis —les devolvió Jisu.

Tenía razón. Su madre iba caminando por el campus cuando de repente la arrolló un grupo de estudiantes que protestaba por el sangriento desenlace del Movimiento Democrático de Gwangju. La protesta estaba liderada por nada menos que el señor Kim. La madre de Jisu acababa de sacar un buen montón de libros sobre la familia Medici para una investigación sobre el nacimiento del espíritu emprendedor en el arte, y todos se le desparramaron por el suelo. Para cuando el padre de Jisu terminó de recogerlos todos, ya había logrado armarse del valor suficiente como para pedirle salir en una cita.

Pero eso fue hacía mucho tiempo. La señora Kim ya no era ninguna estudiante de historia del arte, y los días de protesta del señor Kim habían quedado muy atrás. Jisu se preguntaba si sus padres alguna vez recordarían sus pasados. Atisbaba unos cuantos ramalazos cuando su madre la llevaba a la inauguración de alguna galería y de verdad observaba las obras o le hablaba sobre arte en vez de estar ojo avizor con cada persona que entraba al lugar. Pero solo eran atisbos; sus padres eran personas completamente distintas ahora.

La señora Kim arrugó el ceño y se llevó las manos a la sien.

—Encontrar pareja hoy en día es tan importante como encontrar trabajo. ¿Crees que conocer a alguien que venga de una buena familia y tenga una buenísima educación como tú es tan fácil como toparte con ellos en la calle? —La señora Kim acunó el rostro de Jisu con las manos—. Jisu-ya, escúchame. Nada pasará si te quedas de brazos cruzados, esperando. Nada ocurrirá hasta que no hagas algo. Cada decisión que tomes afecta a tu futuro. Con el instituto e incluso con las *seon*.

—Jisu, te estamos apoyando en todo lo que podemos —añadió el señor Kim esforzándose por sonar lo más diplomático posible. Siempre era la ramita de olivo entre Jisu y su madre. Jisu sabía en lo más hondo de su corazón que sus padres querían que fuese feliz. Sabía que su propio optimismo y fe en el mundo eran cosas que a sus padres les encantaba de ella, pero se preocupaban de que saliese malparada por culpa de lo que ellos consideraban «inocencia». Aun así, pasase lo que pasase, ambos padres la apoyarían en lo que quisiese hacer con su vida... siempre y cuando lograse entrar primero en la mejor universidad que pudiese. Esa lógica probablemente tuviese la raíz en su madre y en su padre, que no estudiaron carreras tan lucrativas —historia del arte y filosofía, respectivamente—, pero sí que lo hicieron en la Universidad Nacional de Seúl, la mejor de Corea del Sur. La reputación de su alma máter les había ayudado a que ambos llegasen a ser analistas jefe en el Grupo Han, uno de los conglomerados más reputados del país.

El señor Kim miraba a su hija con conmiseración, como si él también sintiera todo por lo que la estaba haciendo pasar.

—Si tus notas no mejoran y te saltas las *seon...* entenderás por qué nos enfadamos. Solo te estamos pidiendo que te esfuerces.

—¡Pero me estoy esforzando! —gritó Jisu—. ¡Estoy dando lo mejor de mí!

—Exactamente —espetó la señora Kim—. Lo mejor de ti en Daewon no es suficiente, por eso tu *appa* y yo vamos a mandarte al instituto Wick-Helmering en San Francisco.

Jisu se quedó mirando a su madre con incredulidad. Seguro que le estaba tomando el pelo. Una amenaza vacía para asustarla. Pero el rostro de porcelana, sin arrugas y perfecto de su madre permaneció inamovible.

—¿San Francisco? *¿Estados Unidos?* ¿Por qué?

El señor Kim le acercó una carpeta sobre la mesa del comedor. El logo sobre la misma mostraba un tigre rugiente sobre las letras IWH, todo delineado en dorado.

—¿Qué es esto? —preguntó Jisu con genuina confusión.

—Después de empezar el semestre en marzo, tu padre y yo miramos la opción de matricularte en un instituto en Estados Unidos —explicó la señora Kim.

—Sabemos y entendemos lo duro que es sobresalir en un centro tan competitivo como Daewon. —El señor Kim miraba a su hija con ojos amables y alentadores, pero aquello no ayudó a reducir la confusión que sentía Jisu—. No es demasiado tarde para que hagas el último año en un instituto algo más sencillo, pero igualmente respetado, en Estados Unidos.

—Cuando recibimos tu evaluación a mediados del semestre en mayo, seguimos adelante con la matriculación. Y menos mal que lo hicimos, dadas las notas que sacaste al final del semestre —dijo la señora Kim.

—Mis notas no fueron *tan* malas el semestre pasado —debatió Jisu. Pero al instante vio la imagen completa, el gran plan que sus padres habían estado preparando para ella. Y los formularios. Sus padres la habían hecho rellenar un montón de papeles argumentando que no pasaría nada por empezar los trámites para acceder a alguna universidad de Estados Unidos, como ella esperaba.

Sus notas no habían sido tan malas el semestre anterior. Estaban ligeramente por encima de la media de su clase, que ya era decir. En cualquier otro instituto de Seúl, sus notas serían excelentes, pero en Daewon, donde solo admitían a los mejores, le estaba costando destacar como candidata prometedora para entrar en las mejores universidades. Y Jisu siempre había estado interesada en ir a la universidad en el extranjero, sobre todo en Estados Unidos; así que, si tenía que dejar el instituto Daewon, al menos podría aprovechar la oportunidad y dar el salto ya al extranjero.

Aquello explicaba la gran cantidad de *seon* a las que la señora Kim había hecho asistir a Jisu. La señora Moon había estado trabajando horas extra para organizarle tantas citas como pudiese en las pocas semanas que duraban las vacaciones de verano en julio y agosto. Claramente aquello había sido la última oportunidad de emparejarla con alguien antes de que se marchase a estudiar al extranjero.

—¿Por qué no me habéis contado nada de esto? —Los latidos de su corazón parecieron subir de volumen en sus oídos. Le dolía la cabeza como si alguien se la hubiese golpeado con un martillo enorme de acero. ¿Cómo podían traicionarla así sus padres?

—Jisu, no queremos que te vayas de Seúl. —La señora Kim colocó una mano sobre la de su hija—. Hasta tal punto no queríamos que lo retrasamos todo en caso de que pudieses sobreponerte. Pero no creo que tengamos mucha más elección ahora, y esta es la última oportunidad para poder transferirte a Wick.

El señor Kim abrió el folleto cual vendedor frente a un cliente potencial.

—Su año académico no empieza hasta septiembre, así que llegarás a tiempo para el primer día de clase y el cambio no te resultará tan brusco.

—No sé cómo no podría resultarme brusco, *appa*. —Jisu se cruzó de brazos. Estaba tan mareada que bien podría desmayarse allí mismo.

Que la castigaran, que le quitasen la paga, que le confiscasen el móvil... Jisu estaba dispuesta a soportar cualquiera de esos castigos. Pero que sus padres la exiliaran al otro lado del mundo era muy duro, e innecesario. Jisu apoyó la mano sobre el panfleto. No desapareció. No era un mal sueño. Estaba pasando de verdad. Intentó mantener el rostro impasible, pero se le empezaron a anegar los ojos en lágrimas.

—No llores —dijo la señora Kim—. Se te pondrá la cara roja e hinchada. No querrás que te vean así en el aeropuerto.

—¿Qué? —Jisu apartó la mano. Dejó que las lágrimas resbalasen por sus mejillas. ¿Cuándo era exactamente el primer día de clase en Wick? ¿Cuándo la iban a echar sus padres del país?

—Jisu-ya, esto también nos duele a nosotros. —La señora Kim suspiró—. Pero tu *appa* y yo lo hacemos por ti.

Por ti. Cada vez que sus padres pronunciaban esas dos palabras, la culpa de Jisu se multiplicaba. Se le hundieron los hombros hasta llegar al fondo del estómago. El peso de las expectativas ya era demasiado que soportar, y ahora encima tendría que hacerlo al otro lado del océano, en San Francisco. Sísifo no era nada comparado con Jisu. ¿O era Prometeo? Aj. Al menos con la mudanza de última hora, Jisu no tendría que hacer el examen de literatura clásica la semana próxima.

El señor Kim le indicó a su hija que se levantase.

—He podido comprarte un billete de avión para esta tarde, así que ve a hacer las maletas.

—*Appa*, por favor, no me hagas esto —le suplicó Jisu—. ¡Lo siento! Lo haré mejor, lo prometo. ¿Y mis amigas? ¿Ni siquiera puedo despedirme?

—Jisu-ya, cálmate. Las verás en las vacaciones de invierno. — La señora Kim se puso de pie y se alisó las arrugas de su falda de tweed—. Hasta entonces, puedes recordar con cariño lo bien que te lo pasaste con ellas anoche.

Jisu entró a rastras a su cuarto; cada paso que dio lo sintió más pesado que el anterior. Sobre el escritorio se encontraba el diccionario coreano-inglés que usaba en clase. Al igual que sus amigas en Daewon, hablaba inglés con fluidez, así que no le preocupaba ser capaz de comunicarse en su nuevo instituto tanto como le molestaba tener que dejar atrás todo lo que conocía.

Vio un trozo de papel alargado entre las páginas.

ICN a SFO. Su billete de avión.

Estaba pasando de verdad.

Jisu siempre había querido visitar la soleada California, pero no así.

CITA N°1

NOMBRE: Cha Myungbo (Boz)

INTERESES
Matemáticas, baloncesto, películas de terror.

PROFESIÓN DE LOS PADRES
Director de juegos online, directora de turismo.

BOZ: Me llamo Myungbo, pero puedes llamarme Boz.

JISU: ¿Boz? No había escuchado ese apodo antes. ¿Tiene algún significado en especial?

BOZ: No, solo me gusta cómo suena.

JISU: Ah... vale. Supongo que es original. ¡No conozco a nadie con ese nombre!

BOZ: Sí... por eso lo elegí.

JISU: Y, dime, ¿has visto alguna película últimamente? Vi que las incluiste en tu hoja de presentación.

BOZ: ¿Las lees? Yo nunca lo hago. Pero, sí, me encantan las películas de terror.

JISU: Mola. ¿Ya has visto *It (Eso)*? Parece que da mucho miedo y a mí me asustan los payasos, ¡pero he oído que está muy bien!

BOZ: Las películas de terror estadounidenses son ridículas. Nunca dan miedo y siempre son predecibles. ¿No sabes que somos *nosotros* los que hacemos las mejores películas de terror?

JISU: Ah, ¿sí? La verdad es que no veo muchas porque me asusto fácilmente.

BOZ: Pero ese es el objetivo precisamente. Una buena peli de miedo no va de sangre, gore o algo que físicamente dé miedo. Todo eso son sustos baratos. Las mejores películas de miedo se te meten en la cabeza y te atormentan durante días. Como *Dos hermanas.* Habrás visto esa, ¿no?

JISU: No. Ya te he dicho que no me van mucho las películas de terror.

BOZ: ¿En serio? Si esa fue todo un éxito. Todo el mundo la ha visto. Creo que eres la primera persona que conozco de todo Seúl que no la ha visto.

JISU: *Se encoge de hombros*

BOZ: En fin… está basada en la historia de Janghwa y Hongryeon. Conoces esa historia, ¿no?

JISU: Pues sí. Las hermanas *gwisin* y la madrasta malvada, ¿verdad? Mi madre no deja de contarme esas historias del folclore. Por eso no voy a ver las películas. ¡Las historias en sí ya son aterradoras!

BOZ: ¿En serio? ¿Qué otras historias te ha contado?

JISU: Bueno, había una de mi tatarabuela…

BOZ: Espera, ¿hay historias de terror de tu familia? Cómo mola.

JISU: Bueno, yo no diría que mola. La verdad es que da mucho miedo. De pequeña no quería irme a la cama del miedo que tenía.

BOZ: ¿Y de qué va la historia? ¡No puedes soltarme que hay una historia de miedo en tu familia y no contármela!

JISU: No es muy interesante.

BOZ: Venga, Jisu. No me digas que sigues quedándote despierta, asustada como una niña pequeña.

JISU: En mi defensa tengo que decir que mi madre cuenta las historias demasiado bien y me aterrorizó de pequeña.

BOZ: ¿Entonces voy a tener que preguntarle a la señora Kim? ¿Qué pasó? ¡Quiero que me lo digas!

JISU: Vale. Mi tatarabuela vivía en el *shigol*, en una zona adentrada en el bosque. Mi familia decía que su propia madre la había maldecido.

BOZ: ¡Una maldición! ¿Cuál?

JISU: Su madre no tuvo un matrimonio feliz. El padre la engañaba constantemente. Pero paró cuando se quedó embarazada. Querían tener un hijo, sobre todo para que continuase con el apellido de la familia. Pero tuvieron a mi tatarabuela, y su madre se quedó destrozada.

BOZ: Vaya.

JISU: Pues sí. No me puedo ni imaginar cómo era ser mujer entonces. Y aunque hemos progresado mucho, sigo pensando que veo pequeñas cosas de entonces en la sociedad de hoy en día y...

BOZ: Espera, ¿qué maldición le echó a tu tatarabuela?

JISU: Bueno, la madre murió poco después de dar a luz. Estaba amargada y destrozada. Su matrimonio estaba arruinado por aquel entonces. Sabía que se estaba muriendo por dar a luz a un bebé que ni siquiera podría devolverle el amor de su marido. Así que maldijo a su hija para que fuese extremadamente consciente del sufrimiento y para que los espíritus torturados, engañados y traicionados la atormentasen. Por lo visto, hasta el día en que murió, se quejó de que los espíritus la estuvieron molestando.

BOZ: Guau. Es una mierda.

JISU: Vaya, gracias. Mi familia *es* una mierda.

BOZ: ¡No quería decir eso! Es una historia muy guay. ¿Has oído que hay gente que ve fantasmas en el metro?

JISU: Un compañero de clase me lo comentó, pero no le hice caso. Cojo el metro continuamente y no quiero asustarme...

BOZ: Ni siquiera fue en Seúl. ¿Te acuerdas del incendio del metro de Daegu cuando éramos niños?

JISU: Claro. Fue horrible. Murió mucha gente.

BOZ: Por lo visto, cada año en el aniversario mucha gente afirma ver a los fantasmas de las víctimas del metro cuando se acercan a la estación de Jungangno.

JISU: Dios. No sé si es triste o aterrador.

BOZ: ¿A que sí? La tía de mi amigo vive en Daegu y por lo visto tuvo una conversación con un fantasma que estaba sentado a su lado. Cuando el metro paró en Jungangno, el fantasma dijo, supuestamente, «ah, por fin puedo volver a casa». Cuando ella salió del vagón y se dio la vuelta, él ya no estaba. Miró en el interior y el vagón estaba vacío. Las puertas se cerraron, y cuando volvió a mirar por el cristal, ¡vio al tipo sentado en el mismo sitio! En ese momento se dio cuenta de que había estado hablando con un fantasma.

JISU: Entonces, ¿los fantasmas de las víctimas merodean por la estación donde murieron porque no se han podido ir? Me rompe el corazón.

BOZ: Pero es una historia buenísima, ¿a que sí?

JISU: ¿Buenísima? Supongo. Pero, Boz, son víctimas reales. No es una historia de miedo de ficción. Es gente real que falleció.

BOZ: Todas las historias de terror vienen de algo real. Reflejan las partes más trágicas y horribles de la humanidad. O al menos eso es lo que hacen las buenas historias de terror.

JISU: ¿Y por eso te gustan tanto?

BOZ: Sí, me atraen. Mira, Jisu, entiendo que el terror no te vaya. Pero tienes que admitir que es fascinante, ¿verdad?

JISU: Lo cierto es que no me gusta.

2

Cuando las azafatas del vuelo de Korean Air recorrieron el pasillo de primera clase entregando toallas calientes, Jisu inmediatamente se la llevó a la cara surcada por las lágrimas. La toalla desprendía vapor y un olor a eucalipto y jazmín. A pesar de esforzarse por seguir los consejos de su madre, Jisu había estado llorando por todo el aeropuerto de Incheon. La última vez que había estado allí había sido al volver de unas vacaciones relajantes de la isla de Jeju. Pero ahora la habían mandado fuera del país y contra su voluntad.

—Por favor, apaguen todos los aparatos electrónicos mientras nos preparamos para el despegue.

Dios. Estaba pasando de verdad. Se iba. No era una broma de sus enemigos. *¡Mis propios padres!* Así era cómo una se sentía al ser víctima de una traición.

Jisu sacó el móvil del bolsillo. Pulsó el icono amarillo de Kakao para abrir la aplicación. Había un mensaje de Eunice sin leer.

> ¡Jisu! ¿Qué vas a hacer hoy? ¿Te apetece venir para hacer los deberes? Después podríamos ir de compras como recompensa.

Jisu dejó escapar un sollozo que sorprendió a los pasajeros. La azafata volvió al instante y le dio una botella de agua Fiji y otra toalla caliente.

> Euni-ya, no puedo creer que esté escribiendo esto. Los psicópatas de mis padres me han metido en un vuelo solo de ida a San Francisco. Me obligan a ir a un nuevo instituto y no volveré hasta el invierno.

> No me odies, por favor. Prométeme que me escribirás por Kakao todos los días, ¿vale?

Eunice respondió al instante.

> ¿Qué? ¿Cómo han podido hacerte esto? Claro que no te odio. No me lo puedo creer.

La luz del cinturón de seguridad sobre Jisu se encendió. Jisu se lo abrochó antes de responder a Eunice.

> ¿Podrías pedir el traslado a mi nuevo instituto? ¿O salir en el próximo vuelo desde Incheon? Mi vida iría mejor contigo a mi lado.

Jisu apenas era capaz de ver la pantalla debido a las lágrimas que le humedecían los ojos.

> Jisu-ya, sé fuerte. Te irá bien. Más que bien. Lo sé. Pero prométeme algo. Lo importante eres tú. Adoro a tus padres, pero te controlan demasiado. La verdad es que a veces siento que ellos me cuidan más que mis propios padres, jajaja. Ahora en serio, tómatelo como unas vacaciones lejos de ellos. Haz lo que realmente te apetezca hacer.

La azafata reapareció, aunque esta vez su sonrisa parecía un poco más amenazadora y tenía la mirada fija en el móvil de Jisu.

Joe. ¿Es que una chica no podía despedirse de su mejor amiga por mensaje?

Jisu puso el móvil en modo avión y procuró respirar profundamente. Mientras el avión recorría la pista, se preparó. Esto era lo que menos le gustaba de los vuelos. El ensordecedor ruido resonando en sus oídos y la presión aplastante de que te elevaran contra la gravedad que ejercía cada fibra de su ser.

Y, entonces, a unos nueve mil metros, todo se quedó en silencio y se escuchó un *din*. La luz del cinturón encima de Jisu se apagó.

Estiró las piernas bajo el asiento que haría las veces de cama y vació el bolso. El tríptico de Wick-Helmering se encontraba bajo su desordenado maquillaje y las cremas de tamaño viaje. Jisu lo abrió y empezó a leerlo. Ese sería su futuro ahora. Para el caso, bien podría familiarizarse con todo antes de llegar.

Sus ojos echaron un rápido vistazo al texto que la felicitaba y le explicaba el ámbito académico de calidad y el alto porcentaje de estudiantes que habían sido aceptados en universidades de la Ivy League. Después se mencionaba una lista interminable de clubes. Daewon ofrecía todos los deportes y actividades estándar que una persona pudiera imaginarse, pero Wick-Helmering iba más allá: tenía un río artificial para navegar, establos excelentemente mantenidos para montar a caballo, estudios para *ballet*, *jazz* y baile moderno, y lanzaderas que utilizaban los estudiantes para ir a las montañas cercanas en época de esquí.

La gente de las fotos parecía demasiado feliz. Sus sonrisas tirantes insistían en que se lo estaban pasando de fábula. Solo había unos pocos asiáticos entre ellos, pero era de esperar. Daewon tenía un pequeño porcentaje de alumnos internacionales, pero no era ni de lejos como los estudiantes de Wick-Helmering. Se parecía más a las series de institutos dramáticas del canal CW que Jisu y sus amigas se descargaban para ver los fines de semana hasta altas horas de la madrugada.

Jisu se acabó el agua Fiji y siguió respirando profundamente. Rebuscó para encontrar la crema facial con infusión de rosas y se la aplicó en la cara. Dejando la crisis personal a un lado, le parecía importante mantenerse hidratada a nueve mil metros de altura. Buscó entre los tintes labiales y se los puso como si siguiera un tutorial de su *vlogger* de belleza favorita. Una pausa para el maquillaje siempre la distraía del estrés diario de ser una adolescente a la que se le imponían estándares imposibles, pero ninguna raya de ojos podía distraer a Jisu como para no pensar que iba de camino a un lugar donde ni conocía a nadie ni tenía amigos.

Jisu vio que seguía teniendo en el bolso una guía turística de San Francisco. Su padre se la había dado justo antes de despedirse.

Asegúrate de visitar el Golden Gate Bridge y mandarnos las fotos, le había dicho en el control de seguridad mientras le secaba la cara de las lágrimas.

Jisu se va a California a estudiar, no a jugar, había replicado su madre. *Pero sí, si sacas fotos, mándanoslas. Sabes que me gusta ver lo que reflejas. Solo si tienes tiempo después de los estudios y las* seon.

Las *seon*. Por supuesto que no las iban a cancelar. La señora Kim quería seguir pagándole a la señora Moon para concertarle pareja a su hija en cuanto se instalara en San Francisco. Con su alto índice de éxito y el boca a boca que tenía, el imperio de emparejamiento de la señora Moon había alcanzado el éxito internacional.

¿De qué servía cruzar todo el Pacífico si sus padres seguían atándola en corto?

Jisu-ya, sé que ahora estás triste. Pero, cuando aterrices, te olvidarás de todo eso y te sentirás emocionada por estar en una nueva ciudad. La señora Kim había acunado la cara de su hija. *Recuerda que no son vacaciones.*

Nadie lo sabía mejor que Jisu. Dolía. Pero también veía que le dolía a su madre. Pasarían tres largos meses hasta que la señora Kim volviese a ver a su hija; era la vez que más se había separado de su única hija. Sin embargo, mandar a Jisu a Wick-Helmering era la última opción y esperanza que tenía.

—Aquí tiene, señorita. —Una azafata le entregó a Jisu un vaso con zumo de piña.

—Lo siento, pero yo no he pedido esto.

—Hemos observado que en sus últimos vuelos con Korean Air le ha gustado un zumo de piña antes de la comida. Si prefiere no beberlo, me lo puedo llevar.

—No, está bien. Me encanta, gracias.

La azafata la miró con complicidad, percatándose de que Jisu lo estaba pasando mal. Jisu dio un sorbo y puso una mueca. Estaba más agrio que dulce. El sabor fuerte le recordó los otros vuelos de Korean

Air que había tenido. Unas vacaciones de verano a Macao con Euni, Min y sendas familias; el breve viaje en primavera a la isla de Jeju con sus padres; y, antes de ese, el viaje en invierno a Londres. Todos habían sido viajes agradables de los que guardaba buenos recuerdos.

Este era todo lo contrario.

—Y aquí tiene el menú del vuelo.

Estaba escrito con tinta dorada en una cuartilla de cartón negra. La comida provenía de La Yeon, el restaurante favorito de Jisu en Seúl. Sin embargo, mirar la variedad de entrantes solo consiguió que echase más de menos su ciudad. Echaría de menos todo, como probar comida con sus amigas en un restaurante que no fuera coreano en Itaewon; comprar en las tiendas de Cheongdam-dong con su madre y su tía; pasear por Garosu-gil o entrar en pequeñas *boutiques* y galerías silenciosas. El boato de primera clase no le importaba. Jisu bien podía tener todo lo que quisiera en bandeja de plata en el reducido espacio para dormir del avión, pero no cambiaría el hecho de que, en unas horas, aterrizaría en una ciudad nueva, sola.

—*Pss*. ¡Oye!

Jisu vio por el rabillo del ojo que una pasajera la saludaba con una sonrisa desde el espacio para dormir frente al suyo. Era una chica unos cuantos años mayor que ella que vestía muy a la moda con un conjunto negro deportivo cómodo.

—¿Estás bien? Parece que necesites leer un poco para distraerte.

Le habló en un inglés perfecto sin acento, como una actriz de Hollywood. Debía de ser una chica coreana-estadounidense que volvía a casa. Jisu lo supuso por cómo estaba sentada, por su postura. Siempre se podía distinguir a los coreanos de los coreanos-estadounidenses.

La chica señaló el caos de brillos de labios, iluminadores y el tríptico y le dio una pila de sus propias revistas. *Cosmo, Allure, Vogue, Glamour*.

—Yo ya las he ojeado. Y ya me he tomado las pastillas de melatonina, así que puedes quedártelas. ¡Disfrútalas!

Antes de que Jisu pudiera agradecérselo, la chica se volvió a meter en el espacio dormitorio, se puso el antifaz de dormir y se acurrucó bajo la manta.

¡Colores de otoño! Veinte prendas perfectas para la transición al otoño.

La modelo sonriente de la portada llevaba un vestido jersey de color borgoña y unas medias estampadas. Su sonrisa y el pelo ligeramente desordenado consiguieron que Jisu ojease las páginas.

Las diez reglas para ser o no una cita.

¿Para serlo o no serlo? ¿Había una lista en Estados Unidos que Jisu debía seguir? Quizá la señora Moon tuviese otro manual diferente para tener citas en Estados Unidos. Aunque a Jisu no es que le importase. Tenía estudios y papeleo universitario en los que centrarse. Jisu echó un vistazo a los anuncios interminables y las muestras de perfume hasta que llegó al artículo.

En esta época de arrastrar el dedo en aplicaciones y mandar MP, puede que encuentres a un posible bae *y te preguntes: ¿Esto es una cita o es una no cita? Estos diez indicadores son fáciles y eliminarán cualquier confusión entre tu posible* bae *y tú.*

¿No citas, mandar MP y posibles *baes*? Después de nueve años de clases, Jisu hablaba inglés con fluidez, pero las palabras que usaban en la revista eran como un dialecto diferente.

Si te invita a pasar un rato juntos: no cita.

Si te lleva a un sitio específico, como al cine o a un nuevo restaurante en el centro: es una cita.

Si os veis con un grupo de amigos: no cita.

Si te presenta oficialmente a sus amigos: felicidades, estáis saliendo.

Si solo os veis en una habitación: no estáis saliendo.

La lista ocupaba una página entera. Pensar en todas esas situaciones la mareó. Agradeció por primera vez tener a la Casamentera de las Matseon en la que apoyarse. Más formalidad y menos psicología. Quizá su madre sí que supiese por dónde iban los tiros.

Jisu leyó el resto de las revistas y trató de quedarse con los titulares, los consejos y las claves. La moda y la belleza no le causaron ningún problema. Labios pintados, piel brillante, la tendencia deportiva... todas las modas que empezaban en Estados Unidos ya habían terminado en Seúl. Pero las reglas y las directrices para salir con alguien la habían dejado más confusa que nunca a medida que leía.

Al menos estudiar sobre cómo ser una adolescente estadounidense era más divertido que la historia de Estados Unidos o las matemáticas.

En la pantalla frente a ella el símbolo de Korean Air se movía por el mapa con lentitud. Una línea de puntos roja cruzaba el Pacífico desde Corea a California. Quedaban diez horas. Cada segundo se le hacía eterno. Jisu suspiró. Hasta volver a Seúl, cada momento hasta su vuelta se le haría interminable.

Las palabras de Euni resonaron en su mente. *Lo importante eres tú.*

CITA N°2

NOMBRE: Yu Jinwoo

INTERESES
Squash, club de jóvenes inversores.

OCUPACIÓN DE LOS PADRES
Cirujano jubilado, cardióloga.

JINWOO: ¿Qué piensas de este sitio? Es genial, ¿verdad?

JISU: ¡Es precioso! Sé que los vestíbulos de muchos hoteles son lujosos, ¡pero este sitio podría ser el más lujoso en el que haya tomado café nunca!

JINWOO: Y no cualquier café, Jisu. Los granos de café que usan aquí proceden directamente de Colombia. Al parecer el Park Hyatt es el único otro hotel en Seúl que los tiene.

JISU: ¡Vaya! ¿Tanto te interesa el café?

JINWOO: Me interesa cualquier cosa de calidad. No sé por qué la gente no le da tanta importancia, la verdad.

JISU: Pues a mí se me ocurrirían varias razones, como no poder permitirse los mejores granos de café del mundo.

JINWOO: Supongo que sí. Pero tú y yo sí que podemos permitírnoslos. Entonces, ¿por qué no disfrutar de ellos?

JISU: Claro…

JINWOO: ¿Tienes hambre? Podemos comer algunos de esos sándwiches. Pediré la carta. Tú pide lo que quieras.

JISU: Por ahora estoy bien solo con el capuchino. Pero gracias.

JINWOO: ¿Estás segura? El caviar aquí está muy bueno.

JISU: No, gracias. De todas formas no me gusta el caviar.

JINWOO: Venga ya. Dentro de unos años, cuando tus futuros nietos te pregunten cómo conociste a tu marido, suena mejor decir que tomándote un té en el Hotel Shilla antes que en Starbucks, ¿no?

JISU: ¿Marido? ¿Nietos? Estás pensando muy a largo plazo. Pero, espera. ¿Significa eso que comes caviar en todas las *seon* a las que vas?

JINWOO: No voy a decir que no.

JISU: Jinwoo, si comes platos de lujo cada dos por tres, al final terminas perdiéndole valor, ¿no crees?

JINWOO: Si no tienes hambre, al menos podemos pedir algunos *biscotti*, ¿no?

JISU: Claro, los *biscotti* suenan bien. ¿Has estado jugando al tenis antes de venir aquí?

JINWOO: Ah, ¿por esto? En realidad son raquetas de squash. Hay algunas pistas en el barrio y hoy tenía partido en la que tienen aquí.

JISU: Qué guay. ¿Estás en el equipo de tu instituto?

JINWOO: No, no. No juego en el instituto. Soy miembro de una pequeña liga. Todos somos miembros del club social Apgujeong. Tenemos partido una vez a la semana.

JISU: ¿El club social Apgujeong? Ese es solo para hombres, ¿verdad? Qué anticuado.

JINWOO: Sí, lo anticuado siempre es mejor.

JISU: Me refería a anticuado, en plan conservador. Estás en un club que es literalmente solo para chicos.

JINWOO: Bueno, es una buena manera de conocer a gente y de hacer contactos. La persona con la que juegas a squash podría terminar siendo el próximo presidente o el hombre más rico del país.

JISU: Solo es squash. Es un deporte. Jinwoo, ¿alguna vez haces algo solo por el mero hecho de hacerlo? ¿Sin ninguna otra razón más que esa?

JINWOO: Um… probablemente no, pero venga ya. Eso no me convierte en una mala persona.

JISU: Yo nunca he dicho que lo fueras. Es solo que no todo tiene que estar relacionado con quién eres y cuánto dinero tiene tu familia. No todo tiene por qué ser superficial.

JINWOO: Ah, sí. Y justo eso debiste de pensar cuando la señora Moon te envió mi hoja de presentación y viste lo mucho que ganan mis padres y a qué instituto voy, y no rechazaste ni cancelaste los servicios de la señora Moon por el bien de «no ser superficial».

JISU: Eh, eso no es justo. Mis padres me obligan a venir a estas *seon*.

JINWOO: ¡Te obligan! Vaya, siento *muchísimo* que tengas que pasar un rato conmigo en contra de tu voluntad. Espero que mis gustos materialistas no mancillen tu actitud *tan* altruista.

JISU: Jinwoo, por favor. No me refería a eso.

JINWOO: Solo te estoy tomando el pelo, Jisu. ¡Relájate! La vida es injusta, lo que implica que también sea muy afortunada para otros… como nosotros.

JISU: ¿Podemos empezar de cero?

JINWOO: Sí. Hola, me llamo Jinwoo. La gabardina que llevas es muy bonita… ¿supongo que es de Burberry? Va muy bien con tu infinita humildad.

JISU: ¡Jinwoo!

JINWOO: Lo siento. No quería reírme. Es que es muy fácil sacarte de quicio. Nunca había conocido a nadie que se sintiese tan incómoda con su dinero.

JISU: No es que me incomode. Solo opino que es una tontería gastárselo en cosas que griten a los cuatro vientos «¡tengo dinero!». Un día podrías terminar teniendo únicamente esas cosas sin valor.

JINWOO: Bueno, si gastas dinero en cosas que realmente sean buenas, sí tienen valor. ¿Sabes que los bolsos Birkin son una excelente inversión?

JISU: Sí que lo había escuchado…

JINWOO: Apostaría a que, si un chico te regalase un Birkin, te derretirías. Y lo llevarías a todas partes. Y siempre que alguien te dedicase un cumplido, dirías «¿Oh, esto? Mi novio me lo regaló», porque, seamos francos, es la moneda de los ricos.

JISU: En realidad, ni siquiera me gusta la marca. Los bolsos son muy rígidos y de aspecto aburrido. Creo que soy más de las que llevarían un bolso de tela.

JINWOO: ¿En serio? Pensaba que a todas las chicas os gustaban los Birkin.

JISU: No todas las chicas somos iguales, Jinwoo.

JINWOO: Por supuesto. No era mi intención generalizar. Supongo que para gustos, colores.

JISU: Sí, para gustos, colores.

3

La vieron antes de que Jisu pudiera frotarse los ojos para desperezarse.

¡BIENVENIDA Jisu KIM!

El cartel rosa fluorescente era difícil de ignorar. Una mujer pequeña y rubia lo elevaba con entusiasmo. *Esta debe de ser la nueva espía de mi madre, Linda Murray, presentándose al servicio.* Llevaba un jersey de cuello alto blanco, vaqueros azules y un abrigo de la marca Patagonia. Simple y refinada. La joven a su lado estaba de brazos cruzados y parecía mucho menos entusiasta. Tenía unos auriculares puestos y puso los ojos en blanco en dirección a Jisu cuando se acercó. *Y esta debe de ser su hija de trece años, Mandy.*

Jisu hizo todo lo posible para quitarse el cansancio de encima. Los rayos de sol se colaban a través de las ventanas del aeropuerto. Las cafeterías que hacían fila en la zona de llegadas estaban llenas de clientes. Parecía, y así lo sentía, que era por la mañana. ¿Lo era? Nunca se podía saber qué hora era en un aeropuerto.

—¡Hola, señora Murray! Y tú debes de ser Mandy —las saludó Jisu. Mandy estaba quieta y seguía de brazos cruzados. *La adolescente insolente no quiere tener nada que ver conmigo. Captado.*

—Llámame Linda, por favor. ¡Dios mío, un vuelo de diez horas! No me puedo imaginar estar en un vuelo tan largo. —Linda cogió una de las maletas de Jisu—. Debes de estar agotada.

—No ha sido para tanto —mintió Jisu, y pensó en todos los paquetes de pañuelos que había usado para llorar mientras cruzaba el Pacífico—. He visto varias películas hasta quedarme dormida.

—Bueno, pues yo me he tenido que perder un directo muy importante por venir aquí —interrumpió Mandy.

—¡Mandy! ¡No seas grosera con nuestra nueva invitada! —le amonestó Linda mientras le daba la otra bolsa de viaje de Jisu—. Jeff, mi marido, habría venido con nosotras, pero está en un viaje de trabajo. Lo conocerás cuando vuelva, en un par de semanas.

—La semana que viene, cuando me pierda otro directo de Jake & Jimmy —resopló Mandy.

—¿Jake & Jimmy? No sabía que tenían directo hoy. ¿Me he perdido su tutorial para otoño?

Jake & Jimmy eran dos de los *vloggers* de maquillaje más importantes de YouTube. Los dos, de dieciséis años, habían sufrido acoso en el instituto, pero habían encontrado un refugio y a un gran público en internet, donde canalizaban su pasión por el maquillaje a través de tutoriales divertidos y amenos. Habían alcanzado la fama en cuestión de meses y habían llegado a tener público coreano, como Jisu, que les pidió ayuda en una ocasión para saber cómo utilizar el iluminador correctamente.

Mandy abrió mucho los ojos.

—¿Sabes quiénes son Jake & Jimmy?

—¡Pues claro! ¿Cómo crees que he aprendido a maquillarme? Antes de ver sus videos mis cejas eran horribles.

Linda parecía aliviada, como si le agradeciese al cielo que las chicas hubieran encontrado algo en común. Tener a dos adolescentes enfrentadas sería, sin duda, una pesadilla. Jisu siguió a su familia anfitriona fuera del aeropuerto.

Cuando llegaron a casa apenas era mediodía, pero Jisu ya estaba lista para caer redonda en la cama —en cualquier cama— y dormir hasta volverse a sentir viva.

—Tienes que quedarte despierta por lo menos unas ocho horas si quieres vencer el *jet lag* —le advirtió Linda. ¿Es que todas las madres tenían ojos de halcón y un sexto sentido desarrollado? Aunque quizá Jisu sí que pareciese estar tan agotada como se sentía.

—No me voy a quedar dormida. —Jisu reprimió un bostezo.

—¿Por qué no te enseño la casa? Y después Mandy y tú podéis ver a Jake & Jimmy para mantenerte despierta.

—¡Estaré en mi cuarto! —gritó Mandy subiendo las escaleras y desapareciendo de nuestra vista.

Linda le señaló que se dirigiera al salón. Se sentaron en un moderno sofá de terciopelo azul frente a una gran chimenea de mármol. Encima había fotos enmarcadas de Linda, Mandy y Jeff sobre un mantel. Sobre la chimenea también había un espejo enorme que reflejaba los rayos de sol en el resto de la casa.

—Empecemos con las reglas de la casa —exclamó Linda mientras recolocaba algunas de las fotos para que todas estuvieran en la misma dirección—. El instituto empieza a las ocho y media, así que Mandy y tú os levantaréis a las siete todas las mañanas. Como Wick-Helmering está justo al lado del colegio, os llevaremos juntas. Pero si tienes alguna reunión de clubes o actividades, te responsabilizas de volver a casa tú sola.

Los párpados de Jisu le pesaban cada vez más y más. Se irguió y resistió la tentación de hundirse en el mullido sofá.

—Nos ocuparemos de la comida; le hago la comida a Mandy para que se la lleve todos los días y también puedo prepararte algo a ti. El baño de invitados es solo para ti, por lo que espero que mantengas tu espacio limpio. Te recibimos en nuestra casa, pero no es un hotel. —Linda se paseaba mientras hablaba, como si en otra vida hubiese sido propietaria de una casa de huéspedes—. ¿Tienes alguna pregunta? —Sonrió.

Era obvio que era estricta. No había ni una sola mota de polvo en ninguna superficie, y todo, desde los muebles hasta los cuadros y los libros de moda sobre la mesa de estar, estaba organizado al dedillo.

Fue la limpieza y el orden lo que le hizo sentir un ramalazo de nostalgia. Seguramente la señora Kim también recibiría a un alumno extranjero con la misma mezcla confusa de calidez y reglas estrictas. Había muchas razones por las que sentirse resentida; sus padres la habían mandado al otro lado del océano sin avisarla siquiera... pero eran sus padres, y ya estaba empezando a echarlos de menos.

Después de comentarle las reglas, Linda le enseñó el piso de abajo a Jisu y después la llevó a su nueva habitación para que deshiciese las maletas. Jisu sacó su cámara y el equipo fotográfico de la maleta y le quitó el plástico de burbuja con cuidado. No había rajas ni borrones. Menos mal.

Lo único bueno de esta mudanza imprevista era que ahora tenía toda una ciudad que explorar y muchas fotos que sacar. Sus padres estaban a miles de kilómetros de distancia y no la vigilarían de cerca como normalmente hacían. Aunque a saber cómo la vigilaría Linda. Los padres siempre conspiraban juntos. Nunca se sabía.

El móvil de Jisu vibró. Era un mensaje en el grupo de sus padres. Ya estaban despiertos y controlándola.

> **APPA**
> ¿Nuestra Jisu ha llegado bien a San Francisco?

> **JISU**
> Hola, omma y appa. He llegado bien. La señora Murray me recogió y ya estoy en mi cuarto deshaciendo las maletas.

> **OMMA**
> ¡No te quedes dormida hasta la noche! Tienes que dejar de tener jet lag antes de empezar el instituto. Y asegúrate de comprobar tu horario de clase y hacerle a la señora Murray las preguntas que tengas...

La lista seguía y seguía. Al menos, ahora que estaba en San Francisco, Jisu podía acallar a sus padres silenciando el grupo.

A su vez, el grupo que tenía con Eunice y Minjung estaba lleno de emoticonos llorones y tristes. Jisu se echó a reír ante lo ridículo que parecía mientras lo ojeaba, pero la tristeza volvió en cuanto pensó en la separación.

> **MIN**
> Jisu-ya, Euni y yo prometemos hacer videollamadas contigo todas las semanas para contarte los cotilleos del instituto. No puedo prometerte que no nos lo pasaremos bien mientras estés fuera, ¡pero te contaremos todo lo que suceda!

> **EUNI**
> Lo que Min quiere decir es que te va a echar mucho de menos...

> **MIN**
> Eunice, ¡eso es lo que he dicho! Jisu, estamos destrozadas. Por favor, suspende en ese Wick-lo que sea y quizá tus padres te traigan de vuelta.

> **EUNI**
> No suspendas a propósito. Min, solo se te ocurren ideas horribles.

> **MIN**
> Pues el maquillaje ahumado de la semana pasada no fue tan mala idea, ¿no? ¡Te encantó!

> **EUNI**
> Da igual. Jisu... lo que intentamos decirte es que te queremos y sabemos que te irá bien. ¡Fighting!

Casi dolía más tener que estar conectada virtualmente con tus mejores amigas sin poder estar con ellas realmente.

Y también había recibido un correo de la casamentera.

Querida Jisu:

Hazme saber cuando termines de instalarte en tu nueva casa. Nuestros servicios globales se extienden a ocho grandes ciudades de Estados Unidos, incluyendo San Francisco y el Área de la Bahía. Puedo empezar a conseguirte citas este mismo lunes. Espero que tengas una buena transición.

Un saludo afectuoso,

La señora Moon.

Qué rápido. Era obvio que la señora Kim no había perdido el tiempo y estaba aprovechándose de cada céntimo invertido en los caros servicios de la señora Moon.

—Acabas de aterrizar. ¿Quién te está mandando mensajes?

Jisu no se había dado cuenta de que Mandy se encontraba junto a la puerta de su cuarto. Cerró el correo y los mensajes y lanzó el teléfono a la cama.

—Mis amigos, y mi estúpida casamentera.

—¿Tienes una *casamentera*? ¿Una verdadera profesional? ¿Eso es lo que hace la gente de Corea? —Mandy se dejó caer en la silla de Jisu.

¿Por qué se me ha tenido que escapar lo de la casamentera? Ahora tengo que explicárselo todo.

—Todo el mundo no. Mis padres la contrataron para que me organizase unas *seon*, que básicamente significa «cita concertada» en coreano.

—¿Eso es lo que hace la gente de tu instituto? —preguntó Mandy.

—Lo cierto es que hay poca gente de mi clase que tenga padres adinerados y lo suficientemente locos como para pagar una cantidad enorme para conseguirle pareja a sus hijos. Eso incluye a mis padres. Quieren que encuentre novio para que me tome ir a la universidad en serio y después sentar la cabeza. Es como un plan de futuro a cinco años vista pero para tener amor, una pareja.

—Ah —soltó Mandy—. Suena bien, la verdad.

—¿En serio? ¿No crees que es raro? Al principio me pareció muy forzado. Y me lo sigue pareciendo. El proceso es tan... clínico. E ir de cita en cita resulta agotador. Preferiría conocer a alguien de manera normal, ya sabes.

—Vale, pero que conozcas a alguien no significa que vayas a salir con él. Al menos tienes citas con esos chicos.

—Créeme, Mandy, he estado todo el verano yendo a las *seon*. Después de la quinta empiezas a pensar que todos son la misma persona. Te juro que si tengo que charlar sobre el tiempo o las solicitudes de universidad con otro chico más, me voy a sacar los ojos.

—No me creo que *todos* hayan sido tan malos. Debes de tener algunas anécdotas.

Jisu soltó una carcajada. ¿Qué sabía esta niña de chicos y citas?

—Tienes razón. Me he hecho amiga de algunos de ellos. Todas no han sido citas románticas, y me di cuenta de que en cuanto dejé de obsesionarme por los planes, sí que me gustó conocer a gente nueva.

—Vale, y entonces estas *seon*... —empezó Mandy—. ¿Significa eso que todos los chicos con los que has estado en una *seon* han sido tus novios? ¿Por lo formal que es todo?

—Dios, no. ¡Todos no! El concepto de *novio* me parece demasiado serio. No he tenido novio nunca. Las *seon* son solo citas.

—Pero parecen muy intensas. Además, varias citas convierten al chico en novio.

—¿Eso según quién?

Mandy salió del cuarto y volvió con un montón de revistas.

—Todo el mundo. —Las desplegó por el suelo y rebuscó hasta que encontró la que buscaba—. Mira, esta tiene un cuestionario que se titula: *Has tenido citas... ¿es tu novio?*

—Esos cuestionarios son una tontería. No significan nada.

Mandy ignoró a Jisu y empezó a leer las preguntas.

—¿Tus padres han oído hablar de él y viceversa? ¿Habéis hablado de vuestros planes de futuro: trabajo, hijos, etc.? ¿Habéis hablado de política?

—Vale, técnicamente la respuesta a todo eso sería sí...

—¿Con todos los chicos?

—Sí, pero...

—Vale, entonces, ¿a cuántas *seon* has ido este verano?

—No han sido muchas... —tartamudeó Jisu—. ¿Más de diez? Menos de quince.

—¿Mínimo diez? ¡Eso significa que has tenido como mínimo diez novios, Jisu! Madre mía. Y ninguno ha sido lo suficientemente bueno para ti. Qué reina. —Una sonrisa traviesa asomó por la cara de Mandy.

—No. No fue así. ¡Aquí es diferente! No voy a ir al instituto como la chica nueva y decirle a todo el mundo que busco a mi decimoquinto novio.

—Bueno, el número trece da mala suerte, así que no querrías algo así —opinó Mandy.

—El cuatro es el número de mayor mala suerte en corea. Es sinónimo de «muerte». Y el nueve también da mala suerte, pero, para mí es el que más mala suerte da.

—El nueve ¿por qué? ¿Fue el noveno el más importante que dejaste ir? —se rio Mandy.

—¡No, Mandy! No todo va de chicos. Tienes trece años, ¿cómo sabes siquiera lo que significa «dejar ir al más importante»?

Mandy se encogió de hombros y señaló las revistas que tenía en la mano.

—Al menos sé cuántos novios he tenido —respondió.

—Ah, ¿sí? ¿Cuántos?

—Solo uno. —La sonrisa de Mandy fue tímida—. Pero ya no lo somos. ¡No se lo digas a mi madre! Ella cree que no puedo salir con nadie hasta que esté en el instituto. Papá dice que no puedo hasta cumplir los treinta, pero mamá le responde que eso es sexista y que puedo tener independencia, solo que una vez que esté en el instituto.

Mandy recogió las revistas del suelo.

—En fin, mamá y yo iremos de compras mañana. Me prometió comprarme un bolso nuevo para el colegio. ¡Deberías venir!

—Quizá pueda llevarme esto. —Jisu posó la mano sobre su cámara. Cerró los ojos y se imaginó tomando fotos de las calles de San Francisco.

—Jisu, sé que te vas a quedar dormida. —La cogió de los hombros y la sacudió—. Mamá me ha dicho que me asegure de que no lo hagas.

—Todavía es temprano. Una siestecita no cambiaría nada...

—¡No! Vas a venir a mi cuarto y vamos a ver todos los tutoriales de Jake & Jimmy. —Mandy agarró a Jisu de la mano y la arrastró fuera de la habitación. Y aunque Jisu solo pensaba en dormir, se dio cuenta de que no le importó.

CITA N°3

NOMBRE: Kim Heesoo

INTERESES
Anime, gatos, música pop.

LOGROS
Medalla de oro olímpica en tiro con arco.

HEESOO: Eh, tengo que confesarte algo.

JISU: ¿Qué pasa?

HEESOO: Esta es mi primera *seon*. Y creo que estoy un poco nervioso.

JISU: Ay, cielos, ¡no lo estés! Has estado genial hasta ahora. Sinceramente, no lo habría sabido si no me lo hubieses dicho. Tienes suerte de que tu primera sea con una tonta como yo.

HEESOO: Tu hoja de presentación decía que has ganado premios con tus fotos. No me parece que seas tonta.

JISU: ¿Que decía *qué*? Me presenté a un concurso de la ciudad sin importancia y gané. No soy fotógrafa del *National Geographic* ni nada de eso.

HEESOO: Aun así, sigue estando guay.

JISU: No me puedo creer que ponga eso en mi hoja de presentación. Ya se ve que la señora Moon es de las que se toman licencias poéticas y exageran.

HEESOO: También decía que has adoptado y cuidado a cinco cachorros abandonados como si fuesen tus propios hijos.

JISU: ¡¡Mentira!!

HEESOO: Nah, es broma.

JISU: Espera, espera. *Tu* hoja de presentación decía que has ganado una medalla de oro olímpica en tiro con arco. ¿Significa eso que simplemente has lanzado una o dos flechas sin más en clase de gimnasia?

HEESOO: No, no. Sí que tengo una medalla de oro, ¡te lo juro!

JISU: Guau, y entre los dos, ¿*tú* eres el que está nervioso?

HEESOO: Bueno, no soy ningún Son Heungmin. El tiro con arco mola, pero no tanto como el fútbol. Literalmente estoy de pie, estirando y soltando una cuerda. Nadie guay me va a patrocinar.

JISU: Vale, eso puede ser cierto, pero al menos tiene que molar ser el mejor del mundo en algo, ¿no? Es más de lo que yo puedo decir de mí misma.

HEESOO: Supongo que sí.

JISU: Heesoo, tengo que ser sincera, para ser un medallista olímpico, me sorprende tu falta de vanidad.

HEESOO: Es que no es para tanto.

JISU: Te mereces otra medalla de oro. En autocrítica.

HEESOO: La señora Moon debería incluir lo graciosa que eres en tu hoja de presentación.

JISU: No quiero ver la mía, la verdad. Ni siquiera soy capaz de imaginarme qué versión alternativa y falsa de mí está escribiendo ahí.

HEESOO: Sí, yo tampoco querría ver la mía. Debe de ser como escuchar una grabación de tu propia voz. ¿Qué decía la mía, aparte de lo de la medalla de oro? ¿Te acuerdas?

JISU: Umm. Creo que se mencionaban los gatos en el apartado de intereses. ¿Tienes uno?

HEESOO: ¡Sí! Se llama Simba. Es un gato atigrado naranja.

JISU: Oh, ¡esos son una monada!

HEESOO: ¡Sí que lo son! Siempre va a frotarse la cabeza contra tu pierna y te empuja hasta la cocina para que le des de comer. Ay, Dios, ahora estoy hablando demasiado sobre mi gato. A nadie le interesan esas cosas.

JISU: No, para nada. Simba parece muy adorable. Me encanta el nombre.

HEESOO: Se lo puso mi hermano pequeño. Estaba pasando por una fase de *El rey león* cuando nos hicimos con Simba.

JISU: Bueno, ¿acaso el mundo no está siempre en una fase de *El rey león*? Esa probablemente sea mi película favorita de Disney.

HEESOO: La mía también. Mi hermano pequeño y yo nos llevamos doce años, así que he estado reviéndolas todas con él. La mayoría se soportan, en realidad.

JISU: ¿En serio? ¿Incluso en las que las princesas están literalmente inconscientes cuando sus Príncipes Encantados las despiertan con un beso?

HEESOO: Ah, sí. Esas, obviamente, no. Vaya, debo de sonar como un auténtico imbécil.

JISU: En realidad, no. Heesoo, de verdad que no hay razón para que estés nervioso. Tú solo piensa que estas *seon* son como una versión de las entrevistas de trabajo, pero más relajadas.

HEESOO: Pero ¿y si nunca he estado en una entrevista de trabajo?

JISU: ¿A qué te refieres?

HEESOO: El tiro con arco ha ocupado prácticamente toda mi vida, ¿sabes?

JISU: Ah, cierto. Y apuesto a que no socializáis mucho allí.

HEESOO: Sí, mis compañeros de equipo son el arco, las flechas, y mis manos.

JISU: Eres gracioso. ¿Lo sabes?

HEESOO: ¿De verdad lo crees? ¿Así es cómo van las *seon*? ¿Debería esperar bonitos cumplidos en todas?

JISU: No quiero subirte el listón demasiado alto, pero créeme. Creo que te irá genial y que solo tendrás que ir a unas pocas antes de encontrar a tu pareja.

HEESOO: ¿Y tú? ¿A cuántas tendrás que ir antes de encontrar a la tuya?

JISU: Para serte sincera, solo vengo a las citas por mis padres. En realidad, no quiero empezar ninguna relación. Hay muchas otras cosas con las que disfrutar todavía.

HEESOO: Bueno, espero que conectes con alguien bueno. Eres una buena persona, Jisu.

JISU: Vaya, gracias, Heesoo. Yo también te deseo lo mismo a ti.

4

Jisu estaba fregando los platos y terminándose la taza de café por la mañana cuando Linda y Mandy bajaron las escaleras. Si había algo bueno en tener *jet lag* era que ahora levantarse pronto ni parecía requerir demasiado esfuerzo.

—¡Madrugadora, por lo que veo! —exclamó Linda mientras vertía café en su termo de viaje—. Mandy... ¿puedes coger las llaves? Las dejé encima del escritorio, en mi despacho.

—¿Vamos a ir en coche? —preguntó Jisu—. Siempre puedo coger el BART y encontrarme con vosotras en el centro comercial. Quiero aprender a moverme sola por la ciudad, igualmente.

—No seas tonta, Jisu. En coche llegaremos más rápido. Compraremos lo que necesitemos y nos marcharemos. Tienes que prepararte para tu primer día de instituto. Y tendrás tiempo de sobra para ver la ciudad. No necesitarás... nada de eso. —Linda hizo un gesto con la mano a la funda donde Jisu guardaba su cámara.

Era fascinante cómo Jisu podía reconocer rastros del *jansori* de su madre en la voz de Linda. Se abrochó la chaqueta y no se descolgó la cámara del cuello.

—Luego, si nos sobra tiempo después de comprar, ¿podamos pasear un rato? —le preguntó, esperanzada.

—Sí, mamá. ¿Qué prisa hay? —respondió Mandy—. Ooh, ¿y podemos almorzar en el Rotunda? ¡Tenemos que enseñárselo!

—Vale, vale. Pero primero asegurémonos de que cogemos todo lo que nos hace falta.

El gran centro comercial en pleno San Francisco no era tan alto, ni limpio, ni amplio como los de Seúl, pero era lo bastante similar como para recordarle a Jisu a su hogar. Las escaleras mecánicas que subían desde el sótano hasta la undécima planta le recordaban a Jisu a los centros comerciales de Shinsegae y Lotte. Moda, compras, la ley de la oferta y la demanda; era prácticamente lo mismo sin importar el país en el que se estuviese.

Jisu estaba rebuscando al tuntún entre un estante de abrigos cuando oyó a un grupo de mujeres de mediana edad reírse y hablar entre ellas en coreano. La familiaridad la hizo aguzar los oídos.

—*Aigoo*... ¿otro bolso de Michael Kors? Si ahorraras y no te comprases los últimos tres bolsos Michael Kors, podrías haberte pillado uno bonito de Chanel.

—Ya no me importa Chanel. Michael Kors es la marca que llevan ahora las jóvenes *agashi*.

—Ya habrán pasado como tres décadas desde que tú fuiste una *agashi*. Dale el Kors a tu nuera y quédate con el Chanel.

—¡*Omo, omo*! ¡Venid a ver este! Valentino... ¡qué elegante!

Ajummas. Eran igual en todos sitios. Se desvivían por los bolsos de marca, hacían comparaciones interminables y hablaban de sus hijas y nueras.

Para Jisu, su conversación en coreano era como estar envuelta en una manta calentita. Una oleada de nostalgia la embargó de pies a cabeza al observar a las mujeres alejarse hacia la siguiente sección de la tienda.

Jisu rápidamente hizo una foto y luego se la mandó a su madre con un mensaje en inglés.

> Acabo de oír a unas cuantas ajummas hablar sobre bolsos. Me han recordado a ti. Te echo mucho de menos.

Antes de poder volver a guardar el móvil en el bolso, sonó. Su madre ya le había respondido.

> ¡Qué gracia! ¡Hoy me fui de compras con tu *gomo*! Las *ajummas* son iguales vayas donde vayas.

Al mensaje le siguió el emoticono de un gato riéndose y una foto de un bolso de mano nuevo del que todavía colgaba la etiqueta.

> Jisu, ¿qué opinas? Lo he comprado hoy. ¿Me lo quedo o lo devuelvo?

Jisu sonrió. Siempre había preferido salir con Euni y Min cuando su madre y su tía la obligaban a ir de tiendas con ellas. Pero ahora se moría de ganas de estar en un probador de alguna tienda en Gangnam, dándoles su opinión en persona.

> *Gomo* también ha comprado unos cuantos jerséis que te va a enviar, aunque le he dicho que no tiene por qué. Asegúrate de llamarla y de darle las gracias cuando te lleguen por correo.

> Gracias, omma. ¡Lo haré! No pases demasiado tiempo con gomo o appa se sentirá solo.

La señora Kim respondió con un emoticono riéndose, acompañado de una foto del señor Kim. Estaba sentado al otro lado del sofá leyendo el periódico con interés.

> ¿Te refieres a este viejo? Ni siquiera soy capaz de hacer que levante los ojos del periódico. ¡No creo que se diese cuenta siquiera si pasara el día entero con tu *gomo*!

Si Jisu pudiese meterse de cabeza en el teléfono y salir en el salón de sus padres al otro lado y sentarse entre ellos en aquel sofá blanco, lo habría hecho. Jisu miró en derredor en busca de las *ajummas* y deseó que se hubiesen quedado allí un poco más.

—¡Pero, mamá, me prometiste que me comprarías un bolso nuevo para el colegio!

Jisu atravesó unos cuantos estantes de ropa y vio que Mandy y Linda estaban discutiendo.

—Mandy, ese bolso es muy bonito, pero es muy caro. Puede ser tu regalo de navidad, pero no puedes usarlo de mochila para el colegio. ¿Cuántos estudiantes llevan las libretas en un Celine? Cariño, sé realista. —Linda parecía estar exasperada.

—¡Las chicas llevan bolsos muchísimo más ridículos que este en el colegio! Yo usaría este durante toda mi vida. Y si no me lo compro ahora, en navidad todo el mundo ya lo tendrá y la gente se pensará que soy una copiona. ¡Ni siquiera lo entiendes! —se quejó Mandy.

Jisu se quedó helada en el sitio. Todas las madres e hijas discutían mientras compraban, pero eso siempre se quedaba entre tu madre y tú. Fue incómodo para Jisu presenciar a alguien más haciéndolo. Cogió un jersey y lo miró con mucho más interés del que realmente sentía, con la esperanza de que Mandy y Linda no la llamaran ni la involucraran en la discusión. Podría darse la vuelta y deambular hasta la otra punta de la tienda hasta que se hubiesen calmado. Pero antes de poder alejarse, Linda levantó la mirada y le hizo señas para que se acercase.

Nooo, Linda. Por favor, no me involucres en tu drama.

—Jisu, ¿las chicas en tu anterior instituto se paseaban por los pasillos con bolsos caros de Celine o Louis?

Jisu podía sentir las miradas intensas tanto de Linda como de Mandy. Era como si una cuerda la rodease y cada una de ellas estuviese a un lado, tirando de ella como en un tira y afloja. Jisu no se movía ni para un lado, ni para el otro, pero la cuerda seguía apretándose con cada tirón, dejándola paralizada.

Posiciónate del lado de Linda y sigue cayéndole en gracia, ya que estás viviendo bajo su techo. Posiciónate del lado de Mandy y no te dará la espalda...

—En Daewon solo se podía llevar el uniforme, así que todas llevábamos la misma mochila.

Uf. Ha estado cerca.

—¿Pero no crees que sería un poco ridículo que una niña de trece años lleve un bolso de marca a clases de español o estudios sociales?

Linda, ¿por qué me haces esto?

—Bueno, sí que es un bolso precioso. Mandy. Veo por qué te encanta —Jisu empezó y miró a Mandy con confianza—. Pero es caro. Así que yo lo reservaría para ocasiones especiales. E incluso si te lo compras más adelante, nadie pensará que estás intentando encajar.

—¿Quién dice que esté intentando encajar con nadie? —Mandy la atravesó con la mirada.

Yuju. He estado tan cerca. Aj, adolescentes.

—¿Estás diciendo que soy una perdedora que imita a los demás? Mamá, ¿me está llamando perdedora? —se quejó Mandy—. Esta es la última novedad en bolsos, de la última gama. Si lo llevo al colegio, todos intentarán copiarme a *mí*.

—Mandy, cariño, eso no es lo que Jisu quería decir. —Linda miró a Jisu como si estuviese intentando que dijese algo… cualquier cosa, para calmar a su hija.

—Sí, lo siento, Mandy. No era lo que quería decir. Obviamente tienes buen gusto. ¿Pero qué prisa hay? ¿No prefieres crear el máximo impacto y dejar a tus compañeros de clase flipados de vez en cuando, en vez de demostrarles tu estilo a diario?

Mandy lo ponderó durante un momento.

—¿Sabes qué? Tienes razón —dijo. Mandy dejó el bolso tranquilamente en la mesa de exposición.

Gracias, articuló Linda en silencio hacia Jisu.

Nota mental: no volver a inmiscuirse en dramas de madres e hijas.

Jisu soltó un profundo suspiro, como si hubiese estado con la cabeza bajo el agua durante demasiado tiempo. Caminó tras Linda y Mandy a una cierta distancia de seguridad mientras ellas salían de la tienda y se dirigían al Rotunda para comer.

El Rotunda se encontraba en lo alto del centro comercial. Jisu se maravilló ante la enorme bóveda de cristales de colores sobre sus cabezas. Se apoyaba sobre pilares gigantescos ornamentados con motivos dorados. La brillante luz del sol de la tarde penetraba a través de los ventanales de alrededor que iban del suelo hasta el techo. Linda pidió una selección de delicados montaditos, una tetera y una gran variedad de pastas. Jisu sintió que había ascendido de la sección de accesorios de mujer directamente hacia el cielo, para tomar té con los ángeles. Sacó la cámara y tomó unas cuantas fotos de aquellos impresionantes cristales.

—¿Puedo ver las fotos que has hecho hoy? —le preguntó Mandy. Jisu se inclinó sobre la mesa y le mostró cómo pasar las imágenes en su cámara réflex.

—¿Esto es fotografía de la calle? —Mandy señaló una foto de una mujer de pie en la acera agarrándose la falda que se le había levantado con el viento.

—Técnicamente, sí, supongo. —Jisu no estaba muy al día con la terminología propia del mundo de la fotografía. Simplemente tomaba una foto si veía algo que merecía la pena capturar en una imagen.

Mandy le dio a la flechita derecha. La siguiente imagen era una borrosa de un hombre en una bici, pedaleando por la calle. La siguiente, un niño de la mano de su madre mientras cruzaban la calle. La siguiente, unas cándidas Linda y Mandy caminando a través del aparcamiento con los brazos enganchados. La siguiente, un grupo de mujeres coreanas de mediana edad, charlando y riéndose de un expositor de bolsos de marca.

—Jisu, ¿cómo sabes hacer funcionar bien esa cosa? —Linda se asomó sobre el hombro de Mandy para ver las fotografías.

—Mayormente me autoenseñé. Siempre que no entendía algo, lo miraba en YouTube —dijo Jisu.

—¿Sabes? El Wick-Helmering tiene un club fantástico de fotografía. Deberías unirte. Apuesto a que te encantaría.

Jisu ya lo sabía. La extensa lista de clubes yacía sobre su escritorio en la casa. Había rodeado el club de fotografía, junto con el de debate, el de modelos, el de voleibol internacional y el de dibujo, y tenía intención de ojearlos todos. Wick era un buen instituto, de gran reputación, así que ser activo con las actividades extraescolares probablemente fuese importante. Pero ¿cuán ambiciosa era la media de estudiante en Wick? Jisu se estremeció. Reflexionar sobre las diferencias entre Daewon y Wick la hacían temer su primer día de clase. Por lo menos, podría intentar evitar pensar en ello hasta que se viese obligada a enfrentarse de pleno.

—No sé si a mis padres les haría mucha gracia. Quieren que me centre en mis estudios. Estoy aquí para estudiar tanto como pueda en un año.

—Si tan obsesionados están con las notas, ¿cómo pueden hacerte ir a citas con cientos de chicos? —preguntó Mandy.

—¿Citas? ¿Cientos de chicos? ¿Me he perdido algo? —inquirió Linda.

—Mandy está exagerando —respondió Jisu—. Por encima de las solicitudes a diferentes universidades, mi madre insiste en que encuentre al novio perfecto, de la familia adecuada, y que vaya al instituto correcto. Me hace ir a algunas citas.

—Cielo, no sé si tendrás tiempo siquiera para encontrar a un chico así, o si siquiera existe —dijo Linda.

—¡Al parecer sí! —añadió Mandy—. Hay una casamentera profesional. Es como el hada madrina de Jisu. Esa mujer junta a las parejas más poderosas de Corea del Sur. Y empieza con esas *seon* tan formales y…

—En realidad, no son tan glamurosas ni tan de locos como suena. —Jisu se rio, nerviosa. Se sentía como una completa alienígena. Una cita era una cita… no había nada raro en tener una casamentera, ¿verdad?—. Es como ir a una aburrida entrevista de trabajo una y otra vez.

—Bueno, quizás conozcas a alguien en el instituto. A la vieja usanza… como yo conocí al padre de Mandy. —Linda sonrió y apoyó una mano en el brazo de Mandy. Mandy se murió de la vergüenza—. Mandy, ¿cuál dirías que es el mejor modo para que Jisu se presente en sociedad en Wick?

—No creo que haya que hacer mucho, la verdad. —Mandy se encogió de hombros—. Ya vas a ser la chica nueva. ¡Todos se fijarán en ti y te observarán sin motivo alguno!

CITA Nº4

NOMBRE: Yoon Sejun

INTERESES
EDM, club audiovisual, promociones.

PROFESIÓN DE LOS PADRES
Actor de telenovelas, coordinadora de bodas.

SEJUN: Dime, Jisu… ¿qué te gusta hacer aparte de las cosas aburridas del instituto?

JISU: Me ha empezado hace poco la afición por la fotografía; sí, ya lo sé, ¿hay algún adolescente de diecisiete años con cuenta en Instagram que no se denomine a sí mismo como fotógrafo?

SEJUN: Puedo juzgarlo yo mismo. ¡Ahora mismo! Escríbeme aquí tu nombre en Instagram.

JISU: ¿Me vas a poner en un apuro así tal cual? Vale, mira. Ya me dirás.

SEJUN: La verdad es que están muy chulas. La gente publica paisajes simples, pero me gusta tu enfoque. Como esta foto de la torre Namsan. Me da la sensación de que todo el mundo hace la misma foto aburrida, pero no la había visto desde esta perspectiva. Está guay.

JISU: Vaya, ¡gracias! Muy amable por tu parte.

SEJUN: Y esta también. ¿Es de la isla de Jeju?

JISU: ¡Sí! Estuve la primavera pasada de vacaciones con mis padres para ver florecer las flores de canola.

SEJUN: Esta foto me recuerda tanto a un cuadro de Andrew Wyeth. Lo acabo de ver en la clase de historia del arte. Se trata de una mujer en un campo, y esta es como la versión feliz.

JISU: *¿El mundo de Cristina?*

SEJUN: ¡Sí, así se llama! ¿Cómo lo sabes?

JISU: Estaba pensando en ese cuadro al hacer la foto e intenté conseguir una perspectiva distinta.

SEJUN: ¿La de la foto eres tú? ¿También has hecho la foto?

JISU: Sí, era cuando estaba empezando con los autorretratos. Aprendo sobre la marcha.

SEJUN: Impresionante. En serio. Espera, ¿por qué tienes solo cincuenta y siete «me gusta» en la foto?

JISU: ¿En serio? A mí me parecen muchos... es una de mis publicaciones más populares.

SEJUN: Porque solo tiene 259 seguidores.

JISU: ¿Solo? No se me ocurrirían 259 personas a las que invitar a una fiesta, así que para mí ya es mucho... ¿cuántos tienes tú?

SEJUN: Acabo de llegar a los diez.

JISU: ¿Diez...?

SEJUN: Diez mil. Mi objetivo es llegar a los cincuenta antes de que acabe el año. Ya me dan muchas cosas gratis para hacer publicidad.

JISU: ¿Cómo puedes tener tantos seguidores? ¿Tienes un blog?

SEJUN: No, a la gente simplemente le gusta mi cara.

JISU: Qué gracioso.

SEJUN: No, lo digo en serio. Cualquier foto con mi cara tiene tres veces más «me gusta» que una publicación de una multitud en un festival de música, mi coche o el café que bebo por la mañana.

JISU: ¿Me... alegro?

SEJUN: Oye, ¿haces retratos o fotos de cara? Estaba pensando en hacerme algunas.

JISU: No, no he hecho...

SEJUN: Apuesto lo que sea a que harías un trabajo genial. Todas tus publicaciones tienen un buen sentido de composición y de luz.

JISU: ¿Por qué siento que me estás entrevistando para un trabajo de fotografía?

SEJUN: No, no. No quería que sonase así. Es que tienes mucho talento.

JISU: ¿También quieres interpretar o...?

SEJUN: Nah, no necesito ese tipo de fotos pastelosas ni nada. Simplemente pensaba que estaría bien hacerme unas fotos. Al menos mientras soy joven y antes de que empiecen a aparecerme las canas y las arrugas, ya sabes.

JISU: Sí... claro. Apuesto a que a tus seguidores les encantarían.

SEJUN: ¡Exacto! Ahora lo pillas. Vale, voy a subir tu retrato Wyeth y cuando me hagas el retrato, te etiquetaré. Te aseguro de que tendrás el triple de seguidores.

JISU: Eh... ¿gracias? La verdad es que ahora mismo la fotografía solo es una afición que tengo. Mis padres siempre me están diciendo que me distraigo demasiado y que necesito centrarme en los estudios.

SEJUN: Mis padres me dicen lo mismo. Me repiten que paso demasiado tiempo con el móvil.

JISU: Sí... es como observar tu reflejo en un lago.

SEJUN: Sí... espera, ¿qué has dicho?

JISU: ¡Nada! Y bueno, ¿dónde te apetece hacerte esas fotos?

SEJUN: Um, no quiero un sitio tan obvio como la torre Namsan. Ahora que lo dices, ¿tienes la cámara aquí?

JISU: ¿Quieres que te saque la foto ahora?

SEJUN: Ah, ja, ja. ¡No, para nada! Era una broma. Sí, una broma.

JISU: Venga. Voy a hacerte una con el móvil. No tienes que hacerte una sesión para que valga para Instagram.

SEJUN: ¿Estás... segura?

JISU: Sí, pero no poses. Sé tú mismo. Mira hacia allí. Y ahora bebe un sorbo de café.

SEJUN: Nunca he hecho esto en una cita.

JISU: No me digas. Mira, ¿qué te parece?

SEJUN: Vaya... son muy buenas. A ninguno de mis amigos se le da bien sacar fotos. Debería presentarte a mi madre.

JISU: ¿Tu madre? Sejun, nos acabamos de conocer, literalmente.

SEJUN: ¡No! No me refería así, en serio. Lo siento. Es coordinadora de bodas y seguramente pueda presentarte a algunos clientes. Podrías obtener bastantes beneficios, más cámaras y equipo para ellas.

JISU: La verdad es que no es una mala idea. ¡Lo pensaré! ¿Qué hace tu padre?

SEJUN: Era actor de telenovelas, pero ya se ha retirado. Todo el mundo dice que me parezco a él.

JISU: Por eso debes de tener a todos esos seguidores en Instagram.

SEJUN: Lo cierto es que sí. La mitad de los comentarios son de señoras de mediana edad que son sus seguidoras acérrimas.

JISU: Lo decía en broma... pero supongo que no me sorprende.

SEJUN: Estos retratos son muy buenos, Jisu. ¡Me alegro de haberte conocido!

JISU: Y yo me alegro de que te gusten las fotos, Sejun.

5

Decir que Wick-Helmering era igual que como salía en los panfletos sería quedarse corto. No sabía cómo, el césped era tan frondoso y verde como lo habían mostrado, cada edificio moderno y de cristal brillaba tanto como en las fotos, y todos los estudiantes iban vestidos de forma impecable, tal y como se esperaba. Ver a todo el mundo con ropa diferente era un gran cambio de aires y hacía que observar a la gente fuese todavía más interesante. Como en la mayoría de los institutos privados, Daewon obligaba a sus estudiantes a llevar uniforme. El suyo era mejor que los de otros centros privados en Seúl —polos blancos y entallados, elegantes chaquetas azul marino y sencillos pantalones y faldas caqui— pero toda la cara individualidad de aquí era mucho más estimulante visualmente de lo que Jisu había anticipado.

> Euni... no tengo ni idea de cómo voy a hacer amigos aquí. ¿Merece la pena siquiera si solo voy a estar un año?

Jisu escribió en su teléfono. Dada la diferencia horaria, sus conversaciones con Euni a veces iban con retraso, pero era mejor que nada. Todavía la hacía sentir bien mandarle un mensaje, sabiendo que tarde o temprano Euni lo leería en su móvil.

¿Cómo habían podido sobrevivir las amistades o cualquier relación antes de que hubiese mensajes de texto y videollamadas?

—¡Hola! Tú debes de ser Jisu Kim. —Una chica enérgica apareció frente a Jisu—. Soy Kaylee Andrews, tu compañera de clase y guía asignada. ¡Me alegro de conocerte! —Kaylee le dio a Jisu un abrazo tan grande como su sonrisa. Tenía la piel blanca y pálida, los ojos de un color marrón claro y el pelo largo y cobrizo recogido en una trenza de espiga sujeta en la punta con un lazo negro y dorado, los colores de Wick-Helmering. Iba ataviada con un jersey con las letras WH y portaba una botella de agua con el logo del instituto. Kaylee iba vestida como un anuncio patrocinado para el colegio.

Los estudiantes internacionales habían tenido una orientación separada en los días anteriores al primer día de clase. Habían emparejado a cada estudiante con otro de WH para que les enseñasen los terrenos del centro y los ayudasen a sentirse cómodos. Técnicamente, Jisu no había llegado tarde al calendario académico de Wick, pero tampoco estaba tan integrada como los demás. Los otros ya habían encontrado a su gente y estaban emocionados comparando sendos horarios de clase. Este año Jisu era la única estudiante internacional de último año, y el entusiasmo usual por empezar un nuevo capítulo en su vida se vio reemplazado por el miedo. La única esperanza de Jisu era que el semestre pasase tan rápido como fuese posible.

—Soy horrible con los mapas y no tengo ni idea de dónde está mi primera clase. ¿Me puedes indicar a dónde ir? —le preguntó Jisu a Kaylee.

—¡Por supuesto! Veamos… Inglés es en el edificio Scribner, que está al otro lado del campus. Yo tengo una clase distinta, pero está en el mismo edificio, así que te acompañaré. Además, ¡puedo hacerte un tour extraoficial por el insti!

Kaylee y Jisu se abrieron paso a través de los terrenos del instituto. Lo que debería haber sido un paseíto por el campus, se convirtió en toda una visita guiada, con Kaylee parándose cada dos por tres para saludar a gente con la que se cruzaban.

—Este es el edificio Harding, que es donde se dan todas las clases de matemáticas y ciencias. La oficina de la señora Sullivan está en este edificio y siempre se trae a su adorable pastor alemán con ella cuando tiene horas de oficina. Es un perro de búsqueda y rescate.

Kaylee señaló a una zona de césped.

—Aquí es donde todo el mundo come cuando hace buen tiempo. En invierno todos nos metemos en el auditorio. A veces, si necesito mi espacio, me escaqueo a la sala de ordenadores y como allí mientras le echo un ojo a Twitter. Está supertranquilo y nadie te molestará.

»Esos tráilers de allí son puntos temporales de estudio mientras el instituto está en obras, pero en realidad son lugares a donde la gente va a morrearse. Una vez vi a Jimmy Chow y a Angela Sarinas salir de uno con las caras rojas.

Jisu asintió y sonrió, aunque se sentía un poco confusa debido a toda la información que le había soltado de golpe.

—Ay, claro, esos nombres a ti no te dicen nada. —Kaylee se rio—. Jimmy ha sido novio de Karina Bahari desde primaria. Pero ya no, ¡ya que lo pilló liándose con Angela!

Kaylee siguió hablando y dándole a Jisu toda la información sobre qué profesores eran estrictos y cuáles buena gente y que siempre ofrecían créditos extra. Y por cada dato que le daba Kaylee, también la obsequiaba con información social de cada compañero de clase con los que se topaban.

—*¡Kelly! Ay, Dios, hola, ¿cómo fue tu viaje familiar a Marruecos? Todas tus fotos en Instagram fueron impresionantes... ¡Dana! Acabo de terminar de ver* Scandal *con Molly. Tenemos que hablar de la serie... ¿Eh, Sam? Por favor, ¿no me digas que este verano lo único que has hecho ha sido dejarte coleta? Te hace falta un corte de pelo con urgencia... ¡Brittany! Tu falda me vuelve loca. Deberías comprártela en todos los colores.*

Parecía que Kaylee tenía un inventario riguroso e interminable sobre todos sus compañeros. Le hizo un mapa a Jisu de todos los amigos, amantes, enemigos y enemigos íntimos.

—*Madison apuñala a todo el mundo por la espalda y cambia de grupo de amigos todos los meses. Mantente alejada de ella. Si tienes alguna clase con Jayson, que sepas que va a tontear contigo y luego te pedirá si puede copiarte los deberes. Ignóralo.*

Jisu dejó de intentar mantenerle el ritmo. Si tenía alguna pregunta, siempre podía consultar el dossier social de Kaylee.

—Espera, no mires, pero el chico que está junto a la estatua de allí es Austin Velasco —dijo Kaylee a la vez que apartaba la mirada; de repente parecía completamente tímida.

Jisu, por supuesto, miró directamente en dirección a la estatua. Había un grupo de chicos riéndose de algo que había dicho uno de ellos.

—¿Cuál es...?

—El que tiene el pelo más largo. Moreno. Bronceado. ¿Cómo puede estar siempre tan bronceado? ¿Quizás porque es filipino? También sé que surfea mucho, ¡pero es una locura! ¿Lo ves? ¿Está mirando hacia aquí? —Kaylee levantó la mirada y, al instante, volvió a cambiar a su otro yo animado y sociable. Saludó al grupo de chicos con la mano.

—Ay, madre, él es el único que no me ha devuelto el saludo. ¿Quién se cree que es? Al menos Michael sí me ha saludado. Él es el de la gorra de béisbol.

¿Dónde estaba el edificio Scribner? Jisu quería que empezase la clase de una vez y que su día por fin diese comienzo.

—Ah, antes de que me olvide... mañana es la feria de los clubes. Habrá muchísimas mesas colocadas en el patio para cada club y podrás decidir a cuáles quieres unirte —le explicó Kaylee.

—¿A cuántos clubes se apunta normalmente la gente? —preguntó Jisu.

—Bueno, diría que siete u ocho en total, pero yo solo me dedico en serio a tres o cuatro. Solo cedo mi hora del almuerzo y las horas después de clase para cosas que realmente me interesen.

Jisu había asistido a muchísimas actividades extraescolares en Seúl, y parecía que Kaylee y otros estudiantes de Wick-Helmering también se mantenían ocupados, pero no al nivel de Daewon. El instituto ya era duro de por sí, así que saber aquello era un alivio. Destensó los hombros y sus pasos le resultaron ligeramente menos pesados mientras seguía a Kaylee hasta la primera clase. Por primera vez desde que hubiera aterrizado en San Francisco, Jisu se sintió cómoda. Quizás estar aquí no fuese tan mala idea; quizás este cambio drástico le resultase útil. Quizás pudiese prosperar.

—Chicos, tenemos una estudiante muy especial que viene desde Asia. —La profesora de inglés, la señora Hollis, llamó la atención de los alumnos. Había algo en cómo había pronunciado la palabra *Asia* que a Jisu le resultaba inquietante, como si la hubiese descrito como un animal exótico del zoológico. Sus compañeros de clase giraron la cabeza hacia ella, y sus miradas fijas hicieron que Jisu quisiese hacerse una bola y desaparecer.

—¡Jisu! ¿Por qué no vienes y te presentas bien? —la señora Hollis pronunció su nombre con la *J* y la *S* muy exageradas y sonó como una cacofonía. Pero debió de tener buena intención... era imposible que la señora Hollis supiese lo extraño que sonaba su nombre pronunciado así. Aun así, Jisu se tensó y se hincó las uñas en las palmas de las manos.

—Hola a todos, me llamo Jisu Kim. Estoy en último año y acabo de mudarme de Seúl, en Corea. Tengo muchas ganas de conoceros a todos —declaró simplemente Jisu.

—¿Sabes? Estoy impresionada —dijo la señora Hollis—. Tu inglés es muy bueno, y ¡tu sentido del humor se traduce también muy bien!

Jisu sonrió porque la señora Hollis la estaba halagando, pero las palabras no le sonaron tanto como un halago. Jisu llevaba nueve años estudiando inglés en el colegio, así que por supuesto que su inglés era bueno. Pero la señora Hollis no necesariamente tendría por qué saberlo. Aun así, ¿por qué la admitiría en su clase si no fuese lo bastante buena?

Jisu regresó a su asiento y apoyó las manos en el pupitre. No se explicaba la incomodidad que estaba empezando a sentir por todo el cuerpo. La señora Hollis había intentado darle la bienvenida a la clase lo mejor posible, pero aquel intento, por alguna razón, había hecho sentir a Jisu fuera de lugar. No estaba enfadada, no, pero sí que sentía una punzada de irritación. No la dejaba entrever, pero sí que la notaba presente.

Jisu intentó quitárselo de la cabeza y centrarse en la clase, pero aquella sensación era como una niebla tenaz que no terminaba de disiparse ni de desaparecer. Jisu era muy consciente de que era la chica nueva del instituto y encima venía de otro país diferente, pero nunca se había sentido como una extraña hasta ahora.

La mesa de «necesito amigos» era exactamente como sonaba: una iniciativa con toda la buena intención del mundo como base. Pero era simplemente donde todos los estudiantes internacionales se juntaban incómodamente entre clase y clase. Todos eran de diferentes ciudades por todo el mundo —Seúl, Perth, Copenhague, Hong Kong, Karachi— pero eso era lo único que tenían en común. *Estaré aquí solo un año. Entro y salgo. Solo buenas notas. No necesito ningún amigo, ¿no?*

Jisu le mandó otro mensaje a Euni, que probablemente siguiese dormida.

> Wick-Helmering es un rollo. Aparte, ¿qué clase de nombre es Wick-Helmering? Todos aquí son demasiado simpáticos y están demasiado enamorados de su instituto. Estoy muy triste. Te echo de menos, mejor amiga.

—¿No va muy bien el primer día?

Jisu levantó la mirada al chico que se había sentado frente a ella. Tenía los ojos marrones claro y unas cejas pobladas y negras, el mismo color que el pelo ondulado y rebelde que tenía. Jisu entonces cayó en la cuenta de que estaba frunciendo el ceño. También había estado encorvada mirando el móvil, de lo que se percató cuando irguió la espalda de forma automática.

—Austin Velasco. Encantado de conocerte. —Tenía una sonrisa torcida que, de alguna manera, era perfecta y de la que emanaba un gran carisma juvenil.

Así que *este* era por quien había estado Kaylee babeando antes. Sí que parecía tener un tono bronceado natural, tal y como había descrito.

—Encantada de conocerte a ti también… —dijo Jisu.

—Bueno, tú eres la única estudiante internacional de último año, ¿verdad? —preguntó Austin.

—Sip, esa soy yo. Acabo de mudarme de Seúl hace unos días.

—¿Así era cómo normalmente funcionaba la mesa «necesito amigos»? ¿Siempre se terminaba hablando con un chico guapo?

—¿Cómo es que has terminado aquí? —preguntó Austin.

—Es una larga historia. Pero, básicamente, tengo que sacar notas perfectas en todas las asignaturas para que luego mi futuro merezca la pena —explicó Jisu.

—Ostras —dijo. No me imagino haciendo algo así. Debe de ser duro. —Austin miró a Jisu con compasión, y por primera vez en su primer día de clase, sintió que alguien la veía de verdad.

—No es tan malo. Kaylee me está ayudando mucho, y solo voy a estar aquí un año. —Jisu pudo sentir la mirada de Kaylee fija en ella y en Austin desde el otro lado de la cafetería.

—Bueno, y ¿cómo es Corea del Sur? —preguntó Austin—. ¿Os llegan olas buenas allí?

—¿Olas? Uh, tenemos algunas playas en condiciones. ¡E islas también! Yo voy bastante a la isla Jeju con mi familia. Tienen esos campos de canola que florecen todas las primaveras. —Jisu sacó el teléfono y rebuscó en el álbum de fotos.

—De hecho, tengo fotos de la última vez que fuimos. —Sostuvo el móvil en dirección a Austin.

—Vaya, son increíbles. —Austin le cogió el móvil y miró las fotos más de cerca—. ¿Las has hecho tú?

Jisu asintió. Austin la volvió a mirar con aquella sonrisa torcida y el estómago de Jisu dio un vuelco. Empezó a escribir algo en su teléfono. *¿Qué está haciendo?* Por un momento se asustó, y recordó todos los selfis tontos que podría ver con tan solo deslizar la imagen hacia la derecha o hacia la izquierda. Pero antes de que pudiese arrebatarle el móvil, Austin se lo tendió.

—Toma. Ahora tienes esta foto tonta y mi número. —Ahí estaba en la pantalla. Austin Velasco se había mandado un mensaje a sí mismo desde el teléfono de Jisu.

¿Supongo que esta es una forma de hacer amigos? Jisu nunca había conocido a nadie tan atrevido ni directo en sus primeras interacciones con ella. Recuperó el teléfono, pero se aseguró de que realmente se hubiese guardado el número. No sabía decir si estaba más sorprendida o intrigada.

—Trabajo en el Centro de Refuerzo, así que, si necesitas ayuda con alguna clase o cualquier cosa, mándame un mensaje. —Austin sonrió a la vez que se levantaba de la mesa y volvía con sus amigos. Antes, Kaylee le había dado a Jisu su número de teléfono en caso de que necesitase ayuda, pero no se había sentido tan aturullada como ahora.

Solo está siendo amable. Jisu recordaba el *jansori* de su madre sobre encontrar a un buen profesor particular de inglés. *E, igualmente, sí que necesito un profesor particular.*

—Esto... ¿de qué has estado hablando con Austin Velasco? —Kaylee había cruzado la cafetería en línea recta. El día ni siquiera había acabado aún y Jisu ya estaba deseando poder descansar un poco de Kaylee.

—Me ha dicho que es profesor particular y que puede ayudarme si me hace falta.

—Ese es un gesto muy amable. Austin es siempre *tan* simpático con los estudiantes nuevos —dijo Kaylee. Pero por la forma en que lo había dicho parecía más estar convenciéndose más a sí misma que a Jisu.

—¡Hola, Dave! ¡Dave Kang! —gritó Kaylee. Un chico de pie unas cuantas mesas más adelante se giró. Era alto como Austin, aunque no tan bronceado, y tenía los ojos oscuros y el pelo negro azabache, con zonas donde le clareaba bastante. Llevaba una sudadera del equipo de *lacrosse* de Wick-Helmering.

—Dave, te presento a Jisu, la nueva alumna internacional de nuestro año. ¡También es coreana!

La extraña inquietud que había sentido en clase de la señora Hollis regresó de nuevo. ¿Ansiedad? ¿Vergüenza? ¿Frustración? No era ninguna de esas cosas, pero a la vez tenía un poco de todas ellas. Jisu no sabía a dónde mirar, así que se miró las manos.

—Kaylee, eres de lo más bochornosa —dijo un estudiante de la mesa de al lado—. Solo porque ambos sean coreanos no significa que tengan que ser mejores amigos.

Jisu lo miró y sintió alivio. Había sinceridad en lo que estaba diciendo.

—¡Landon! ¿A qué te refieres? —Kaylee parecía avergonzada, pero no entendía por qué.

—Esto es como cuando sugeriste que Jack y yo saliésemos solo porque somos los dos únicos gais que conoces.

Jisu se tapó la boca con la mano y sonrió; sentía vergüenza por Kaylee y agradecimiento hacia Landon. Levantó la vista hacia Dave y él también estaba intentando no reírse. Landon había dicho la verdad, y oírla había logrado que desapareciese la inquietud que Jisu llevaba sintiendo desde la clase de inglés.

—¡Eso no es cierto! Además, ¿no estáis saliendo ahora de verdad?

—Eso no tiene nada que ver. —Landon despachó a Kaylee con la mano y devolvió la atención a sus amigos.

—Bueno, ¡pues *de nada* por presentarte a tu gran amor de instituto! —gritó Kaylee.

Jisu y Dave intercambiaron una mirada, conscientes de la incomodidad del momento, y sin saber cómo alejarse de allí.

—Bueno, ¿deberíamos hacer nuestro saludo secreto y ultra complicado coreano? —Dave se sentó a la mesa. Jisu se rio, y lo que quedaba de aquella inquietud desapareció al instante. *Menos mal que alguien en este instituto tiene sentido del humor.*

—Así que eres un compatriota *hanguk saram* —dijo Jisu.

—Perdona, ¿un qué? —Dave parecía confuso.

¿No sabía coreano? Jisu se había preguntado más de una vez cómo sería crecer siendo coreana-estadounidense. ¿Qué aspectos de Corea permanecían y cuáles no?

—*Hanguk saram*. ¡Persona coreana! Dave, ¿no hablas coreano? —preguntó Jisu.

—¡Ah! No, hablo un poco. Es solo que me has pillado descolocado. No estoy acostumbrado a oírlo mucho, sobretodo en el instituto —explicó.

—¿Tus padres hablan coreano? —le preguntó Jisu.

—A veces. Mayormente inglés. A veces *Conglish* —dijo él.

—¿*Conglish*? —inquirió Jisu, perpleja.

—Sí, ya sabes. Coreano mezclado con el inglés.

Aquí estaba Dave Kang, uno de los pocos estudiantes que se parecían a Jisu, cuya presencia era suficiente como para hacerla sentir un poco más cómoda en Wick-Helmering, pero que era completamente diferente a ella.

Los alumnos estaban empezando a levantarse y a dirigirse hacia su siguiente clase. Ya había terminado la hora del almuerzo.

—Te veré por ahí, *hanguk saram* —se despidió Dave mientras se alejaba.

Jisu sonrió. Su pronunciación era tosca como poco, pero se le entendía. ¿Los padres de Dave habían inmigrado a Estados Unidos, o habían sido sus abuelos, una generación anterior? ¿Su familia comía comida coreana en casa? ¿Siempre o solo a veces? ¿Celebraban *chuseok* y comían sopa de algas en los cumpleaños?

El teléfono de Jisu sonó. Era un mensaje de Austin. Un ramalazo de energía se extendió por sus dedos cuando deslizó la notificación hacia un lado para abrirla.

Hola, soy tu nuevo profesor particular. ¿Quieres ver una peli este viernes y luego ir a Bo's Diner? La peli debería ser un muy buen ejercicio de inglés.

—¿Quién te está mandado mensajes? —preguntó Kaylee, reapareciendo de repente frente a Jisu. Esta chica se estaba tomando su trabajo como guía un poco demasiado en serio—. Ay, Dios, ¿te ha mandado Austin un mensaje? —Kaylee echó un vistazo al móvil de Jisu.

—Sí, quiere quedar este viernes y ver una peli. —Jisu se encogió de hombros. No quería enemistarse con la única persona que la estaba ayudando en el instituto. Kaylee había hablado entusiasmada de muchísimos chicos en los primeros diez minutos desde que se conocieron, pero parecía sentir un interés especial por Austin.

—Bueno, es muy amable de su parte, supongo —comentó Kaylee con sequedad.

—Puede que traiga a sus amigos...

—Bo's Diner es donde todo el mundo queda. Sí que habrá más gente allí. Probablemente yo también esté allí. —La bienvenida cálida y efusiva del principio ahora se había transformado en otra descortés y fría—. ¿Por qué...? ¿Crees que te ha pedido salir en una cita?

El pensamiento ni siquiera se le había ocurrido a Jisu.

—Sinceramente, ni siquiera lo había pensado hasta que tú...

—Austin Velasco normalmente no tiene citas —declaró Kaylee.

—Vale, no es una cita. —Jisu repitió las palabras de Kaylee. Aquello pareció funcionar. Kaylee se relajó y se marchó a su siguiente clase.

No es una cita. Jisu lo había dicho para quitarse de encima a Kaylee, pero ahora se preguntaba si Austin realmente le había pedido una cita. Una *seon* de verdad, natural, y sin que ninguna casamentera manejase los hilos cual titiritero.

E, igualmente, ¿qué hacía que una cita fuese realmente una cita? Si no lo era y Austin tampoco era de los que pedían salir a las chicas, ¿por qué se había molestado tanto Kaylee?

CITA N°5

NOMBRE: Kim Jungho

INTERESES
Diseño de aparatos electrónicos, golf, rock de los 90.

PROFESIÓN DE LOS PADRES
Ama de casa y organizadora de eventos benéficos; agente de música.

JUNGHO: Vale, tienes que escuchar la idea que tengo. Tengo un millón, pero apuesto por esta.

JISU: Vale, ¡dime!

JUNGHO: Todo el mundo trabaja de más y se queja de lo cansado que está, ¿no?

JISU: Sí, te sigo.

JUNGHO: ¿Has oído hablar de esas empresas superprogresistas y los negocios de tecnología que se emprenden con mucho dinero y que instalan una especie de cápsulas sofisticadas para echar la siesta para sus empleados?

JISU: Me resulta familiar. Suena muy bien.

JUNGHO: ¿A que sí? Normalmente las cápsulas solo traen ventajas, una forma de atraer a empleados nuevos.

JISU: ¿A dónde quieres llegar con esto?

JUNGHO: Esas cápsulas son más sofisticadas y efectivas de lo necesario. La idea que he tenido es crear una cápsula portátil y que requiera poco mantenimiento.

JISU: De acuerdo. Ni siquiera sé cómo es una cápsula normal, pero ¿cuál es la diferencia? ¿Menos comodidad?

JUNGHO: No, para nada. Las mismas características acolchadas, pero te la podrías llevar contigo. O las empresas podrían comprarlas masivamente.

JISU: ¿De qué están hechas?

JUNGHO: Creo que de algodón, nailon, poliéster. Son asequibles.

JISU: ¿Son grandes?

JUNGHO: Lo suficiente como para que quepa una persona y se recueste cómodamente.

JISU: ¿Puedo serte sincera?

JUNGHO: Sí, ¡claro! Quiero saber qué te parece, ya sea bueno, malo o ambas cosas. Soy todo oídos.

JISU: Me parece como si estuvieras describiendo una tienda de campaña.

JUNGHO: Creo que no me has entendido.

JISU: ¿No te parece que estás describiendo una tienda de campaña?

JUNGHO: Tendría ciertas características que la convertirían en más que «una tienda de campaña». Es la idea inicial. No tienes que desbaratarla. Además, ¿tú qué sabes? He hecho prácticas en las mejores entidades de capital riesgo de Corea, y el próximo verano voy a hacer prácticas en el campus de Twitter en San Francisco.

JISU: Me has pedido mi opinión, ¡estoy siendo sincera!

JUNGHO: Da igual.

6

—¿Estás arreglándote para tu cita? —preguntó Mandy mientras Jisu se miraba en el espejo.

—No es una cita. Ya lo hemos hablado —contestó Jisu—. Incluso consultamos tus revistas y los cuestionarios en internet.

—Ya, pero hay una regla que supera al resto —replicó Mandy.

—¿Cuál? No sabía que fueras una autoridad sobre citas. —Jisu se quitó el suéter y se probó otro. ¿El de color melocotón le iba mejor con su tono de piel o era mejor ponerse el azul claro? ¿Por qué le importaba?

—Si te lo piensas demasiado, que es lo que estás haciendo… llevas ya tres cambios de ropa, es claramente una cita, por lo menos en tu cabeza. —La sonrisa de Mandy fue traviesa. Ya fuera una cita o no, que Mandy estuviera a su alrededor solo conseguía poner a Jisu más de los nervios por ver a Austin.

—Quizá debería cancelarlo. —Suspiró Jisu—. Tengo muchos deberes. No tengo tiempo y de todas formas debería estar estudiando.

—¡No! —Mandy apoyó las manos en los hombros de Jisu—. Has estado liada toda la semana y te mereces un descanso. Además, quiero saber todo lo que pase.

Jisu jugueteó con el dobladillo de su suéter azul. Era un color llamativo que la hacía sentirse segura de sí misma, como su mejor versión. Quería ver a Austin; era como si quisiese conocer a sus compañeros y hacer amigos. O, al menos, eso se decía a sí misma.

Jisu metió la cámara réflex en la mochila y salió del cuarto. Mandy bajó las escaleras con ella y se sentó en el último escalón.

—¿Ya te vas? ¿La cita no es dentro de dos horas? —preguntó.

—Voy a caminar por la ciudad con esto. —Jisu levantó la cámara. Sacó una foto espontánea de Mandy en las escaleras.

—¡No me hagas fotos! —gritó Mandy antes de cubrirse la cara dramáticamente como si fuese una famosa perseguida por los periodistas. Jisu encendió el *flash* y le sacó algunas más, y ambas se echaron a reír.

Jisu no imaginaba que fuera a sudar simplemente por pasear por la ciudad, pero las colinas de San Francisco eran más empinadas de lo que había imaginado. Aun así, las curvas de las calles le encantaron. Le recordaban a las calles serpenteantes de Itaewon, en las que deambulaba para sacar fotos de las impresionantes vistas de Seúl con la torre Namsan no muy lejos. Jisu entraba y salía de los callejones y las calles principales mientras capturaba a los peatones de San Francisco caminando de un punto A a otro B: una anciana que empujaba un carro con sus pertenencias; un padre que corría con un bebé en un carro; varios perros adorables que paseaban con sus respectivos dueños.

Se embebió de las vistas desde todas las perspectivas y llegó a la cima de la calle Lombard justo a tiempo para echarle una foto al sol mientras los últimos rayos se reflejaban en la ciudad.

Le mandó la foto a Euni y a Min.

> Ojalá estuvieseis aquí conmigo. Os echo mucho de menos. Besos.

Jisu revisó sus notificaciones. Tenía un mensaje sin leer de Kaylee.

> **KAYLEE**
> ¿Vas a ver a Austin hoy?

> **JISU**
> ¡Sí! Voy de camino al cine. No es una cita. Jajaja.

> **KAYLEE**
> Claro que no, ¿quién ha dicho que lo sea?

Vaya. A Kaylee parecía seguir sin gustarle que Jisu pasase tiempo a solas con Austin.

> **JISU**
> Dios, Kaylee, ¡era una broma! Le preguntaré por ti.

> **KAYLEE**
> ¡¡¡Sí, porfa!!!. Pero sin que sea muy obvio. Dime lo que te responde.

> **JISU**
> ¡Claro! Vale, estoy en el tranvía. Ojalá no me equivoque de parada.

Kaylee le respondió con tres emoticonos de manos rezando y supo que todo estaba bien entre ellas.

No es una cita. No es como ninguna de las seon *en las que he estado. Solo he quedado con un amigo nuevo que precisamente es muy mono y encantador y que también es el chico que le gusta a Kaylee. No pasa nada. No es una cita. No. Es. Una. Cita.*

—¡Hola! —Austin se acercó a Jisu al tiempo que ella atravesaba el umbral del cine—. ¿Y eso? —Señaló la funda de su cámara.

—No es una cita —exclamó Jisu sin pensar. Se cubrió la boca al instante, queriendo que se la tragase la tierra. Le valdría incluso que le cayese un rayo ahí mismo.

Austin pareció sorprendido por un momento, pero se echó a reír poco después.

—Vaya, Jisu. ¿Seguro que no te molesta que te vean en público conmigo? —Se mostró de lo más encantador y amable. Jisu no sabía si aquello la hacía sentirse mejor o peor.

—Dios, lo siento mucho. —Sintió cómo enrojecía. Y cuanto más lo pensaba, más se sonrojaba. Qué vergonzoso.

—Tienes que relajarte, tía. —Austin posó las manos en los hombros de Jisu para intentar tranquilizarla, pero con eso solo consiguió que Jisu fuese consciente de lo cerca que estaban—. Creo que se te ha pegado un poco la neurosis de Kaylee.

—Perdón —se disculpó Jisu—. Todo es nuevo para mí. Incluso hacer amigos me pone nerviosa. —Quizás se tragase la excusa.

—Lo pillo. Lo pillo. —Su cara no mostraba ni un ápice de preocupación. Tenía un porte de seguridad despreocupada.

Jisu siguió a Austin de la taquilla a la zona de los asientos. Para cuando se sentaron, cualquier leve rastro de la vergüenza que había sentido casi se había esfumado. Simplemente eran dos nuevos amigos viendo una película juntos. Jisu imaginó sus nervios como una ola que poco a poco se alejaba de su mente. Los tráileres empezaron y ella se apoyó en su asiento, relajada por fin.

Aproximadamente en la mitad de la película, esa ola de nervios volvió a hacer acto de presencia. Cada vez que Jisu se reía por una escena graciosa, sentía que Austin la miraba y sonreía.

¿Qué significa? ¿Esto pasa con los amigos normales?

Jamás se había sentido tan consciente de cada movimiento que hacía cuando iba a ver una película con Euni o Min. Y tampoco se había sentido así en ninguna de sus *seon*.

Tienes que relajarte, pensó Jisu. *Es un país nuevo, una ciudad nueva y unos amigos nuevos. No es una cita. Jisu Kim, ¡no estás en una cita!*

Cuando aparecieron los créditos, Jisu soltó un largo suspiro. El resto de su cuerpo hizo lo mismo: los músculos de su espalda, cuello y hombros se relajaron. No se había percatado de lo tensa que había estado durante la película. Estar sentada a oscuras al lado de un chico guapo durante dos horas mientras controlaba los pensamientos había sido agotador. Lo único que quería ahora era irse a casa, editar las fotos y dormir.

—Me ha parecido divertida —comentó Austin. Estaba cerca de Jisu. Era capaz de ver los hilos de su camiseta, al igual que él los de la suya. Austin tenía un leve moreno alrededor de los ojos que solo era perceptible si se estaba a escasos centímetros de su cara. ¿Qué detalles había descubierto él? Jisu retrocedió un paso. ¿Siempre se acercaba tanto a la persona con quien estaba hablando?

—¿Tienes hambre? —preguntó—. Venga, vamos a picar algo en Bo's Diner.

Ni siquiera le preguntó si quería ir, solo si tenía hambre. Todo era tan gentil, tan casual. Pero, para ella, cada paso del cine al aparcamiento significaba algo; era como si condujera a algo. Jisu imaginaba olas de energía que bajaban por sus zapatos hasta el hormigón a cada paso que daba.

Y después lo oyó. El *jansori* grupal de sus padres y Linda. *¿Qué has hecho durante todo el día? ¿Qué progresos has conseguido? El tiempo pasa cada vez más rápido.* Debería decir que no, irse a casa y ponerse con todos los deberes que tenía. *Ya estás en la calle. Para cuando llegaras a casa estarías tan cansada que te irías directa a la cama. Negarse es una grosería. ¿Cómo vas a hacer amigos si no?* Sus pensamientos acallaron el *jansori*. Jisu dejó que Austin le cogiera de la mano y la guiara.

En el aparcamiento, otras parejas, tanto jóvenes como ancianas, se metían en sus respectivos coches y se alejaban. Austin abrió la puerta del copiloto de su coche para que Jisu entrara y la cerró con suavidad una vez se acomodó. *Está siendo todo un caballero, como cualquier buena persona,* se dijo Jisu. Pero otra ola de nervios asoló su cerebro. Jisu se permitió caer en el entusiasmo que le provocaban. Si esto fuera una *seon*, sería la primera en la que se sentía entusiasmada.

Esa ola de emoción se disolvió tan rápido como se había creado cuando Austin y Jisu llegaron al restaurante. El grupo de amigos de Austin ya estaba sentado a una mesa al lado de la ventana y los saludaron con la mano.

—Esta es mi amiga Jisu. Acaba de trasladarse a Wick —la presentó al grupo.

Kaylee tenía razón con respecto a Bo's Diner. Al final los dos habían quedado como amigos. Jisu se preguntó si la tensión de las dos horas había sido imaginación suya.

Y era cierto. Eran solo dos nuevos amigos pasando tiempo juntos, se dijo Jisu. Sin embargo, sintió una pequeña sensación en la boca del estómago. *Tengo hambre*, pensó, y miró fijamente la carta.

—Jisu, ¿no? ¡Eres la nueva! —Jisu había estado observando la carta y apenas se había percatado de que frente a ella había dos rubias que vestían el mismo uniforme de animadora—. Yo soy Jamie y ella es Tiffany.

Al lado de la complexión menuda de Jisu, las dos chicas parecían amazonas de espalda ancha y brazos tonificados. Jamie tenía el pelo recogido en una coleta alta y Tiffany llevaba trenzas en dos coletas. No eran hermanas, aunque bien podían ser gemelas. Sus movimientos estaban tan sincronizados que Jisu se preguntaba cómo serían de animadoras.

—Hemos venido directas del entrenamiento, así que estamos listas para comer *de todo* —exclamó Jamie al tiempo que la camarera se acercaba con una bandeja llena de comida. Había un plato de pasta, dos patatas asadas, una tortilla, patatas fritas, un plato de verduras a la plancha y una quesadilla con extra de queso.

—¿Esto es solo para vosotras dos? —preguntó Jisu—. ¿Cómo os mantenéis tan delgadas?

—Nadie nos cree cuando decimos que ser animadora es uno de los deportes más rigurosos —explicó Tiffany mientras se servía pasta al horno en el plato.

—Sí, todos se piensan que solo somos chicas monas con coletas agitando pompones. Vale, sí, somos monas, pero no se dan cuenta de que estamos lanzándonos unas a otras y saltando. —Jamie cortó la quesadilla en tres y le ofreció un poco a Jisu.

—¡Eso es totalmente cierto! —dijeron Jamie y Tiffany a la vez antes de echarse a reír.

—Me recordáis a las animadoras de *A por todas*. Eran mucho mejores que los idiotas de los jugadores de la película.

—Dios, ¡esa es nuestra película antigua favorita! —exclamó Jamie—. Todo un clásico.

—¿Cómo conoces *A por todas*? ¿La estrenaron en Corea? —preguntó Tiffany.

—Tiffany, en Corea también tenemos internet. La verdad es que esa película definió los institutos estadounidenses para mí.

—Sí, Tiffany. —Jamie le lanzó una patata frita—. Allí la tecnología y el internet son mucho más avanzados.

—Bueno, ¡pero esa película es muy antigua! —se defendió Tiffany—. Me sorprende que la hayamos visto cualquiera de nosotras. Se estrenó antes de que naciésemos.

Jisu miró a Austin, que estaba al otro lado de la mesa. Cada vez que lo miraba, sus ojos se encontraban y él le sonreía. ¿Estaba flirteando con ella o solo la estaba animando a hacer amigos? Las preguntas que se hacía se parecían a esos cuestionarios estúpidos de la pila de revistas de Mandy. Sus preguntas generaban más preguntas y ninguna respuesta. La ambigüedad la distraía. Jisu empezaba a echar de menos las *seon*.

En el camino de vuelta a casa, Jisu recordó momentos de la noche: cómo se había presentado, lo que había contado de Seúl, su reacción a un comentario divertido. ¿Desde cuándo le había producido ansiedad socializar? Estar en una ciudad nueva y en un país nuevo tenía algo que ver, estaba claro.

Cuando Austin aparcó frente a la casa de los Murray, Jisu estaba decidida a subir las escaleras corriendo y dirigirse directa a su habitación para volver a recordar la noche cientos de veces antes de relajarse por fin.

—Gracias por traerme —dijo Jisu desabrochándose el cinturón.

—Me alegro de que vinieras y los conocieras a todos. Es como si hubieras estudiado en Wick estos tres años. —Austin le sonrió.

Jisu vio a Austin alejarse. Para cuando llegó a su habitación y se tumbó en la cama, decidió que nada de lo sucedido esa noche significaba algo más que amistad. Austin, Tiffany y Jamie eran todos amigos nuevos. Le aliviaba haber hecho amigos durante su primera semana en una ciudad nueva.

Y, claro, a Kaylee le alegraría saber cómo había ido la noche tanto como a ella.

CITA Nº6

NOMBRE: Lee Songsan

INTERESES
Estudios internacionales, comunicación, navegar.

PROFESIÓN DE LOS PADRES
Político; oncóloga jubilada, ahora apoya la carrera política de su marido.

JISU: Vaya, no sabía que hubiese tantos nudos marineros.

SONGSAN: Sí, ¡y todos tienen su uso!

JISU: Y has logrado memorizarlos absolutamente todos.

SONGSAN: Llevo navegando desde que era pequeño, así que me salen solos.

JISU: Creo que necesito otro café. ¿Quieres pedir algo más?

SONGSAN: Yo estoy bien. Intento evitar tomarme tres o más cafés al día. Demasiada cafeína puede desequilibrarte y causarte un reflujo ácido si eres propensa a esas cosas.

JISU: Perdona, ¿el qué? Ah, un reflujo ácido, claro. He oído hablar de ello.

SONGSAN: ¿Estás bien, Jisu?

JISU: ¿Eh? Ah, sí. Estoy bien. Lo siento, Songsan, es solo que anoche me acosté tarde intentando avanzar en la lectura que nos mandaron para verano.

SONGSAN: Te entiendo. ¿De qué asignatura?

JISU: Historia mundial.

SONGSAN: ¡Historia es una de mis asignaturas favoritas! ¿De qué período es la lectura?

JISU: Es sobre las revoluciones: la francesa, la rusa, la de las Trece Colonias, la china, la de abril en Corea del Sur... todas.

SONGSAN: Las revoluciones son probablemente las etapas más apasionantes de la historia. Los puntos de inflexión, los ejes, son como giros inesperados de guion en la vida real.

JISU: Songsan, odio sonar grosera, pero ¿podemos hablar de otra cosa? Me he pasado la noche intentando leer, aburrida perdida, y apenas he conseguido avanzar cien páginas.

SONGSAN: Por supuesto, claro. No hay problema. La historia también puede ser sosa. Al menos comparado con todo lo que está pasando ahora en el mundo.

JISU: ¿A qué te refieres?

SONGSAN: Bueno, tienes la primavera árabe y las repercusiones en los años posteriores, la continua guerra civil siria, todo el caos que ha asolado los Estados Unidos desde sus últimas elecciones presidenciales y, por supuesto, la destitución de nuestro último presidente.

JISU: Ajá...

SONGSAN: Para serte sincero, en cada discusión que veo desatarse en internet, en los periódicos o en televisión sobre el estado actual del mundo, hay un hilo continuo que no se destaca ni se menciona con tanta frecuencia como creo que debería.

SONGSAN: No creo que la gente se dé cuenta de lo mucho que el cambio climático influye directamente en todas esas otras cosas que ocurren. No me imagino ser científico y tener a líderes por todo el mundo ignorando tus consejos o negando y declarando que la investigación de tu vida es imperfecta o incluso peor: una mentira. ¿Te lo puedes imaginar?

SONGSAN: ¿Jisu?

JISU: ¿Eh? Oh, sí, totalmente. Estoy contigo al cien por cien.

SONGSAN: ¿Te acabas de... quedar dormida?

JISU: ¿Qué? No, no. ¿Dormirme? Nunca podría. Este es mi cuarto café. Solo estaba... admirando el arte que tienen aquí para hacerlos. Mira... ¡tiene forma de hoja!

SONGSAN: Quizás deberías irte a casa. Pareces cansada.

JISU: Lo siento mucho, de verdad. Es que he tenido un día muy largo.

SONGSAN: No te preocupes. Siempre podemos vernos otro día. Quién sabe qué clase de sucesos o avances mundiales pueden ocurrir de aquí a la semana que viene, o cuando sea que nos veamos.

JISU: Estoy segura de que me mantendrás actualizada.

SONGSAN: Por supuesto. ¿Cómo te viene el próximo jueves?

JISU: Eh, en realidad no sé cómo tendré el horario académico. Lo miraré y le diré a la señora Moon que se ponga en contacto contigo. Puede que no esté libre hasta dentro de dos o tres semanas...

SONGSAN: Suena bien. Cuando me digas.

JISU: Claro. ¡Haré lo que pueda!

7

Otra chica se habría sentido destrozada por el modo tan indiferente en el que Austin la hubo saludado el lunes por la mañana después de haber pasado tan buen rato juntos el viernes anterior. Pero cuando simplemente inclinó la cabeza hacia Jisu, cuando ambos se cruzaron en el pasillo, lo único que sintió fue alivio.

Toda esa ambigua tensión de «¿le gusto? ¿no le gusto?» era muchísimo más agotadora que cualquier *seon* a la que hubiese ido. Sí, Austin era muy mono y tenía mucho carisma, pero Jisu había desperdiciado todo un fin de semana distraída de sus estudios. Había pasado más tiempo recordando cada interacción con él que haciendo deberes.

¿Cómo podía pensar su madre que podría tener citas *y* mantenerse centrada a la vez? Si Jisu se las arreglara para enamorarse de verdad de alguno de los chicos normalitos y aburridos que le elegía la señora Moon, todo se acabaría. Si Jisu había aprendido algo de sí misma de la no cita con Austin era que un interés romántico real la mandaría totalmente cuesta abajo. Por supuesto, según la señora Kim, los chicos de las *seon* no eran una distracción, sino útiles descendientes que le asegurarían un futuro más brillante y mejor. Pero no era tan sencillo.

Jisu saludó a Kaylee con la mano cuando ambas se aproximaron a su clase de estudios internacionales, pero en vez de saludarla con su habitual ánimo y alegría, Kaylee pareció lanzarle dardos con los ojos justo cuando pasó por su lado.

Ay, Kaylee, pensó Jisu. *Ojalá supieras que Austin siempre fue tuyo.*

La asignatura anual de Estudios Internacionales era una de las pocas clases que Jisu realmente encontraba interesante. Como estudiante internacional, sobrevivir a cada día en Wick-Helmering se le antojaba como un ejercicio propio de aquella asignatura. Y a diferencia de otros profesores que constantemente le pedían que compartiese su «perspectiva» como estudiante internacional o le pedían que tradujese ciertas palabras al coreano, la señora French la trataba de la misma forma que a los demás alumnos.

—Silencio, por favor —ordenó la señora French a la vez que entraba en el aula. La clase al final se calló mientras la observaban escribir algo en la pizarra.

Cabeza, constancia y corazón. Era el lema de Wick-Helmering y la base principal de su plan de estudios.

—Hoy vamos a hablar de vuestro trabajo final para la asignatura: el infame proyecto de las tres *C*. Estoy segura de que ya habréis visto a otros alumnos antes que vosotros trabajar incansablemente en él. Por parejas, tendréis todo el año para desarrollar un proyecto que aborde uno de los principales problemas en el plano internacional que aparezca en la programación de la asignatura. El proyecto debe reflejar el lema de Wick-Helmering y combinar el tema de las tres *C*. Eso incluye vuestras habilidades académicas y técnicas, vuestra comprensión cultural y, lo más importante, vuestra pasión.

La señora French imprimió una hoja y la pegó en la pizarra frente a la clase.

—A todos se os ha asignado un compañero. Poneos en contacto y en marcha. Podéis dirigiros a mí con cualquier pregunta que tengáis.

Mientras la mitad de la clase se dispersaba a la parte delantera del aula para averiguar con quién les había tocado, Jisu permaneció sentada y se preguntó cómo iba a lograr hacer aquel proyecto tan inmenso. La nota final de la asignatura dependía en gran parte de ese proyecto, así que la presión de hacerlo bien aumentaba.

—Hola, compañera. ¿Por qué estás tan seria? —Jisu alzó la mirada hacia Dave Kang, que se hallaba de pie junto a su pupitre.

—¿De verdad nos han puesto juntos? —preguntó Jisu.

—Bueno, si lo dices como si te hubiesen impuesto una sentencia de cárcel, me vas a hacer sentir mal. —Dave acercó una silla al pupitre de Jisu y hojeó ansiosamente la programación de Estudios Internacionales. Su tema asignado era «incentivar y aumentar la intervención política entre el público general».

Se mostraba tan entusiasta con todo, como un golden retriever sobreexcitado que no sabía cómo calmarse. Quizás por eso era tan popular con todos. Pero su constante positivismo también tenía que tomarse un descanso de vez en cuando, ¿no? Jisu no sabía decir si esa clase de alegría era algo que envidiase o que solamente la confundiese.

—Debe de ser guay que hayas podido reunirte otra vez con tu hermana compatriota —dijo Bobby Leeman. Bobby se sentaba junto a Jisu, pero no se había fijado mucho en él desde que empezó la clase. Hasta ahora.

—¿Qué? —Jisu se quedó mirando boquiabierta a Bobby, que se hallaba repantigado en la silla con aspecto petulante y satisfecho de su estúpido comentario. ¿Hermana compatriota? ¿En qué se basaba para decir aquello? ¿En el hecho de que tanto ella como Dave eran coreanos? Jisu ni siquiera conocía a Bobby, y él tampoco la conocía a ella. No le había dirigido la palabra y ni siquiera se le había presentado desde que hubiese llegado a Wick. ¿Quién le daba el derecho? Kaylee había advertido a Jisu sobre Bobby. *Es un provocador. Un idiota ignorante que solo quiere llamar la atención, ya que nunca la obtuvo de su madre.* Jisu no terminó de comprender a lo que Kaylee se refería hasta ahora.

—¿Cómo lo has sabido? —le preguntó Dave a Bobby de forma totalmente indiferente—. Debe de ser porque nos parecemos mucho. ¿Es eso, Bobby? ¿Todos te parecemos iguales?

Bobby permaneció callado. El corazón de Jisu comenzó a acelerarse. Estaba tan atónita por la reacción de Dave como por la provocación de Bobby.

—Dilo, Bobby. Crees que todos los asiáticos somos iguales. Dilo. —Dave se levantó y miró a Bobby desde arriba—. Dilo. Te reto a que lo digas. —Tenía los nudillos blancos y estaba más que listo para dejarse llevar. Jisu tiró de la manga de Dave para calmarlo, pero reconoció la ira en sus ojos. La vio y se dio cuenta de que ella también sentía la misma frustración muy en el fondo de su ser. Y aunque Jisu temía que se pudiera desatar una pelea entre Bobby y Dave, se alegraba de que Dave le hubiese plantado cara.

—Lo que tú digas, tío. —Bobby se encogió de hombros y se relajó contra la silla. Dave siguió de pie y no rompió el contacto visual.

—Cobarde —le dijo con asco.

El corazón de Jisu seguía acelerado. Se había evitado una crisis, pero seguía sintiendo el miedo correr por sus venas.

—Ya sabes que solo provoca a la gente para llamar la atención —le susurró Jisu a Dave—. No puedes dejar que te afecte así.

—¿Entonces crees que no pasa nada porque diga comentarios racistas como ese y se vaya de rositas? —Dave tenía razón. Bobby estaba siendo muy racista. Y Dave había sido rapidísimo en responder... ¿con qué frecuencia se veía aguantando comentarios como ese de tipos como Bobby? Jisu sintió ganas de vomitar.

—Eso no es lo que quería decir —protestó Jisu. Quería explicarle que ella era más que capaz de defenderse solita, pero no quería avivar el fuego. No estaba de humor como para defenderse contra alguien que ya estaba de su parte—. Pero no dejes que te afecte de esa manera. No merece la pena.

Jisu suspiró. Todo el encuentro los había descolocado por completo. Apenas podía concentrarse en la tarea que tenía delante, y Dave, obviamente, seguía echando humo. Menudo idiota era Bobby Leeman. Había provocado una escena y le habían respondido. Había obtenido exactamente lo que quería.

—¿Sabes qué? —dijo Jisu. Creo que deberíamos encontrar otro momento para quedar y hacer una lluvia de ideas. Cuando ambos estemos más concentrados.

—Claro, me parece bien. —Dave sacó el teléfono y abrió el calendario. Inspiró hondo y luego exhaló.

—¿Puedes quedar este miércoles? —preguntó Jisu intentando sonar tan alegre como podía; estaba desesperada por levantar los ánimos.

—No, tengo natación después de clase.

—Vale, ¿y el jueves después de clase?

—Tengo esgrima.

¿En serio? ¿Qué deporte no practica este tío? ¿Cómo encuentra tiempo para hacer los deberes?

—¿En el almuerzo, entonces? —preguntó Jisu, un poco más impaciente. Dave la estaba sacando de quicio.

—Tengo reunión del club de debate... oye, ¿no dijiste que tú también ibas a ir?

—Las clases tienen más prioridad que los clubes. ¿Tienes algún hueco aunque sea este fin de semana?

—Ah, no. Me voy de escalada a la montaña. Aunque normalmente estoy libre.

¿De escalada? ¿Se está entrenando para entrar en el ejército?

—Bueno, entonces, ¿cuándo puedes quedar? —Jisu sabía que sonaba exasperada—. No es que estés ayudando mucho.

—Lo sé, lo sé. Lo siento, Yiis.

¿Yiis? Aquel era un apodo nuevo. Jisu no estaba segura de si le gustaba el sonido que salía de sus labios. *Yiis.* Sonaba abrupto y ultra americanizado.

—Dame tu número. Te mandaré un mensaje cuando encuentre hueco. —Dave le tendió a Jisu su teléfono. Ella pensó brevemente en Austin. Era lo mismo, un gesto inocuo.

Jisu había dado dos pasos fuera del aula cuando Kaylee apareció a su lado.

—Segunda semana de clase y ya estás pasando tu número a diestro y siniestro, ¿eh?

—Kaylee, nunca he conocido a nadie que le encante meter cizaña más que a ti —dijo Jisu. *¿Por qué esa chica no la dejaba en paz?*

—No estoy metiendo cizaña. Solo hago observaciones —bromeó—. Sabes que Dave tiene novia, ¿verdad?

Novia. *Novia*. La palabra con *N*. Tenía sentido que la tuviese. Dave contaba con una sonrisa brillante que iluminaba el lugar donde estuviera, y la energía positiva que a todo el mundo le gustaba de él era sincera. Era Míster Simpatía. Así que por supuesto que tenía novia.

—¿Y eso qué tiene que ver? —preguntó Jisu.

¿Quién es? ¿Qué aspecto tiene? Más preguntas se le amontonaron en la punta de la lengua. Lo único que tenía que hacer era abrir la boca y preguntar. Pero la mantuvo cerrada.

Kaylee se encogió de hombros y le dedicó a Jisu una mirada inocente. *Y yo que pensaba que Min era voluble. Min es una santa en comparación con Kaylee.*

A pesar de intentar restarle importancia a su reacción, una parte de Jisu estaba atónita, y conforme avanzaba el día, más y más curiosa se sentía sobre la novia de Dave. Kaylee tenía todas las respuestas, pero Jisu dejó que se le acumularan las preguntas en la mente y fingió que no le importaba.

CITA N° 7

NOMBRE: Yoon Bumsoo

INTERESES
Gimnasia rítmica, física, veganismo.

PROFESIÓN DE LOS PADRES
Investigador en el instituto coreano de astronomía y ciencia espacial; conservadora de museos.

BUMSOO: Lo siento, normalmente no hago estas cosas, pero tengo que pedir que se lleven el plato.

JISU: ¡Oh, no! ¿Qué les pasa a tus macarrones con queso? ¿No te han puesto queso vegano?

BUMSOO: No, lo han hecho. Pero la comida está fría.

JISU: Al menos eso es fácil de solucionar. ¡Lo pueden recalentar!

BUMSOO: ¿Sabes lo que hacen cuando pides que te lo vuelvan a calentar? Lo meten en el microondas durante treinta segundos y esperan para que creas que lo han metido en el horno o algo.

BUMSOO: Disculpe. No, todo está genial. El queso con anacardos y nueces tiene pinta de estar delicioso, pero la comida está fría. ¿Ve cómo está congelado el queso por aquí? No puedo comerme esto. Me pueden traer otro plato, ¿por favor? ¿Directo del horno? No quiero que calienten este mismo plato.

JISU: Bueno, dime... ¿cuánto tiempo llevas siendo vegano?

BUMSOO: Llevo intentando ser vegano seis meses. Me considero un purista de la comida más que vegano.

JISU: ¿Un qué?

BUMSOO: Un purista de la comida.

JISU: ¿En qué se diferencian? El veganismo ya parece bastante altruista de por sí. Es decir, yo nunca podría, pero…

BUMSOO: Conozco a veganos que siguen todas las reglas y no ingieren ni carne ni lácteos, pero están continuamente picando dulces con azúcar falso y tonterías así.

JISU: Eso suena genial. ¡Quizá debería hacerme vegana falsa!

BUMSOO: No es para burlarse. Esos veganos deberían volver a comer carne, al menos así ingerirían las proteínas que necesitan.

JISU: Vaya, sí que te interesa la salud y la alimentación.

BUMSOO: Desde que empecé a hacer gimnasia de pequeño. Van de la mano.

JISU: Yo jugué al voleibol y al *softball* hasta primaria, pero esos deportes parecen un juego de niños en comparación con la gimnasia rítmica.

BUMSOO: Todos los deportes requieren ciertas ganas y concentración que, seamos sinceros, la mayoría de los niños ni tienen ni quieren.

JISU: ¡Es cierto! Fue un milagro que mis padres asistieran a todos mis partidos. No me puedo imaginar lo aburrido que tuvo que ser.

BUMSOO: ¿En qué posiciones jugabas?

JISU: En *softball* era jardinera, así que nunca prestaba atención al juego. Y en voleibol era la armadora porque lo que tenía de bajita lo tenía de fuerte para pasarles la pelota a los delanteros. ¿Y tú? Creo que no conozco la jerga propia de la gimnasia rítmica.

BUMSOO: La verdad es que sigo practicando. Están el suelo, los aros, el potro, que es mi favorito, el caballo con arcos… te estoy aburriendo hablando de la gimnasia rítmica, ¿verdad?

JISU: ¿Eh? ¡No! Sigue, por favor.

BUMSOO: Nah, ya veo que tienes la mirada perdida. Pero no te culpo. A menos que compitas o veas las Olimpiadas cada cuatro años, no es tan interesante si no lo practicas.

JISU: La verdad es que los deportes en general no son lo mío.

BUMSOO: ¡Lo dice la chica que ha participado no en uno, sino en dos deportes!

JISU: Lo sé, lo sé. Aunque no es que haya sido muy buena ni fuese mi pasión. Tengo la sensación de que la mitad de los deportes o actividades extraescolares que hacemos ni siquiera nos interesan realmente. Nos obligamos a hacerlas para parecer interesantes en los impresos de la universidad.

BUMSOO: ¡Por fin! Ya viene mi plato. Gracias. ¿Puede esperar mientras pruebo un poco? No, está demasiado salado. ¿Acaso se ha enfadado el chef porque quería otro plato? Porque ahora está demasiado salado. Como si estuviese salado a propósito.

JISU: Bumsoo, no pasa nada. No está tan mal, ¿no?

BUMSOO: Prueba un poco y dímelo. No pueden esperar que alguien coma esta cantidad de sodio.

JISU: ¡No está mal! Está caliente, como lo pediste.

BUMSOO: No, quiero devolverlo, por favor. ¿Podrían traerme simplemente una taza de té verde? Eso debería ser lo bastante sencillo.

JISU: ¡Bumsoo! Creo que lo han intentado hacer lo mejor posible, de verdad.

BUMSOO: Siento haberte traído aquí. El servicio solía ser mucho mejor…

JISU: Tío, solo es un plato de macarrones con queso.

BUMSOO: ¿Qué?

JISU: Son unos macarrones y queso, y tenían ese sofisticado queso falso que querías. Sabía rico, porque literalmente lo he probado. No veo por qué le das tanta importancia.

BUMSOO: Déjame adivinar lo que piensas. Que soy superquisquilloso y odioso por ser vegano.

JISU: Para nada. Tengo amigos veganos a los que les encantaría este sitio. Simplemente creo que has sido un borde.

BUMSOO: ¿Perdona? Creo que la borde eres tú.

JISU: No, lo que soy es sincera.

BUMSOO: Mira, he estado en un montón de *seon* y no he conocido a nadie más grosera que tú.

JISU: ¡Grosera! Mira quién habla.

BUMSOO: No pienso aguantar esto. Me largo.

JISU: Adelante. Yo voy a esperar a la cuenta y asegurarme de dejar una buena propina.

BUMSOO: No me lo puedo creer.

JISU: ¿Por qué sigues aquí? ¡Adiós!

8

Jisu estaba ayudando a Linda a poner la mesa para comer cuando oyó a Jeff Murray entrar por la puerta.

—¡Papááá! —gritó Mandy mientras bajaba las escaleras y se lanzaba a los brazos de su padre. El señor Murray había vuelto a casa de su viaje de negocios y Jisu y los Murray por fin comerían en familia.

—Llevamos toda la mañana cocinando para ti, papá —exclamó Mandy. Linda y Jisu se miraron. Ellas dos sí que habían estado metidas en la cocina mientras Mandy hacía una videollamada con sus amigas.

El señor Murray entró en la cocina y abrazó a su mujer. Le sacaba una cabeza, pero ambos tenían el mismo tono rubio de pelo. Y mientras que los ojos de Linda eran marrones, los de él eran del mismo tono verde que Mandy. Parecía un hombre que se podía quemar fácilmente bajo el sol.

—Sea lo que sea que estáis haciendo, huele delicioso. —Se volvió hacia Jisu—. Y tú debes de ser nuestra nueva huésped. Encantado de conocerte, Jisu. Siento haberme perdido tu primer par de semanas, pero bienvenida.

—¡Gracias, señor Murray! —respondió Jisu—. Yo también me alegro de conocerlo por fin.

—Llámame Jeff, por favor. —Hizo un gesto para evitar la formalidad igual que Linda cuando Jisu hubo aterrizado en San Francisco.

Jisu iba a ofrecerle la mano, pero él fue directo a darle un abrazo. En la superficie, los Murray parecían ser una de esas familias casi demasiado perfectas. Pero eran gente amable y amistosa de verdad.

Ver a los tres juntos le provocó un dolor en el pecho. Echaba de menos los domingos por la mañana en Seúl. Quería volver al comedor de su casa. Jisu cerró los ojos y se imaginó claramente a su padre sentado frente a ella, bebiendo café mientras leía el periódico y le comentaba las noticias. Imaginaba a su madre echándole verduras hervidas y alubias negras en el plato para asegurarse de que comiera los nutrientes suficientes. Jisu daría cualquier cosa por comer el *banchan* de su madre. El tofu al vapor, mini anchoas, tortillas de cebolla, *kimchi* de aguacate... lo echaba todo de menos.

Jisu abrió los ojos. Los Murray estaban sentados donde ella imaginaba a sus padres. *Solo quedan dos meses y medio para volver a Seúl.* El reloj de la cuenta atrás en la mente de Jisu se movía lo más lentamente posible.

—Dime, Jisu, ¿qué te parece Wick-Helmering? —le preguntó Jeff mientras le pasaba el plato de verduras a la plancha a su mujer. El tiempo en el Área de la Bahía había sido más caluroso de lo habitual y Linda comentó que era la excusa perfecta para volver a utilizar la barbacoa.

—La verdad es que me gusta mucho —respondió Jisu. Y era cierto. La transición a un nuevo país resultaba complicada, pero Wick, por mucha reputación de excelencia académica que tuviera, era mucho más relajado que Daewon. A Jisu no le estaba costando mucho adaptarse a sus clases y tenía tiempo de asistir a las reuniones del club de fotografía y hacer amigos nuevos, como Jamie y Tiffany. Incluso Kaylee se estaba volviendo a mostrar amable con ella—. Lo que pasa es que echo mucho de menos mi casa.

—Créeme, sé lo que es echar de menos estar en casa —dijo Jeff—. Estas dos te pueden decir lo mucho que me paso viajando.

—¿Qué haces cuando echas de menos estar en casa? —le preguntó Jisu.

—Hago videollamadas con Linda y con Mandy, si no está muy ocupada con sus amigos.

—Papá, eso solo fue una vez. —Mandy puso los ojos en blanco.

—Si no, procuro mantenerme lo más ocupado posible —continuó Jeff—. ¿Te has apuntado a algún grupo o club?

—Jisu es una fotógrafa excelente —le contó Lisa. Jisu no le había enseñado más que cuatro o cinco instantáneas, pero Linda lo dijo como si hubiese contemplado el álbum de Jisu detenidamente y hubiera seleccionado las mejores. Era la confianza que solo una madre orgullosa aprendía a mostrar.

—Soy una aficionada, pero sí. Fui a la primera reunión del club el otro día y creo que este año voy a participar en algunos de los concursos.

Jisu nunca había tenido tiempo de apuntarse al club de fotografía de Daewon. Lo mejor había sido usar el poco tiempo libre que tenía rellenando y preparando las solicitudes universitarias, pero ya ni estaba en Seúl ni era estudiante en Daewon. Estaba a miles de kilómetros de distancia e iba a hacer lo que le diera la gana.

—¡Qué bien! Deberías apuntarte a más, te hará no pensar en casa —la aconsejó Jeff—. Y así cuando hables con tus padres y amigos tendrás mucho que contarles.

—Jisu, cielo, apenas has probado bocado. ¿Te encuentras bien? —le preguntó Linda. Jisu bajó la mirada. Habían pasado la mañana cocinando juntas y Jisu había estado deseando probar la comida, pero pensar en casa le había cerrado el estómago. Sin embargo... no quería parecer descortés.

—¡No, está delicioso! —exclamó mientras se llevaba el tenedor a la boca—. Dime, ¿has ido a algún sitio interesante en este viaje?

—He ido al glamuroso Medio Oeste, a las afueras de Chicago, no a la ciudad en sí. Así que no, nada interesante —respondió Jeff riéndose.

—Hubo una vez que pudimos ir a Hawái —intervino Mandy—. Lo convertimos en un viaje familiar. ¿Has estado alguna vez allí, Jisu?

—La verdad es que no. A mis padres les gusta viajar sobre todo por Asia y, a veces, Europa. Eso sí, una vez fui a Nueva York y me encantó. —Jisu deseó que sus padres hubieran venido para explorar San Francisco con ella al igual que las otras ciudades en las que habían estado—. ¿Habéis estado en Corea alguna vez?

—¡No! Pero ya no hay excusas que valgan —contestó Linda—. Lo cierto es que nunca he estado en Asia. Los vuelos largos me parecen abrumadores.

—¡Deberíamos ir a ver a Jisu en verano! —sugirió Mandy.

—Pues sí. Seúl es la mejor —los animó Jisu–. ¡Y yo podría ser vuestra guía!

Jisu pensó en una lista de sitios en los que comer y comprar. Recordó los lugares a los que iba a menudo con Euni y Min. ¿Habrían descubierto algún otro desde que ella se hubiese ido?

Se empezó a sentir mal, así que en cuanto pudo, se disculpó antes de levantarse de la mesa para no ser descortés. Tras subir, se tumbó en la cama e intentó llamar a sus padres. El buzón de voz. Quizá ni siquiera hubiera amanecido en Seúl aún, por lo que una parte de ella se sintió aliviada por que no hubieran contestado gruñendo por haberlos despertado.

A principios de semana, Jisu había visto que mirar las cuentas de Instagram de sus amigas la hacía sentirse más nostálgica. El amor crece con la distancia, pero la distancia sumada a las redes sociales conseguía que el corazón se rompiera en pedazos por toda la melancolía y el miedo a perderse algo.

Se había prometido no mirar las redes sociales tan a menudo, pero en un momento de debilidad, Jisu echó un vistazo a las fotos de Euni y Min. Ver sus selfis y las fotos aéreas de batidos y conciertos la hicieron sentir como si, por un breve instante, estuviera con ellas. Pero el dolor regresó de inmediato. Jisu deseaba estar ahí con sus amigas. Y también quería que estuvieran allí en su cuarto con ella. Quería contárselo todo: hablarles de los Murray; de los conjuntos tan diferentes y extravagantes que la gente llevaba en el instituto; los deliciosos burritos y el *pho* que había comido sin parar desde que había llegado al Área de la Bahía; sus nuevas amigas, las diosas rubias Jamie y Tiffany; los pesados de sus compañeros; Dave, el falso coreano; incluso Austin...

El móvil de Jisu vibró. Lo cogió para ver la notificación. Quizá Euni se hubiese despertado temprano y quisiera hacer una videollamada.

RECORDATORIO: mandar un mensaje a Dave Kang
sobre el trabajo de Estudios Internacionales.

Ufff. Jisu gritó contra la almohada. El estúpido de Dave le había prometido que le mandaría su horario, pero aún no lo había hecho. Probablemente estuviera muy ocupado escalando montañas en algún sitio para poder utilizar la experiencia como una metáfora llena de palabrería en sus redacciones de acceso a la universidad. Todavía tenían bastante tiempo, pero Jisu también tenía que hacer su trabajo.

> **JISU**
> ¿Hola? ¿Cuándo vamos a quedar para el trabajo de EI? El tiempo corre.

DAVE
¡Sí, maestra Kim! Cuando quieras.

> **JISU**
> No bromeo. Tenemos que empezar. ¡Yo puedo quedar cuando sea! ¡Eres tú el que tiene un horario imposible!

DAVE
Lo sé, lo sé. Siento ser un raro. ¿Qué te parece el miércoles después del instituto? Me han cancelado el entrenamiento.

> **JISU**
> Por mí bien. Nos vemos en la biblioteca.

Por fin. Encontrar un momento para quedar con Dave era complicadísimo. ¿Cuánto le costaría hacer un trabajo con este chico?

CITA Nº 8

NOMBRE: Lee Dongjoo

INTERESES
Son Heungmin, Steve Jobs, LeBron James.

LOGROS
10 de nota media en selectividad; becario más joven en Microsoft; segundo lugar en el Concurso Nacional de Robótica.

JISU: Entonces, ¿creciste entre Seúl y Nueva York? ¿Cómo ha sido vivir así?

DONGJOO: El *jet lag* es horrible. No hay manera fácil de evitarlo. ¡Todavía no la he encontrado! Y tenía dos BlackBerry… ¿te acuerdas de esas?

JISU: La verdad es que nunca sentí la necesidad de tener una, pero sí, recuerdo que mi padre solía usarla antes de pasarse a Android.

DONGJOO: Yo hice que me enmarcaran mis dos últimas y las colgaran en el estudio.

JISU: ¡No me digas! ¡Menuda tontería!

DINGJOO: Lo sé, pero les tenía muchísimo cariño. Tengo buenos recuerdos de ellas. Cuando recibí el correo electrónico notificándome que me habían aceptado las prácticas en Microsoft, lo leí en la BlackBerry de Nueva York. Y también cuando me enteré de que había quedado segundo en el Concurso Nacional de Robótica, lo hice con la BlackBerry de Seúl.

JISU: Tienen valor sentimental. Lo entiendo. Es como un reloj roto que tengo que...

DONGJOO: Espera, lo siento. Justo acabo de recibir un correo que llevaba esperando todo el día. ¿Te importa si...?

JISU: No, no, para nada. Haz lo que tengas que hacer. Yo también necesito ir al servicio, así que ahora vuelvo.

DIEZ MINUTOS MÁS TARDE.

JISU: ¿Va todo bien? ¿Has apagado unos cuantos incendios?

DONGJOO: ¿Qué? Ah, el correo. Sí, ya lo he solucionado todo. Mi compañero y yo tenemos varias reuniones con diferentes empresas de capital riesgo que están interesadas en nuestra idea emprendedora y estamos lidiando con todo el caos de fechas.

JISU: Suele pasar. ¡Muy bien! ¿Y cuál es vuestra idea emprendedora? Debe de ser buena si ya tenéis hasta lista de empresas que quieren reunirse con vosotros.

DONGJOO: Vaya, lo siento. Tengo que responder a este mensaje. No tardo.

JISU: Claro. Adelante.

DONGJOO: Lo siento, sé que estoy siendo muy grosero. Nunca soy así.

DONGJOO: Eh... ¿por dónde íbamos?

JISU: Apenas llevábamos treinta minutos de cita cuando has mirado el teléfono por segunda vez. Por ahí íbamos.

DONGJOO: Estás enfadada. Y tienes todo el derecho a estarlo. Es solo que...

JISU: Tú teléfono está sonando. ¿Vas a ponerlo al menos en silencio? La gente está empezando a mirarnos...

DONGJOO: Es una emergencia, así que voy a...

JISU: Hazlo. Responde la llamada. Yo me voy.

DONGJOO: ¡No! No te vayas.

JISU: Mira, lo hemos intentado, ¿vale? Al menos le podemos decir eso a la señora Moon. En realidad, ni siquiera estoy enfadada. No perdamos el tiempo, porque entonces sí que me voy a enfadar.

DONGJOO: Vale, pero si nos vamos ya, nuestros padres sabrán que la cita ha sido demasiado corta, y si tus padres son como los míos, te darán la lata sobre lo mucho que se están esforzando y lo poco que lo estás haciendo tú.

JISU: No te equivocas. Entonces, ¿qué propones que hagamos?

DONGJOO: Está claro que me odias... y tienes todo el derecho del mundo, y también es evidente que esto no va a ninguna parte. Estoy seguro de que tú también tienes asuntos que atender. ¿Por qué no nos quedamos aquí a lo nuestro durante otra media hora o así y luego ya nos vamos cada uno por su lado?

JISU: Vale.

DONGJOO: ¡Genial! Y lo siento mucho, Jisu. Es solo que mi trabajo lo es todo para mí ahora mismo. Pero mis padres... Lo entiendes. ¿Verdad?

JISU: Sí, lo entiendo. Pero aun así voy a quedarme aquí sentada mandándole mensajes a mis amigas sobre lo imbécil que eres.

DONGJOO: ¡Como deberías! Soy un completo imbécil.

JISU: Al menos eres directo. Voy a poner una alarma de aquí a treinta minutos. Cuando suene, ya podemos liberarnos el uno del otro.

DONGJOO: Trato hecho. Y, de nuevo, lo siento.

9

—La tarea de hoy está en la pizarra. Emparejaos con la persona a vuestra izquierda y a trabajar dijo la señora French mientras todos entraban al aula y se sentaban en sendos pupitres—. He de responder a una llamada muy importante, así que estaré en el pasillo si me necesitáis.

Jisu miró a la izquierda. Su compañero de clase de hoy no era otro que Bobby el Provocador. Puf. Estar con la parlanchina Kaylee, con el siempre alegre Dave, o con cualquiera de sus amigos habría resultado ser una tortura menor. ¡Con cualquiera menos con Bobby! Llevaba esa estúpida sudadera roja que siempre se ponía. Era como una gran señal de advertencia; se le podía divisar por los pasillos y decidir con antelación si era mejor evitarlo o prepararse para aguantar cualquier comentario estúpido que seguramente te soltara conforme se cruzara contigo.

Haz como si nada. Jisu recordó la pelea que casi estalló la última vez que Bobby y ella habían hablado. *No le prestes la atención que busca. Tan solo haz el trabajo.* Jisu abrió la libreta en una página en blanco y se giró hacia Bobby.

—Jisu Kim. —Ya le estaba sonriendo con petulancia, ansioso por empezar con el mal pie—. Supongo que no tendré que preocuparme por sacar una buena nota. Ni de hacer el trabajo.

¿Estaba intentando halagar su intelecto? Pero hablaba como si estuviese intentando molestarla. Y menuda forma tan extraña de anunciar que no pensaba hacer nada.

Bobby miró en derredor, buscando la reacción de algún otro compañero de clase, quien fuese. Pero nadie le estaba prestando atención.

—Vamos a hacer la tarea y ya está, ¿vale? —Jisu se sentía irritable. Todo lo que dijera Bobby la hacía sentir incómoda. Siempre estaba puntualizando las cosas que ella ya conocía de sí misma, pero las hacía sonar como si fuesen algo malo. Jisu era una estudiante trabajadora y lista. No tenía motivos para hacerla sentir mal por ello. Jisu abrió el libro de texto en la unidad nueve. Les habían mandado leerlo juntos y responder a las preguntas proporcionadas.

—Tu gente siempre se toma demasiado en serio lo de sacar buenas notas —dijo Bobby—. Además, ¿por qué os presionáis tanto? Probablemente os acepten en Harvard o en Cornell o en cualquier otra.

—¿*Mi gente*? —Al oír cómo Bobby lo había dicho, Jisu se sintió tan incómoda como nunca antes se había sentido en Wick. Bobby estaba esforzándose en hacerla sentir como una extraña, y lo peor de todo es que estaba funcionando. Jisu apretó el puño. Quería alejarse de Bobby tanto como fuese posible.

Ninguno de sus compañeros de clase lo había oído, y si lo habían hecho, no reaccionaron. La gente suele ignorar a los provocadores, pero Jisu desearía que alguien, quizás incluso Dave, dijera algo y pusiera a Bobby en su lugar. Otra vez. Jisu podría hacer caso omiso de muchos de sus estúpidos comentarios, pero no podía dejar que se fuera de rositas con este.

—¿A qué te refieres con «mi gente»? —le preguntó otra vez.

—Me refería a «vosotros»... ya sabes —dijo él, sonando un poco sorprendido, como si no se hubiese esperado que Jisu fuese a plantarle cara.

—No, Bobby. No lo sé. —Pero ahora a Jisu le quedaba claro a qué se refería. Se refería a la gente que se parecía a ella. Como Dave. Como todos los otros estudiantes de Wick que eran coreanos, chinos, vietnamitas o japoneses. Asiáticos. Jisu tenía suerte de no haberse topado nunca con imbéciles como Bobby en casa. Pero estaba aprendiendo rápido que la mejor manera de lidiar con ellos era enfrentarlos directamente. Jisu lo presionó todavía más—. ¿A qué te refieres cuando has dicho «mi gente»?

Algunos de sus compañeros de clase, probablemente al percibir una tensión real, empezaron a girarse hacia ellos. Bobby se removió en la silla.

Ya no te gusta tanto la atención, ¿eh, Bobby?

Después de un momento, Bobby se quitó la capucha de la sudadera como si las miradas de la gente le hubiesen infundido alguna especie de retorcida seguridad.

—Bien por ti, Jisu. No sabía que las chicas asiáticas respondierais así nunca. —Sonrió de forma engreída—. ¿No es por eso por lo que todos quieren tener una novia asiática? ¿Porque nunca respondéis?

Las palabras de Bobby fueron para Jisu como un puñetazo en el estómago. ¿De verdad la gente era lo bastante idiota como para creerse eso sobre las chicas que se parecían a ella? ¿Qué ganaba siquiera al decir esas cosas tan ridículas?

Jisu hervía de ira, pero intentó contenerse. Sabía que cada palabra que salía de la boca de Bobby era vana y sin sentido, pero no cambiaba el hecho de que le doliesen y la hiciesen sentir excluida. Los alumnos a su alrededor se quedaron atónitos. Pero ninguno dijo nada.

¿Dónde estaba la señora French cuando se necesitaba que interviniese un adulto? Por supuesto, todavía seguía atendiendo su importantísima llamada en el pasillo, lejos de todo ese lío. ¿Qué pensarían los padres de Jisu del hecho de que el dinero de su matrícula estaba usándose para aprender a defenderse contra compañeros racistas en vez de estar centrándose en los estudios internacionales? Aunque, para ser justos, esas dos cosas probablemente compartiesen más que unos cuantos paralelismos.

Estúpido Bobby Leeman. Incluso cuando más seguro de sí mismo se mostraba, seguía encorvado en la silla con la postura de un abuelo decrépito de ochenta años. Kaylee tenía razón; probablemente sus padres nunca le hubiesen prestado mucha atención. Fueran cuales fuesen sus problemas, a Jisu no le importaba lo bastante como para intentar comprenderlo. Ese no era su trabajo. La única persona que podría desentrañar la soledad que motivaba los ardides tristes y desesperados por llamar la atención era el mismo Bobby.

Jisu andaba indagando en todas las nuevas capas que conformaban su ira y frustración cuando Hiba Khoury, una compañera de clase a la que conocía de pasada, intervino.

—¿Y tú que sabrás de novias, Bobby? —le increpó—. Ni siquiera las muertas querrían salir contigo.

Toda la clase se mofó de él y alentaron a Hiba. Esta le dio un codazo al compañero que le habían asignado, Jordan Rodríguez.

—Jordan, anda, cámbiate con Jisu. —Jordan se encogió de hombros e Hiba se puso de pie.

—Levántate, Bobby. Ve a sentarte con Jordan —le ordenó. Jisu se quedó observando embobada cómo Bobby se alejaba de ella con la cabeza gacha.

Hiba se sentó junto a Jisu, que se maravilló ante su nueva amiga. La había conocido durante los primeros días de clase, pero no habían hablado de verdad más allá del saludo inicial.

Jisu siempre había admirado el gran gusto de Hiba para la moda; siempre vestía colores vivos y vibrantes y sus conjuntos iban siempre perfectamente combinados, desde el hiyab hasta los zapatos. Hoy iba impecablemente elegante toda de negro. Su jersey tenía rosas doradas bordadas en los hombros, y sus zapatos Mary Jane se parecían muchísimo a un par que Jisu había visto y que ansió comprarse la última vez que había ido a la tienda Neiman Marcus con Linda y Mandy.

Cuando la clase llegó a su fin, Bobby salió en silencio y desapareció en el bullicio del pasillo.

—Parece que el tonto de turno va a esconder la cabeza durante el almuerzo —dijo Hiba. Se giró hacia Jisu—. ¿Estás bien, por cierto? —le preguntó con gesto serio.

—Ah, sí, estoy bien. Los idiotas como Bobby no me afectan. —Jisu sonrió. Sentaba bien que te miraran como Hiba la estaba mirando a ella.

—Lo has aprendido mucho más rápido que yo —comentó Hiba—. Bobby siempre ha sido un abusón. Nunca ha sido amable conmigo desde que pisé Wick por primera vez.

—Kaylee dice que es porque su madre nunca le prestó la suficiente atención, que hace que lo compadezca más que enfadarme —respondió Jisu.

—Sí, algunos intentan ser demasiado amables y dicen que simplemente es un rarito y que no encaja bien. Pero ser un imbécil no es lo mismo que ser un rarito. Y la gente encima no se corta en decir que solo tiene prejuicios, cuando realmente es un racista —dijo Hiba. Nadie quiere usar nunca la palabra *racista* ni ofender a nadie, cuando lo cierto es que las cosas tan estúpidas que dice son las más ofensivas.

Jisu asintió a la vez que recorría el pasillo junto a Hiba. Todo esto era nuevo para ella, pero tenía sentido. Jisu relajó los hombros y sintió alivio. Escuchar a Hiba hablar se le antojaba como encontrar una palabra nueva en el diccionario que describiera un sentimiento que tan a menudo sentías, pero que hasta ese momento no habías sido capaz de ponerle nombre.

—¿Quieres que comamos juntas? —le preguntó Jisu.

—¡Claro, por supuesto! —exclamó Hiba para el deleite de Jisu.

Las dos caminaron hasta el césped. Dejaron caer los libros y las mochilas al suelo y sacaron sus almuerzos. Hiba le dio un mordisco a su sándwich. Jisu abrió su fiambrera. El envase de plástico estaba dividido en diferentes secciones. En cada una había echado un poco de *bulgogi*, arroz blanco, un paquetito de algas asadas y verduras al vapor.

—Madre mía, ¡qué buena pinta! —dijo Hiba. Y huele de maravilla.

—¡Gracias! Hasta el *bulgogi* lo he hecho yo —comentó Jisu, orgullosa de sus logros culinarios de aficionada. En Corea nunca había cocinado, pero desde que se mudó con los Murray había logrado dominar unos cuantos platos. Emular lo que cocinaba su madre era la mejor manera de lidiar con la nostalgia. Jisu abrió las tiras de algas.

—¿Quieres una? —le ofreció. Hiba la cogió y se la comió al instante.

—Me encantan. Están tan crujientes y saladas. Sinceramente, son mejores que las palomitas. Yo me las comería en el cine —dijo antes de relamerse los labios y de chuparse la sal de los dedos.

Jisu recordó cuando almorzó por primera vez con Jamie y Tiffany. No fueron despectivas en ningún momento, pero el modo en que dijeron «¿Qué es eso? ¿Y eso? Creo que comí esto la semana pasada en un restaurante coreano. Ay, Dios, en realidad me encanta el *kimchi*» no había sonado tan franco y natural como Hiba había reaccionado ahora.

—¿Y cuándo te mudaste aquí? —le preguntó Jisu.

—Mis padres y yo emigramos aquí desde el Líbano cuando yo tenía nueve años. Me salté un curso y empecé quinto antes —explicó Hiba.

—Vale, eso seguro que tiene que aparecer en todas tus solicitudes para la universidad —dijo Jisu.

—¿Cómo lo has sabido? —se rio Hiba.

—No, pero, en serio, todo ese proceso de enviar solicitudes de admisión a las universidades me está poniendo de los nervios. —Las primeras solicitudes se podían mandar hasta noviembre, lo que le daba solo dos meses para poder aclararse las ideas. Y entonces las siguientes solicitudes serían en enero, que no era mucho después. Todo seguía hacia adelante. Jisu removió el arroz en la fiambrera. Había perdido el apetito—. Sé que no voy retrasada, pero siento que, si me detengo a respirar un solo segundo siquiera, quedaré relegada a la última de la clase.

—Lo primero: todos exageran demasiado con el tema de las preinscripciones —respondió Hiba—. Además, si te soy sincera, parece que te estés adaptando muy fácilmente aquí, en un instituto completamente nuevo en un país completamente diferente. Si eres capaz de hacer eso, puedes hacer cualquier cosa.

—¿Sabes a qué universidades vas a mandar la solicitud?

—Princeton —contestó con firmeza Hiba—. Quiero sacarme una carrera allí y luego ir a la facultad de Derecho.

—¿Qué rama de Derecho quieres estudiar?

—Probablemente derecho internacional. Por eso me gusta tanto la clase de la señora French.

—¿Ves? A eso es a lo que me refiero. Sabes exactamente lo que quieres y lo que vas a hacer con tu vida. —Jisu suspiró—. A mí me ha llevado una semana buscar el hueco con Dave para trabajar en el proyecto de Estudios Internacionales.

—Bueno, Dave siempre está haciendo un millón de actividades extraescolares, así que no es culpa tuya.

—Eso me hace sentir todavía más culpable —admitió Jisu—. Ahí está él, consiguiendo todos esos logros y premios que podrá añadir luego a su currículo. Yo no sé lo que quiero hacer.

—Eh. —Hiba colocó una mano en el brazo de Jisu. Nadie en este instituto sabe realmente lo que quiere hacer. Yo solo estoy siguiendo los pasos de mi hermana mayor. Dave solo hace lo que sus padres le dicen que haga. Lo estás haciendo genial. Hay muchísima gente en nuestro curso que no está ni la mitad de preparada que tú.

Jisu sabía que todo eso era cierto, pero la consoló oírselo decir a Hiba. Por primera vez en semanas, sintió que la ansiedad remitía.

—¡Jisu! ¡Te hemos estado buscando! —Jamie y Tiffany cruzaron el patio y se sentaron sobre el césped.

—Acabamos de salir de la clase más aburrida de Historia de Estados Unidos —dijo Jamie—. Estoy harta del instituto. Me muero de ganas de empezar la universidad e ir solo a fiestas.

Hiba miró a Jisu. *¿Ves? Tú estás por delante de estas chicas*, pareció decirle con la mirada. Jisu contuvo una risotada.

—¿Oye, me decís si veis a Jordan Rodríguez? Estoy evitándolo —comentó Tiffany.

—Jisu y yo acabamos de salir de una clase con él. ¿Qué ha pasado? —preguntó Hiba.

—Me pidió una cita y me pilló desprevenida. Y le dije que sí porque me gusta, pero fue un momento de lo más incómodo. Me quería morir. Y ahora ya no quiero volver a verlo nunca más. —Tiffany se tiró de los flecos de la falda con nerviosismo.

—Puede que tu casamentera de Seúl pueda concertarle algunas citas a Tiffany —le sugirió Jamie a Jisu.

—¿Casamentera? —Hiba se giró hacia Jisu con los ojos como platos.

—No es tanto como suena —respondió Jisu—. Es más como una versión ensalzada de mi madre, que intenta emparejarme con los hijos de sus amigos.

—Ah, mis padres también me hacen lo mismo —dijo Hiba—. Siempre que vamos a la mezquita, me señalan a otro chico de mi edad y me comentan en lo buen hombre que se ha convertido y lo bueno que es con sus padres.

—¿No saben que estás ocupada intentando entrar primero en Princeton? —le preguntó Jisu.

—¡Lo sé! —Hiba levantó las manos—. Si llevo a casa una buena nota, me preguntan por qué no estoy saliendo con fulano o mengano de la mezquita. Si me paso demasiado tiempo socializando, me regañan por no estudiar lo suficiente.

—No ganas nunca —dijo Jisu.

—Pero nunca he ido a ninguna cita a ciegas de verdad. Crecí con todos esos chicos con los que mis padres me quieren emparejar. ¿Cómo es tener una cita a ciegas? —preguntó Hiba. Jamie y Tiffany también parecían tener curiosidad por saberlo.

—Sinceramente, no son tan glamurosas —explicó Jisu—. Una vez fui a una cita tan aburrida que hasta me dormí.

Las chicas ahogaron un grito colectivo.

—¡No! —gritó Tiffany.

—No me siento orgullosa —admitió Jisu, intentando no reírse—. Me dormí solo durante un segundo mientras él hablaba y hablaba sobre algo... ni siquiera me acuerdo de qué, pero él se dio cuenta, claro. ¡Y me lo echó en cara!

—¡Ay, madre! ¿Y por qué? —Jamie parecía estar desconcertada.

—Es que de verdad. Acepta el rechazo y a otra cosa, mariposa —refunfuñó Hiba—. Los tíos son idiotas.

Jisu miró el móvil cuando las chicas se levantaron para irse a clase. Tenía un mensaje de Austin.

> ¿Qué haces el miércoles? Se supone que será el último día de calor del año. ¿Quieres ir a hacer surf?

Jisu miró a Jamie y a Tiffany. Se estaban recolocando el pelo la una a la otra; Jamie asegurándose de que las trenzas de Tiffany estaban intactas y Tiffany peinándole el flequillo a Jamie. Ellas no parecían haber recibido ningún mensaje de Austin, así que a lo mejor no era otro plan grupal de amigos.

El estómago de Jisu dio un pequeño vuelco. ¿Le estaba pidiendo tener una cita de verdad?

> No sé surfear :(

Jisu miró el miércoles en su agenda. *Proyecto de EI con Dave K.* Claro, el único momento en el que Dave podía incluirla en su apretada agenda era cuando Austin quería quedar.

> Te puedo enseñar :). Veeeenga.

Jisu quería decir que sí. ¿Por qué tenía que ser ella la que se sacrificase por hacer el trabajo con Dave? Ella también tenía vida. Empezó a teclear un nuevo mensaje, esta vez para Dave.

> Lo siento, ya no puedo quedar el miércoles. ¡Pero encontraremos otro momento!

Jisu no tenía ni idea de cuándo sería eso exactamente. No sabía cómo estaría su agenda la semana siguiente, ni la otra. Pero tenía planes con Austin, y por ahora se contentaba con eso.

CITA Nº 9

NOMBRE: Park Changmin

INTERESES
Seoul SK Knights, cómics de Marvel, comedia.

LOGROS
Saltó dos cursos; admisión anticipada en la universidad de Cambridge; actualmente cursa la carrera de Física en Cambridge.

JISU: ¿Sabes? He estado en Reino Unido, pero nunca en Cambridge.

CHANGMIN: Ah, vale.

JISU: He estado en Londres y en Oxford. ¿Cambridge se parece a Oxford? Sé que sois dos grandes rivales o algo así, ¿no?

CHANGMIN: Sí, pero la verdad es que no le presto mucha atención a la rivalidad entre universidades.

JISU: Ah… vale. Y dime, ¿qué estudias en Cambridge?

CHANGMIN: Física.

JISU: ¿Te gusta?

CHANGMIN: Lo suficiente como para licenciarme, sí.

JISU: Ya veo.

JISU: He oído que te subieron un par de cursos y que entraste en Cambridge antes de tiempo. ¿Es verdad?

CHANGMIN: Sí, es verdad.

JISU: ¡Eso es genial! Espera, ¿entonces tenemos la misma edad?

CHANGMIN: ¿Cuántos años tienes?

JISU: Diecisiete. Cumpliré los dieciocho en octubre. ¿Tú?

CHANGMIN: Cumplo diecinueve el mes que viene. ¿Vienes a estas *seon* a menudo?

JISU: ¿Eh? Solo he ido a unas cuantas. No muchas. Algunas fueron aburridas. La mayoría estuvieron bien, pero ya está. Creo que tú eres el que tiene el currículum más interesante de todos.

CHANGMIN: ¿En serio? Si soy el más interesante, vas a tener que despedir a tu casamentera. O ella debería dimitir.

JISU: ¿Qué? No digas eso. Entrar en la universidad dos años antes y después ir a Cambridge es muy interesante. Aunque, si te soy sincera, no me importa mucho la física. La verdad es que soy muy mala y apenas aprobé el año pasado.

CHANGMIN: Un friki de la física en Cambridge no le interesaría de verdad a mucha gente. O a nadie, ya que estamos.

JISU: Bueno, ¡eso no es lo único que te define!

CHANGMIN: Supongo que eso es verdad.

JISU: ¿Qué haces en Cambridge cuando no estás en clase? ¿Es cierto que tenéis cenas formales a las que todo el mundo va arreglado?

CHANGMIN: Creo que te refieres a los Salones Formales.

JISU: ¿Te arreglas para ir? Apuesto a que estarías genial de traje.

CHANGMIN: Sí que me arreglo. Vas con los amigos, llevas una botella de vino, te sientas para comer en un gran salón que se construyó hace siglos y charlas con tus compañeros.

JISU: Suena *tan* bien.

CHANGMIN: ¿Quieres ir a Cambridge? ¿O a alguna universidad de Reino Unido?

JISU: A estas alturas tendría suerte si me aceptaran en alguna universidad. Las universidades coreanas son muy selectivas, así que barajo más opciones en Estados Unidos. Pero quién sabe si me seleccionarán.

CHANGMIN: Eres muy exigente contigo misma.

JISU: ¿Cómo lo sabes?

CHANGMIN: Pareces inteligente y energética. Culta y a la vez sensata.

JISU: ¿De verdad? ¿Lo dices en serio? Si solicitase entrar en Cambridge, ¿me escribirías una carta de recomendación?

CHANGMIN: Me halaga que me lo pidas, pero tengo la sensación de que una carta de recomendación de uno de sus estudiantes no serviría de nada.

JISU: Puede que sí, si proviene de un genio de la física que entró en la universidad a los dieciséis.

CHANGMIN: Odio admitirlo, pero ni siquiera estoy en la lista de los diez alumnos más inteligentes de Cambridge. Si vas al campus, te sentirás totalmente decepcionada.

JISU: Vaya, entonces sí que no voy a poder entrar en Cambridge. Creo que hasta ahora jamás había conocido a nadie que se hubiese saltado un curso, y mucho menos dos. Así que eso te convierte en la persona más culta que conozco. ¿Cuándo vuelves a Reino Unido?

CHANGMIN: Pues voy a volver un poco antes, en unas semanas. Quiero pasar algo del verano allí, y, además, el cumpleaños de mi novia es en agosto.

JISU: ¿Novia?

CHANGMIN: Sí. Espera, ¿no has visto mi mensaje antes de venir?

JISU: No he mirado el móvil...

CHANGMIN: He venido a ver a mi familia y las *seon* son para contentar a mi madre. Se sentiría avergonzada si se enterase de que tengo una novia inglesa. Mierda. Lo siento, Jisu, pensaba que habías visto mi mensaje...

JISU: No, ¡no pasa nada! Yo también lo hago solo por mis padres, así que...

CHANGMIN: ¡Bien! Me alegro. También porque me pareces guay. Las dos primeras *seon* a las que fui fueron un poco desastre. Sobre todo después de que les dijera a las chicas que ya tenía novia.

JISU: Sí, ya me imagino cómo se tuvieron que sentir.

CHANGMIN: Pero tú estás tan tranquila. Apuesto a que si vinieras a Cambridge, seríamos amigos. Y que Margaret y tú os llevaríais bien.

JISU: ¿Margaret?

CHANGMIN: Mi novia.

JISU: Aaah. Vaya, mira. Una amiga me acaba de mandar un mensaje. Creo que me necesita.

CHANGMIN: He venido en coche. ¿Quieres que te lleve?

JISU: ¡No hace falta! Me voy.

CHANGMIN: Vale. Bueno, si vas a Cambridge, ¡llámame!

10

—¿Por qué estás tan nerviosa? —preguntó Mandy.

Jisu tenía bastantes razones por las que sentirse así. Era miércoles, las cuatro y veintiséis. Fuera hacía una temperatura agradable, unos veinticinco grados de un día perfecto de septiembre. Austin vendría en coche en cualquier momento para llevar a Jisu a surfear, algo que no había hecho nunca.

Jisu tenía dos bañadores: uno negro y sencillo, y un bikini rosa a cuadros que era muy mono; pero se había cambiado varias veces hasta optar por el sensato bañador negro. Al fin y al cabo, iban a la playa a surfear, no a pasar el rato ni a ponerse morenos.

Cuando Mandy salió de su cuarto a meter las narices, Jisu se encontraba sentada en lo alto de las escaleras dando golpecitos al suelo con el pie y viendo que el reloj de pie se acercaba lentamente a las cuatro y media.

—No estoy nerviosa. ¿A qué te refieres? —Jisu se pasó un mechón por detrás de la oreja y envolvió los brazos en torno a las espinillas como si quisiese tranquilizar a sus piernas.

—Tiemblas tanto como mamá cuando bebe mucho café por la mañana. —Mandy observó a Jisu con desconfianza—. Vas a ver a un chico, ¿verdad?

Jisu puso los ojos en blanco. Mandy era asombrosamente habilidosa a la hora de mencionar algo que intentabas evitar e ir al grano.

—He quedado con Austin. Vamos a ir a la playa a surfear —admitió Jisu—. Pero no estoy nerviosa por eso. Estoy nerviosa porque no sé surfear.

El teléfono de Jisu sonó y se oyó la bocina de un coche fuera. Su corazón dio un vuelco, pero no de la sorpresa. Pareciera como

133

si acabase de subir y bajar las escaleras corriendo. Llegaba justo a la hora. Se puso una mano en el pecho para ordenarle a su corazón que se calmase.

—Vaaale. Si tú lo dices. ¡Pásatelo bien en tu segunda cita! —Mandy volvió a su cuarto antes de que Jisu pudiera repetir que no era una cita. Y que la primera vez que quedaron tampoco lo había sido. Solo habían pasado tiempo juntos. Y ya está.

Qué tonta era. ¿Qué sabía ella?

Jisu bajó las escaleras y se miró en el espejo del vestíbulo. Practicó varias sonrisas distintas y cada una le pareció más falsa que la anterior. ¿Por qué se sentía tan nerviosa? Jisu se pellizcó las mejillas tanto para salir de sus ensoñaciones como para que estas adquirieran un tono natural rosado. *Jisu Kim, ¿por qué te importa cómo tengas el pelo? Se va a mojar de todas maneras. ¿Lo tendré bien, aunque esté mojado? ¿Y si parezco una* gwisin *aterradora? ¿Me lo recojo en un moño?* Se retorció el pelo en un moño alto y salió bajo el brillante sol de la tarde.

—¡Jisu! —gritó Austin a través de la ventanilla del coche. Lo miró a los ojos y lo saludó con la mano. Sonaba una canción de hip hop que no le resultaba familiar. Pero el ritmo era pegadizo y no pudo evitar sonreír y mover la cabeza. Agradecía la música. Rellenaba los huecos y hacía que Jisu no se sintiera tan nerviosa. Abrió la puerta del copiloto y se metió en el coche.

—¿Qué canción es? —Jisu se abrochó el cinturón.

—Es Migos. ¿No te suena?

Austin subió el volumen y pisó el acelerador. La combinación de la música alta, el viento soplando a través de las ventanas y Austin al volante llevándolos a la playa a toda velocidad hizo sentir a Jisu tanto embelesada como mareada.

—Entonces, ¿adónde vamos exactamente? —preguntó al no reconocer las calles por las que pasaban.

—Pacífica. Nadie te ha llevado allí, ¿no?

—No, no he estado nunca. —Jisu aún no había explorado esa parte de la ciudad.

—Bien. —Que a Austin le animara enseñarle una zona nueva de la ciudad la entusiasmó.

Pensó en los cuestionarios que había leído en las revistas.

No cita: ambos quedáis y hacéis lo mismo de siempre.

Cita: vais a explorar y probáis algo nuevo.

Para Austin no era algo nuevo, pero sabía que sí lo sería para ella y se había propuesto llevarla. El torrente de nervios regresó y se instaló en su interior, a pesar de que a Jisu no le importara.

—No sabía que la gente del Área de la Bahía surfeara. Siempre había pensado que eso era más bien Los Ángeles.

—Toda California surfea. Pero es probable que en Los Ángeles vaya más gente. Los pocos que surfeamos aquí todo el año somos los de verdad. Yo llevo surfeando desde niño. Sabes que soy de Torrance, ¿no?

—¿De dónde?

—Está a las afueras de Los Ángeles. Siempre salía a surfear, pero mi madre nos obligó a mudarnos aquí para poder estar con sus hermanas después de la muerte de mi padre. —Austin mantuvo las manos en el volante y miró atentamente hacia delante. Se escuchaba un profundo silencio en la radio entre canción y canción.

—Austin, lo siento mucho, no lo sabía. —Para Jisu era difícil estar separada de su padre, pero le mandaba mensajes al Kakao todos los días y veía a sus padres todas las semanas por videollamada. No se imaginaba lo que sería perder a uno de ellos.

—Fue hace mucho tiempo. Sé que suena muy cursi, pero desde que murió he aprendido a vivir la vida al máximo y a hacer lo que quiero. —Aparcó. Se volvió hacia ella y le sonrió—. Como ir a Pacífica en septiembre. Pero primero vamos a hacer una parada.

Estaban prácticamente bajo el puente de Golden Gate. Jisu observó maravillada el emblemático puente rojo.

—¡No me habías dicho que fuésemos a parar al lado del puente! —exclamó ella. Salió del coche y de inmediato empezó a hacer fotos con su cámara digital.

—¿Siempre llevas la cámara encima? —le preguntó Austin.

—Nunca sabes cuándo se presentará la oportunidad de sacar una foto perfecta. —Jisu enfocó la cámara réflex sobre él y sacó varias fotos más.

—Por ahí hay una buena zona para sacar fotos. ¿Reconoces esa esquina? —Austin señaló un antiguo edificio militar bajo el puente—. Hay una escena de una película antigua... una famosa...

—Conozco algunos programas y películas estadounidenses, pero ningún clásico. Excepto *Titanic* o *Lo que el viento se llevó*. Pero *Titanic* se grabó en el océano Atlántico y *Lo que el viento se llevó* en el sur, ¿no?

—¿Jimmy Stewart... Kim Novak... *Hitchcock*? —Austin miró a Jisu con esperanza.

—Me suena... —mintió Jisu—. Austin, no soy ninguna experta en cine.

—Vale. No me necesitas como profesor particular de inglés. Lo que necesitas es que te enseñe nuestra cultura. Hoy, cuando vuelvas a casa, vas a ver una película que se titula *Vértigo*. Creo que está en Netflix. —La atención de Austin hizo que a Jisu le diera otro vuelco en el estómago. La culpa que le quedara por haber anulado el plan con Dave desapareció de inmediato. *Sí, es una cita de verdad*, decidió Jisu. Y ya era mejor que cualquier *seon* a la que hubiese ido.

En cuanto Austin convenció a Jisu de que había sacado fotos más que suficientes, volvieron al coche para bajar hasta la playa de Pacífica State. Jisu se acomodó en el asiento. Ya no se sentía tan alerta ante cualquier movimiento; podría estirar la mano sobre el brazo de Austin para coger el cable auxiliar y poner música sin darle demasiadas vueltas. Se reclinó en el asiento y observó impresionada las vistas del océano a su derecha mientras recorrían la autovía Cabrillo Highway.

—No habrás traído un traje de neopreno por casualidad, ¿no? —inquirió Austin mientras cogía el suyo del maletero. Jisu no tuvo ni que contestar, porque su expresión confusa fue respuesta suficiente para él.

—Tienes suerte de que haya aparecido uno de más por arte de magia. —Austin sacó otro—. Toma, debería quedarte bien.

—¡Gracias! —respondió Jisu, pero se preguntó de inmediato de dónde habría sacado el traje. ¿La última chica a la que trajo a la playa también lo usó? ¿A cuántas chicas traía a surfear? Quizás acabara de comprarse uno y esto era algo que siempre hacía: enseñarles a las chicas sus zonas preferidas para surfear antes de lanzarse.

¿Iba a lanzarse?

Jisu se puso el traje de neopreno enseguida y le alivió no haber necesitado mucha ayuda por parte de Austin. Los dos corrieron hacia el agua. Jisu se estremeció de ganas y también porque el agua estaba helada. Austin parecía impertérrito. No terminaba de asimilar la sensación de estar cubierta de agua y a la vez seca. ¿Así se sentían los delfines? Jisu jamás había surfeado, pero el mero hecho de ponerse un traje de neopreno la hizo sentirse como si pudiese subirse a la tabla y hacer cualquier cosa.

Austin le enseñó cómo remar y cómo subirse a la tabla mientras repetía los movimientos una y otra vez. Jisu lo observó. No quería bajarse. Austin repitió los gestos una vez más, pero ella fue incapaz de concentrarse.

No. Puedo. Dejar. De. Temblar. Al menos me he recogido el pelo y no parezco una gwisin.

El agua fría, el viento incesante, los trajes de neopreno marcando su cuerpo como una segunda piel... todo la distraía. ¿Cómo la vería Austin? ¿Estaría pensando en ella?

El océano los mecía y Jisu pudo ver que una ola se estaba formando en el horizonte.

Vale, me va a salir bien esta vez.

Metió los brazos en el agua y remó hacia delante. Dejó que la ola la elevara y en el momento exacto saltó a la tabla.

—¡Lo he conseguido! —gritó—. ¡Lo estoy haciendo!

La euforia duró unos pocos segundos antes de que Jisu perdiera el equilibrio y cayera al agua. Pero no importaba. ¡Lo había conseguido! Se había subido a esa tabla y se había deslizado por la superficie del agua como si fuese Jesús.

Jisu reapareció y Austin la sacó del agua hasta subirla a la tabla. Su cuerpo se sentía desprovisto de energía y tenía las extremidades de goma, pero la adrenalina corría por sus venas y el corazón le latía tan deprisa que podía escucharlo en los oídos.

—¿Estás bien? —le preguntó Austin. Jisu seguía congelada, pero el calor afloró en su interior al ver la expresión preocupada de él.

—Sí —resopló Jisu. Seguía intentando recuperar el aire—. Ha sido increíble. ¡No puedo creer que lo haya hecho!

Austin y Jisu nadaron hacia la orilla. Caminaron por la playa para secarse. A Jisu le encantaron las palmeras. No se cansaba de mirarlas. El subidón de su pequeño, pero a la vez gran logro aún no había disminuido y era incapaz de dejar de sonreír. Euni y Min no se lo creerían. *¿Surfear? ¿Tú? Venga ya.* Jisu también quería hablarles de Austin. Su amigo nuevo que precisamente era un *chico.* Uno muy mono.

El sol empezaba a ponerse y el brillo cálido se extendía por todos lados. Jisu y Austin permanecieron pegados hombro con hombro y disfrutaron de las vistas. Había sido un día perfecto.

Jisu observó el océano. En algún lugar al otro lado del Pacífico y con un huso horario distinto, se encontraba su casa. Se le contrajo el pecho y sintió una punzada.

—¿Estás bien? —le preguntó Austin, pareciendo notar su cambio de humor.

—¿Cuánto crees que me costaría nadar hasta Seúl?

—Seguramente haya una forma más fácil de volver. Como en avión. —Austin le pasó un brazo por la cintura y la atrajo hacia él.

Jisu se tensó. De repente fue consciente de todas las células y los átomos de su cuerpo. Intentó calmarse desviando la atención del brazo de Austin junto a su hombro al océano frente a ellos. Jisu cogió aire y contempló las olas. Pero no se tranquilizó. Así que dejó que los nervios se le instalasen a placer en el estómago. Apoyó la cabeza en el pecho de él.

—Recuerdo echar de menos Los Ángeles cuando vine —exclamó Austin—. Pero se te pasará. Esta ciudad acabará gustándote.

—Ya me gusta —respondió Jisu—. Pero me siento culpable.

—¿Por qué?

—Porque me siento feliz y no creía que me fuera a sentir así. Y no debería. Asistir a Wick durante un año se supone que debería significar estudiar a todas horas. No divertirse. Pero aquí tengo independencia. Dedico más tiempo a la fotografía. Estoy haciendo amigos nuevos, amigos de verdad. Hoy he aprendido a surfear. Y, no sé cómo, no estoy suspendiendo ninguna clase.

—Entonces, ¿por qué te sientes culpable? ¿Por vivir tu vida?

—Las cosas van demasiado bien. Y siempre podría estudiar más. ¿Sabes? Me he escaqueado de un trabajo grupal por venir.

—¿Puedo serte sincero? —dijo Austin. Jisu le hizo un gesto para que siguiera hablando—. Creo que necesitas relajarte. ¿Por qué te estresas por todo? —la pregunta pareció flotar entre ellos. Jisu no tenía ninguna respuesta que darle. La presión por hacerlo bien; sacrificar su presente por su futuro, fuera cual fuese, siempre había formado parte de su vida.

»No me refiero a que sea igual, pero creo saber a lo que te refieres. Mi madre es madre soltera y yo soy el mayor de cuatro hermanos. Todos me consideran el "hombre de la casa", sea lo que sea eso. Mis tíos quieren que dirija el restaurante familiar, pero yo quiero ir a la universidad y hacer lo que me dé la gana. Hace tiempo decidí que contentaría a mi familia siempre que pudiese, pero que también necesitaba ser feliz.

Jisu dejó que sus palabras calaran en ella. Austin había sido valiente al decidir priorizarse él por encima de su familia. Hacer algo así parecía ir contra natura y contra su sentido inherente.

Austin observó el Océano Pacífico sumido en sus pensamientos. Quiso sacarle una foto. Su perfil sobre el cielo rosa. Quería enseñarle cómo lo veía ella en ese momento. Pero Jisu lo miró fijamente y se guardó esa imagen en la memoria. No la olvidaría.

—¿Tienes hambre? —Austin miró la hora—. Porque yo estoy que me muero.

—Me podría comer cualquier cosa. —El estómago de Jisu rugió al pensar en la comida. Se agarró la tripa, avergonzada por lo ruidosa que era. Fueron al aparcamiento andando.

—¿Has ido a El Farolito ya?

Todos esos nombres, películas y lugares que no conocía. Todo parecía nuevo con Austin.

—No, pero no me importa. Tengo tanta hambre que me lo podría comer todo, literalmente.

—Va a ser el burrito más rico que te hayas comido nunca —le dijo él.

—Oh, ¡burritos! Me comí uno en un restaurante mexicano en Seúl...

—No, no. Este va a ser un burrito californiano-mexicano de verdad. —Austin condujo hasta salir del aparcamiento e incorporarse a la carretera—. Te voy a dar una lista de todos los sitios a los que tienes que ir. Como deberes de cultura.

—¿Deberes de cultura? ¿En serio?

—Es lo que hace un buen profesor. —Austin sonrió—. Ya me lo agradecerás.

El Farolito era diferente de los sitios mexicanos de Seúl a los que Jisu había ido. Muchos se encontraban en Itaewon, donde vivían la mayoría de los expatriados en Seúl. Jisu había comido bastantes tacos y burritos con Min y Euni, pero todos tenían algo de fusión coreana, ya fuera porque las carnitas se hubiesen cambiado por *bulgogi* o porque el arroz del burrito fuera arroz frito con *kimchi*. Ahora podría comerse un burrito californiano-mexicano, fuese lo que fuese eso. El Farolito era un lugar sencillo, casual y estaba lleno de gente. Los clientes hambrientos formaban filas en la barra para pedir y después se sentaban en las mesas.

Austin y Jisu recogieron sus pedidos: carne asada para ella y al pastor para él. Se sentaron en una mesa y devoraron sus burritos. Quizás fuera porque se sentía agotada y famélica después del surf y de la caminata. Y que también la extenuaba estar en todo momento alerta con Austin. Pero el burrito de carne fue distinto a todo lo que había comido hasta ahora. Estaba tan delicioso que se le antojó hasta curativo. Como beber agua en el desierto. Como comer después de recuperarte de un virus estomacal. Nada tan sencillo le había sabido tan bien como el arroz, las judías y la carne. Austin tenía razón; era el mejor burrito que se hubiese comido nunca.

Y justo cuando Jisu se hubo terminado el último bocado de aquella comida perfecta para acabar el día, lo vio por el rabillo del ojo.

¿Era...? ¿Era ese... Dave Kang?

Mierda. Sí que lo era. Estaba pidiendo en la barra. Estaba con una chica. ¿Era su novia? Ella pasó un brazo en torno a él y se rio por algo que él había dicho. Tenía el pelo castaño, los ojos marrones y pecas esparcidas por su tez pálida. Llevaba el uniforme femenino del Área de la Bahía: un suéter de lana de color beis, vaqueros azules, y botas desgastadas marrones. La verdad era que parecía... bastante normal.

Austin se volvió para ver qué era lo que estaba mirando.

—¡Eh! ¡Dave Kang! —gritó Austin antes de que Jisu pudiera disuadirlo. Ella se agachó, esperando que ellos le devolviesen el saludo sin llegar a verla y siguiesen a lo suyo. Pero no. Austin, siendo lo majo que era, los instó a que se acercaran.

—Estábamos acabando. Deberíais quedaros con nuestra mesa. —Austin se levantó y saludó a Dave chocando el puño con él.

—Gracias, tío —respondió Dave. Se volvió hacia Jisu, pero ella fue incapaz de mirarlo a la cara. La había pillado in fraganti.

—¡Sophie! ¿Qué pasa, tía? Conoces a Jisu, ¿no? —exclamó Austin seudo presentándolas.

—Hola, soy Sophie. —Sophie extendió la mano y sonrió.

Parecía ser alguien de la que podría hacerse amiga. Tenía sentido que Dave tuviese una novia tan amable y atrayente como él. Jisu le estrechó la mano.

—Yo soy Jisu. Encantada de conocerte... ¡me encanta el collar! —Sophie llevaba una cadenita simple y nada singular. Y no era algo que elegiría para sí misma, pero estas últimas semanas de conocer gente la habían hecho darse cuenta de que soltar un simple cumplido ayudaba a romper el hielo.

El móvil de Austin empezó a sonar.

—Lo siento, chicos. Me llama mi tío del restaurante. Tengo que coger.

No me dejes con ellos. ¡Llévame contigo! Jisu alzó la cabeza lentamente y miró a Dave a los ojos. Se le revolvió el estómago y deseó poder esconderse bajo la mesa y no salir nunca.

—De hecho, Jisu y yo somos compañeros de ese trabajo de Estudios Internacionales tan importante y se suponía que íbamos a quedar hoy. —Dave se la quedó mirando fijamente—. Pero me dijo que le había surgido algo urgente.

Jisu se sintió enrojecer. El estúpido de Dave se lo estaba pasando bien. Vale, haber anulado el plan no había estado bien, pero no tenía por qué restregárselo.

—Es divertido estar con Austin —exclamó Sophie—. Lo entiendo perfectamente.

—¿Qué? ¿A qué te refieres con que lo entiendes? —le preguntó Dave justo cuando el cajero gritaba su número. Sophie se fue de la mesa para recoger la comida y dejó a Jisu y a Dave a solas. ¿Dónde demonios estaba Austin? No pasaría nada porque ella se levantase y se fuese, ¿no?

—Mira, Dave, siento haber anulado lo del trabajo. Pero tenía planes con Austin y me había olvidado. Me sentí mal y no quería decirle que no —le explicó Jisu.

—Pero te pareció bien decirme a mí que no. Ya lo pillo.

Dios, qué sensible era.

—Oh, venga. Puedes pasar una bonita noche con tu novia. Es una buena solución, ¿no?

—¿Y tú? ¿Austin y tú estáis saliendo?

—No... —Jisu vaciló. ¿Estaban saliendo? No le quedaba claro aún—. No estamos saliendo. Solo pasamos tiempo juntos.

—Ten cuidado con él. —Austin seguía fuera, al teléfono, paseándose de un lado a otro—. Austin es encantador, majo y todo eso, pero sabes que tontea con varias tías al mismo tiempo, ¿no?

—Eh... ¿no? —dijo Jisu. ¿De qué diablos hablaba Dave? ¿Qué sabía? Ella ya lo había dejado claro. No. Estaban. Saliendo.

—Es lo que le va. Se hace muy amigo de una tía, queda con ella, se acerca, hace de novio y después la deja cuando está listo para irse con la siguiente.

Jisu no se podía creer lo que le estaba contando Dave. Se negaba a creerlo. Estaba intentando arruinarle el día. Todo porque no había quedado con él.

—Austin y yo somos amigos —exclamó Jisu—. Además, no es asunto tuyo.

—Solo intento protegerte, Yiis —respondió Dave. Y dale con ese molesto mote.

—Da igual. No necesito ni que tú ni nadie me proteja. —Jisu lo fulminó con la mirada—. Estoy bien.

Sophie volvió con dos burritos grandes y era obvio que no se había enterado de la acalorada discusión que habían mantenido. Austin colgó fuera y le hizo un gesto a Jisu.

—Ya me dirás cuándo tienes tiempo la semana que viene para quedar para el trabajo —dijo Dave—. Me amoldaré cuando sea.

Jisu lo ignoró.

—Me alegro de haberte conocido, Sophie. Que aproveche.

—¡Gracias! —Sophie le dedicó una enorme sonrisa.

Dave debería protegerla a ella. Esta chica no tiene ni la más remota idea de lo que ocurre a su alrededor.

CITA Nº10

NOMBRE: Hwang Taejin

INTERESES
Pintura, italiano, metalistería.

TRABAJO DE LOS PADRES
Director financiero en Geum Nara; fiscal penalista.

17:58

TAEJIN: Hola, Jisu, estoy sentado a la mesa del fondo a la derecha. Acabo de pedirme un capuchino y estoy leyendo un libro.

18:07

TAEJIN: ¿Por dónde vas? ¿Cuándo llegas?

18:14

JISU: ¡Ay, Dios, Taejin! Lo siento mucho. Se me olvidó por completo lo de hoy. Por alguna razón lo tenía apuntado en la agenda para el jueves, no el martes. Lo siento mucho.

18:15

TAEJIN: ¿Me estás dando plantón?

18:15

JISU: ¡No! Por supuesto que no. Es solo que soy estúpida y apunté el día mal. Ay, madre. ¡Por favor, no me odies!

18:16

TAEJIN: Menos mal que me he traído un libro. Si no habría quedado como un idiota.

18:17

JISU: Lo siento muchísimo. Cambiemos el día. ¿Cómo te viene el jueves?

2 DE AGOSTO, VACACIONES DE VERANO

11:34

JISU: Hola, Taejin. Aún me siento fatal por lo de ayer, pero, de verdad, es que se me pasó. Tienes todo el derecho del mundo a estar enfadado conmigo, pero me encantaría poder quedar contigo. Dime si tienes tiempo esta semana.

13:00

TAEJIN: No te preocupes. Te creo. No pasa nada.

13:04

JISU: ¡Déjame invitarte a un café! Por favor :)

13:05

TAEJIN: No puedo. Mi familia y yo nos vamos a Italia.

13:06

TAEJIN: Mis padres acaban de comprarse una casa en la Toscana, así que quieren sacarle el máximo partido posible. Y también vamos a explorar más el sur y nos quedaremos una semana en la isla de Capri.

13:15

JISU: Apuesto a que en dos semanas máximo te entrará la nostalgia y el antojo de comer *kimchi* te traerá de vuelta.

13:17

TAEJIN: Seguro que encuentro *kimchi* en la Toscana. La comida coreana está de moda y es medianamente aceptable en todas las partes del mundo, Jisu.

13:18

JISU: Sí, y supongo que la deliciosa pasta tampoco estará de más.

13:20

TAEJIN: Te escribiré cuando regrese, ¿vale?

13:25

JISU: ¡Vale! De verdad que siento lo de ayer. Espero que tengas un buen viaje. ¡Me muero de ganas de que me cuentes cómo te ha ido!

11

Jisu llamó al timbre de casa de Dave e intentó borrar de su mente el desastroso encuentro que tuvo con él en El Farolito. Cuando llegó a casa aquel día y recordó los hechos en su cabeza, tuvo que ser honesta consigo misma. Dave había tenido buenas intenciones. Puede que se lo hubiera dicho con muy poco tacto, pero solo la había avisado de lo mismo sobre lo que Kaylee la había advertido. Austin no era de los que salían con nadie.

Aunque nada de eso importaba. Porque no estaba buscando salir con Austin. Simplemente estaban viviendo sus vidas e iban a donde el viento los llevara.

A través del cristal opaco, Jisu pudo entrever cómo una figura alta se aproximaba a la puerta. Se preparó para encararlo. Si se mostraba frío con ella, se lo merecería; en parte, quizás.

—¿Qué paaasa, Yiis? —Dave la instó a entrar con su alegría habitual—. Una advertencia. Le dije a mi madre que iba a invitar a una amiga y cuando se enteró de que eras coreana, se volvió loca en la cocina. Cuando te vayas vas a pesar cinco kilos más.

Jisu esbozó una sonrisa. A lo mejor todo estaba bien y habían vuelto a la normalidad.

El salón no era lo que esperaba. No había mesilla auxiliar hecha de madera de abedul, ni sofá rígido y de mediados del siglo pasado como en casa de los Murray. En cambio, el sofá que tenían era de cuero blanco, afelpado (elegante dentro de su propio estilo) y una *sang* de color castaño brillante, una mesa baja típica de Corea. Cuatro *bang-seok*, cojines de suelo, la rodeaban. Jisu y sus padres no comían siempre en la *sang*, pero sentarse en el aquel cojín sobre sus pies la hizo sentirse como en casa al instante.

—*¡Omo, omo! ¿Bulssuh wasseo?* ¿Ya está aquí? —gritó una mujer que suponía que era la señora Kang a la vez que entraba a toda prisa en el salón con un plato lleno de caquis y peras coreanas troceados.

Jisu se puso de inmediato de pie e inclinó la cabeza. Una persona respetable siempre se ponía de pie y saludaba a sus mayores adecuadamente.

—*Annyeonghaseyo* —dijo educadamente.

—Vaya, qué educada. Dave, ¿lo ves? Jisu, por favor, enséñale a Dave cómo ser un buen coreano. —La señora Kang juntó las manos y sonrió—. Come tanto como quieras. Y puedes llevarte a casa lo que sobre. —Jisu resistió todos los impulsos de darle a la señora Kang un abrazo de oso. Sonrió y le dio las gracias profusamente. Era genial sentir el cariño abrumador de una madre coreana.

—¿Dónde vives en Seúl? —La señora Kang habló con Jisu en coreano. Era música para los oídos de Jisu. El poco coreano que ahora hablaba era a través de la pésima conexión por teléfono o a través de las videollamadas con sus padres. Era una sensación genial poder hablar la lengua con alguien en persona. *Qué pena que Dave no hable mucho.*

—Mis padres viven en Daechi-dong, junto al río Han.

—¡Gangnam! He oído que ahora es una zona genial. Todos me dicen que Seúl cambia por completo cada tres años debido a los rápidos avances.

—Eso es cierto. ¿No va a Seúl a menudo? —le preguntó Jisu a la señora Kang, y también miró a Dave en caso de que entendiese algo de su conversación. Él se encogió de hombros y se comió otro trozo de caqui.

—No, han pasado quince años desde la última vez —respondió la señora Kang—. La última vez que fuimos, este chico de aquí solo tenía tres años. Probablemente no se acuerde. —Pellizcó la mejilla de su hijo.

—¡Au, mamá! —Dave dejó el tenedor—. La fruta está deliciosa. Y me alegro de que te guste Jisu, pero tenemos un trabajo de clase que hacer.

—Vale, vale. —La señora Kang transigió y cambió al inglés—. Pero es la hora de cenar. Tenéis que comer algo —dijo, como si no les hubiese hecho tragar suficientes piezas de fruta—. Jisu, ¿te gusta el *namul bap*?

—Me gusta todo. Me comeré lo que me ponga. —Jisu sonrió a la señora Kang de oreja a oreja.

—*Aigoo*, ¡hasta su inglés es muy bueno! Dave, tienes que volver a ir a clases de coreano. Ella habla ambos con mucha fluidez. —La señora Kang volvió a la cocina y reemergió con una bandeja llena de comida—. Jisu-ya, ¿por qué no le enseñas coreano a mi hijo? Te pagaré y te daré de comer.

—Mamá —se quejó Dave con exasperación. Se cubrió el rostro con una mano. Jisu no pudo evitar reírse—. Por cierto, yo me he pedido una pizza.

—¡*Aigoo*, Dave! —La señora Kang le dio una palmada en el hombro—. A veces me pregunto si di a luz a un coreano o no.

Jisu se comió una cucharada caliente de *namul bap*. Tenía la cantidad perfecta de arroz, espinacas, *namul* y aceite de sésamo.

—Está buenísimo —dijo Jisu en coreano, para gran deleite de la señora Kang.

El timbre sonó y Dave fue a abrir la puerta.

—Es genial tener a una chica coreana en casa. ¿Sabes? Sophie ha accedido hace poco a probar el *kimchi* explicó la señora Kang—. No creo siquiera que le guste.

Dave regresó al salón con la caja de la pizza abierta en una mano y un trozo a medio comer en la otra.

—Dave, ¡ten algunos modales! Tenemos una invitada —la señora Kang regañó a su hijo—. Voy a dejar un plato de *namul bap* en la encimera de la cocina por si luego sigues teniendo hambre, ¿vale?

—Gracias, mamá. —Dave le dio a su madre un abrazo con el trozo de pizza todavía en la mano. Él era muchísimo más alto que ella. Su madre le devolvió el abrazo y luego salió de la habitación.

—A veces puede ser intensa, lo sé —se excusó Dave mientras volvía a sentarse a la mesa.

—No, ¡me encanta tu madre! Es muy dulce —respondió Jisu, y lo dijo de corazón. Era genial poder recibir el cariño de una *ajumma* de lo más efusiva. Era diferente del cariño que Linda le demostraba a su familia. Jisu sabía que Linda quería a Jeff y a Mandy, pero era diferente a la rebosante calidez que rezumaba la señora Kang.

Dave sacó su libreta de la mochila y colocó la hoja con la descripción del proyecto en la mesa.

—Antes de que nos pongamos con esto, quiero disculparme por lo del otro día en El Farolito...

—Dave, no te preocupes. De verdad. Todo está bien —replicó Jisu, con la esperanza de que pudiesen pasar página rápido y se pusiesen con la tarea que los ocupaba.

—No, quiero que sepas que no era mi intención decir lo que dije de esa forma tan grosera. Te considero una amiga y solo estaba cuidando de ti. No es que necesites que nadie te cuide, pero...

—Dave. —Jisu lo señaló con la cuchara—. Tu madre me ha preparado la mejor comida coreana que haya probado en semanas. Tú y yo estamos bien.

—Muy bien, Yiis. Muy bien. —Dave se rio y a Jisu no le importó el mote esta vez. No era de extrañar que les cayese bien a todos. Era un buen tío de verdad. No tenía porqué disculparse; en todo caso, era Jisu la que debería pedirle perdón por haber exagerado en su reacción.

Una pizza familiar y dos cuencos de *namul bap* más tarde, Jisu y Dave seguían estando en la casilla de salida y sin ninguna idea buena. El tema que les había tocado era «incentivar y aumentar la intervención política entre el público general». Y tenía que estar ligado de alguna manera a su lema: cabeza, constancia y corazón. Podría ser cualquier cosa, y a la vez ninguna. Estaban en blanco.

—Quizás deberíamos ir a dar un paseo —sugirió Dave—. He oído que caminar ayuda a aclarar las ideas.

—Vale, bien, porque estoy llenísima. Necesito moverme.

Así que fueron de casa de Dave hasta el parque Bernal Heights, donde siguieron deambulando entre sus prados. Se detuvieron para acariciar a distintos perros que correteaban por allí con sus dueños. Estaba siguiendo un caminito que subía una empinada colina. Para cuando alcanzaron la cima, el sol estaba empezando a ponerse y todavía seguían sin que se les ocurriera ninguna buena idea para el proyecto.

—No habías venido antes a este parque, ¿no? —le preguntó Dave—. Supuestamente esta es su mayor atracción. —La guio hasta un árbol en lo alto de la colina. Un columpio de madera colgaba de una gruesa rama.

—¡Un columpio! —Jisu corrió hasta él y se subió.

—Sabía que te gustaría.

Jisu se impulsó con las piernas en el aire.

—Vale, entonces, nuestras ideas por ahora son...

—Son horribles, Yiis. Nuestras ideas por ahora son horribles. —Dave se apoyó contra el árbol y suspiró. Jisu se impulsó con un poco más de fuerza y logró ascender un poco más alto cada vez.

—¿Y si seguimos a un político de la zona? ¿Y hacemos un documental poco convencional? —sugirió Jisu, columpiándose cada vez más alto. Sentía casi como si pudiera saltar del columpio, abrir los brazos y volar por encima de la ciudad como un pájaro.

—No, eso lo restringiría a una sola perspectiva de la política local. Y nuestro enfoque es la base popular, no necesariamente la situación política de la ciudad. Eso eliminaría la parte internacional. Tiene que ser más genérico.

Jisu intuyó que Dave estaba inmerso en sus pensamientos. Se había percatado de que ladeaba ligeramente la cabeza cuando se concentraba. Él entrecerró los ojos como si estuviese intentando enfocar una lente.

El sol desapareció en el horizonte y el azul del cielo se intensificó. Jisu dejó que el columpio se ralentizara. No habían empezado el proyecto, pero sí que se habían esforzado al máximo para hacerlo.

Unas cuantas malas ideas tarde o temprano tendrían que llevarlos a una buena.

—Dave, no creo que pueda seguir con la lluvia de ideas. —Se bajó del columpio y se apoyó contra el árbol junto a él. Se sentía mareada... probablemente de balancearse adelante y atrás tantas veces.

—Deja que te acompañe a casa.

No tenía por qué. Jisu conocía el camino de vuelta, y los Murray no vivían tan lejos del parque. Pero no protestó. Le gustaba tener a alguien caminando al lado. Las farolas se encendieron una a una conforme se dirigían de vuelta a casa de los Murray. Jisu se preguntó qué imagen darían los dos caminando juntos por la calle mientras el día lentamente dejaba paso a la noche.

Cuando llegaron a casa de los Murray, Jisu y Dave se abrazaron a modo de despedida.

—Muchas gracias por lo de hoy —dijo Jisu.

—¡No ha sido nada! Mi madre puede llegar a ser un poco pesada... le encanta que venga gente a casa para poder abrumarlos. Así que gracias por haberlo llevado tan bien. —Dave se frotó la nuca y bajó la mirada hasta los pies. Parecía estar un poco avergonzado.

—¡Para nada! Me alegro mucho de haberla conocido. De verdad. Y toda esa comida. Llevo días con mucha nostalgia y creo que me ha ayudado a aliviarla un poco.

—Bien, ¡eso es bueno! Probablemente debería volver. Mi madre va a empezar a preocuparse y a reventarme el teléfono a llamadas.

—Hoy ha sido divertido. —Jisu sonrió a Dave—. Y productivo.

—Ha sido divertido. Que tengas buena noche, Yiis. —Dave recorrió el camino de la casa hasta la carretera y se despidió con la mano—. ¡Te veo en el insti!

Jisu se sentó frente a su escritorio para seguir pensando en otras ideas. Tenía el diario abierto por donde lo había dejado la última vez, cuando anotó los pensamientos tan dispersos que tenía después de haber pasado el día surfeando con Austin.

Te recoge y te deja sin pedírtelo.

Te enseña cosas nuevas.

Se preocupa por ti.

Te presenta a sus amigos y a su familia.

Esos eran los puntos de aquel estúpido cuestionario de la revista que Mandy se había dejado en su cuarto. Jisu se acordó de Austin viviendo a tope bajo la luz de aquella tarde, con el pelo negro y largo aún húmedo del océano. Cuanto más tiempo pasaban juntos, solos, más le gustaba. ¿Pero le gustaba ella a él?

Y entonces estaba Dave. Su compañero de clase, de trabajo, y amigo. En ese orden. Pero muchos de los puntos que había señalado para Austin también servían para Dave.

Jisu se detuvo. ¿Por qué estaba comparando a Austin con Dave? Le gustaba Austin de verdad. Era despreocupado y disfrutaba a tope de la vida. Dave era más serio. Jisu quería ver a Austin una y otra vez. No le pasaría nada si no veía a Dave fuera de Wick. No, si acaso, eso debería ser señal suficiente para centrarse más en Austin, sobre todo si las cosas entre ellos se encontraban al mismo nivel que su especie de amistad con Dave.

¿Por qué estoy pensando en ese estúpido cuestionario sobre citas? ¿Por qué le doy tantas vueltas a esto? ¿Por qué tenía las ideas más claras cuando iba a varias *seon* por semana y ahora que se estaba tomando un descanso de la señora Moon, no dejaba de pensar en chicos? No, solo en uno. En singular. Austin era el único que ocupaba sus pensamientos.

Jisu podía oír el leve ruido de una serie de televisión a través de la pared. Probablemente Mandy estuviese poniéndose al día con *Riverdale* en el iPad. De camino a su habitación había visto a Jeff en su despacho, hablando a su dispositivo Bluetooth y gesticulando de forma exagerada. Seguramente estuviese en una teleconferencia. Y cuando pasó junto al salón, Linda había estado leyendo un libro y llevándose a la boca un puñado de palitos de apio y zanahoria; al parecer había empezado una dieta nueva. Jisu había ido a casa de Dave por primera vez y había conocido a la señora Kang hacía solamente unas horas, pero el hogar de los Kang la hacía sentir más como en casa que el de los Murray.

Jisu Kim, se regañó a sí misma. *Céntrate. Deja de pensar en Austin. Deja de pensar en Dave.* Se sentía nostálgica y algunas partes de la vida de Dave le recordaban a su hogar. Por eso le gustaba, por eso el día de hoy le había gustado tanto, aunque ni siquiera hubieran avanzado tanto en el trabajo. Además, en realidad él no podía gustarle. Él tenía novia. Sophie. La simplona de Sophie. *Una novia de lo más aburrida a la que ni siquiera le gustaba el* kimchi. *Ay, Dave. ¿Cómo has podido presentarle a tu madre una chica a la que ni siquiera le gusta el* kimchi?

CITA Nº11

NOMBRE: Oh Minho

INTERESES
Espectáculos de Broadway, béisbol, deportivas.

AVERSIONES
Clases de química, copos, las alturas.

JISU: ¿Qué es lo mejor que te ha pasado este año?

MINHO: ¡He visto *Hamilton*! Tengo unos primos que viven en Nueva York y fui a visitarlos durante las vacaciones de primavera. Fue cerca de mi cumpleaños, así que me sorpendieron con las entradas.

JISU: Qué guay. Yo he escuchado la banda sonora. Aún no he visto el musical, pero estoy obsesionada con él.

MINHO: Pues claro. La historia es buenísima, el elenco es maravilloso y todos tienen una voz impresionante.

JISU: ¿Cuál es tu canción favorita?

MINHO: Qué difícil. Es como preguntarle a una madre por su hijo favorito. Me encantan todas por igual.

JISU: Vale, pero si tuvieses que reducir la lista...

MINHO: Eh... Me gusta *My Shot* y *The Schuyler Sisters*. Y *It's Quiet Uptown* me encanta. Dios. Cuando la presentaron lloré a moco tendido.

JISU: ¡Ya! Pobre Philip.

MINHO: *Philip, you would like it uptown, it's quiet uptown[1].*

JISU: Dios, me vas a hacer llorar. Esa canción es muy triste.

MINHO: Yo lloré sin parar cuando la cantaron.

JISU: ¡Ya! Tan solo escuchar la banda sonora es una montaña rusa de sentimientos. No me puedo imaginar cómo sería verlo en directo.

MINHO: Jisu, *tienes* que ir. Te cambiará la vida.

JISU: ¿Te gusta algún otro musical de Broadway?

MINHO: ¿Gustarme? El teatro me obsesiona. Aunque no quiero actuar. Simplemente me gustan los musicales.

JISU: ¿Te gustaría trabajar en el teatro de alguna otra manera?

MINHO: Lo cierto es que me gusta la escenografía. Y el vestuario.

JISU: ¿Por qué?

MINHO: Ya sabes por qué…

JISU: ¿Por qué?

MINHO: Jisu, soy gay. ¿No te has dado cuenta?

JISU: Bueno, nunca quiero dar las cosas por sentado, y tampoco lo haría solo porque te guste el teatro. A todo el mundo le puede gustar el teatro.

MINHO: Bueno, yo digo que me encanta el teatro porque quiero que la gente lo sepa enseguida. ¿Y qué hay más estereotipado que eso? Pero, ¿a que no sabes qué más me gusta? ¡El béisbol! Aunque, por lo visto, eso rompe el molde.

JISU: ¿A qué te refieres?

MINHO: Una vez fui a una *seon* con una chica de Filadelfia que se había mudado a Seúl, así que mencioné a Kim Hyunsoo y lo

---

1   Philip, las afueras te gustarían. En las afueras hay silencio.

increíble que pensaba que era. Y, al final de la cita, cuando tuve que decirlo claramente, no me creyó y aludió a mi interés por el béisbol.

JISU: ¡Ostras!

MINHO: Eso mismo. La verdad es que me sorprendió lo pequeño que puede ser un cerebro.

JISU: Supongo que estamos en esta *seon* porque tus padres no lo saben, ¿no?

MINHO: Sí, pero ¿sabes qué? He conocido y he hecho muchas amigas a través de las *seon*.

JISU: ¿Ha habido otras chicas que no se dieran cuenta?

MINHO: Ah, sí, las hay muy despistadas. Una me estuvo siguiendo durante semanas después de quedar. ¡Me lo puso difícil! Tuve que pensar en cómo rechazarla amablemente sin avergonzarla. Me hizo cuestionarme si era verdad que exudaba masculinidad.

JISU: ¿Te resultaría difícil decírselo a tus padres?

MINHO: Para nada. Pero para ellos sí lo sería. Soy el mayor. El único chico de la familia. Lo hacen todo por mí, incluso me apoyan en mi deseo de trabajar en la escenografía. Deben de saberlo a estas alturas.

JISU: Pero no vas a ser feliz ni vas a vivir con la conciencia tranquila si no les dices quién eres de verdad.

MINHO: Lo sé, lo sé. Es casi egoísta. Egoísta por mi parte hacer algo a costa de romperles la ilusión de su amable y heterosexual hijo que va a citas con chicas.

JISU: ¿Y si te quieren como eres? Eres el mismo de siempre.

MINHO: Es mucho más complicado que eso. Porque con mis amigos no estoy en el armario. Tiene más que ver con la supervivencia.

JISU: Minho, creo que eres genial. Y que tus padres te querrán sin importar lo demás. En el fondo, quieren que su hijo sea feliz.

¿No es eso lo que quieren todos los padres? Aunque nos manden a todas estas locuras de *seon*, esperan que nos caiga bien alguien idóneo, rico, que vaya a una universidad de la Ivy League. Al final no se trata de lo superficial; quieren quedarse tranquilos sabiendo que cuando no estén, sus hijos estarán felices y bien.

MINHO: Joder, Jisu. Menuda forma de soltarlo. Debes de llevarte muy bien con tus padres.

JISU: ¿A qué te refieres?

MINHO: Por cómo lo dices, parece que os lleváis muy bien.

JISU: Más o menos. Todos tenemos problemas con nuestros padres. Los míos siempre están encima de mí con los deberes para asegurarse de que entre en una buena universidad. No creo que les importe lo que vaya a estudiar una vez empiece.

MINHO: ¡Díselo!

JISU: ¿Decirles qué?

MINHO: ¡Qué sientes que te están agobiando!

JISU: Nah. Me dirán: «bueno, ¿qué quieres hacer exactamente?», y ni siquiera tengo la respuesta, porque tengo diecisiete años y, ¿qué adolescente sabe cómo debería ser el resto de su vida a los diecisiete?

MINHO: Creo que eso es exactamente lo que deberías decirles. Es lo que me dirías que hiciese, ¿no?

JISU: Supongo que es lo justo.

MINHO: Espero que un día nos encontremos por la calle. Yo, como un gay orgulloso, completamente fuera del armario, y tú, una profesional segura de sí misma en cualquier campo que te apasione.

JISU: Eso suena muy bien. Me encantaría.

12

Hiba caminaba con la misma rapidez con la que hablaba, si no más. Era la segunda vez que Jisu perdía a su amiga en lo que llevaba de día. En el muelle 39, dos niños se estaban riendo mientras señalaban a los leones marinos que tomaban el sol en la dársena bajo el muelle. Jisu se agachó en el ángulo perfecto para enmarcar la imagen e imitó a los fotógrafos de calle a los que veía en YouTube e Instagram. Quería sacar la instantánea perfecta de la diversión inocente de los niños. Jisu sacó fotos hasta darse cuenta de que Hiba ya no se encontraba a su lado.

Ambas eran miembros del club de fotografía de Wick. Los miembros no se reunían más que una vez cada tres semanas. Se trataba sobre todo de desafíos fotográficos que se designaban en cada reunión y concursaban en la exposición final de arte anual. Hiba y Jisu decidieron pasar el día caminando por North Beach capturando aquello que destacase o las inspirase. Habían hecho un trato: Hiba le enseñaría la ciudad y Jisu a ella ir más allá de enfocar y disparar la cámara sin más. Hiba aprendió lo básico de la fotografía enseguida, pero Jisu no se quedó con los nombres de las calles igual de rápido.

Jisu observó a la gente y se sintió más inquieta a cada segundo que pasaba. Si desaparecía y su cuerpo acababa una semana después arrastrado por un confuso león marino, sería culpa de Hiba. Le quedaba poco para darse por vencida y centrarse en volver a casa en el BART cuando vio el hiyab azul pálido de Hiba. Estaba en la entrada del muelle. Gracias a Dios que a Hiba le gustaban los colores brillantes y bonitos. Así resultaba fácil de encontrar.

—¡Hiba! —gritó Jisu—. ¡Me has dejado tirada!

—Ay, perdona —se disculpó, pero no parecía preocupada en absoluto. Le sonrió a modo de disculpa, pero también como diciendo «cálmate, he estado aquí todo el rato»—. Te compraré el mejor tiramisú que hayas probado para compensártelo, ¿vale?

—Umm. —Jisu se tomó su tiempo, fingiendo que seguía molesta—. Vale, supongo que eso servirá.

Stella Bakery solo estaba a diez minutos del muelle, pero entre deambular por la librería City Lights Bookstore, donde Jisu escuchó atentamente cada dato histórico de Jack Kerouac que Hiba le mencionaba, y parar cada poco para sacar más fotos del cielo, los edificios y los transeúntes, las dos acabaron en la pastelería casi una hora más tarde.

Jisu probó un poco de tiramisú. Los ricos sabores a café y cacao que bañaban el bizcocho fueron directos a sus papilas gustativas. Era un manjar exquisito. Hiba se hallaba sentada frente a ella con una sonrisa pícara en el rostro.

—Me alegro tanto de que hayamos hecho esto —exclamo Hiba—. No podía pasar un sábado más con las solicitudes universitarias.

—Ya —gimió Jisu. Pensar en acabar aquel día perfecto en casa, trabajando en las solicitudes universitarias, la hacía tener ganas de gritar. Aunque sabía que Hiba estaba mucho más preparada que ella. Seguramente lo que le faltara a Hiba era simplemente rellenar los formularios. Aparte de las opciones de la Ivy League de la señora Kim (Harvard, porque era la número uno; y Princeton, simplemente porque era igual de buena y porque tanto la mascota nacional de Corea como la de la universidad eran un tigre), Jisu ni siquiera había reducido la lista de posibles universidades. Y eso solo era para las estadounidenses. También estaba trabajando en las solicitudes de algunas universidades coreanas. En el fondo sabía que sus padres querían que se quedase en el país y entrase en la Universidad Nacional de Seúl, donde sus padres se conocieron de jóvenes, mientras eran estudiantes. Las solicitudes sin terminar agobiaban a Jisu, pero por una vez no se arrepentía de liberarse del yugo del instituto. No pensaba arrepentirse de elegirse a sí misma por encima de todo lo demás.

—Dios. —Hiba soltó un grito ahogado.

—¿Qué?

—¿Cómo ha llegado ya tu foto a más de cien «me gusta»? —Hiba le enseñó el móvil a Jisu. Era la publicación de los niños admirando al león marino. Jisu la había subido a Instagram no hacía más de un cuarto de hora.

—Espera, tienes más de dos mil seguidores. ¿Cómo lo has conseguido? —le preguntó Hiba.

—Creo que la mitad son *bots* —contestó Jisu—. Además, creo que no es importante a menos que tengas unos diez mil.

Se acordó brevemente de su *seon* con Sejun, el narcisista. Lo único bueno de esa cita había sido el aumento de seguidores. Se preguntaba si aquellos retratos que había hecho de él le habían servido.

—Vale, ya veo por qué tienes tantos. —Hiba echó un vistazo al perfil de Jisu—. Todo parece tan... pulido. Y profesional. ¿Qué aplicación usas para editar?

—Solo uso VSCO y trasteo con las herramientas de edición que tiene. Si lo hago en serio, utilizo Lightroom en el ordenador, guardo la foto, me la mando por correo, la descargo en el móvil y la subo a Instagram.

—Vale, me tienes que enseñar todo eso. —Hiba miró a Jisu—. ¿Vas a solicitar entrar en alguna facultad de Bellas Artes?

Quizás fuera porque sus padres siempre habían insistido en que Jisu no pasase mucho tiempo con la cámara, porque la opción ni se le había pasado por la cabeza. Todo lo que sabía era gracias al ensayo y error y a muchos tutoriales de YouTube. La fotografía era una afición, igual que ver *vlogs* de maquillaje, jugar al voleibol, o ponerse al día con *Riverdale* con sus amigas y un bol de palomitas.

La escuela de Bellas Artes era para gente que estuviese dibujando en clase todo el rato. Pintores, escultores, incluso diseñadores gráficos que se pasaban el día en salas de ordenadores. Pero ¿Jisu y la fotografía? Echó un vistazo a las fotos que había sacado ese día. Sabía que tenía buen ojo y se le daba bien, pero ser buena en algo y disfrutarlo no significaba que tuviera que pasar toda su vida haciéndolo.

—Pero que se te dé bien algo no quiere decir que tengas que estudiarlo —reculó Hiba, percibiendo la crisis interior de Jisu.

—Tengo miedo de que me deje de gustar la fotografía si me lo tomo en serio. —Jisu removió el café helado con la pajita—. Pero cuando alguien me pregunta qué quiero hacer en la universidad, no sé qué decirles.

—Mi hermana cambió de carrera tres veces antes de decidirse por una en el segundo año. Empieza haciendo lo que quieras. ¿Qué se te da bien?

Era una pregunta muy simple. Jisu contempló la cafetería. Una pareja de ancianos estaba acercándose a la barra. Iban de la mano mientras observaban las cajas de pasteles. Delante de ellos había una mujer firmando un recibo y cogiendo una gran caja de galletas. Llevaba a su bebé de la mano mientras este mordisqueaba una galleta de azúcar tan grande como su cabeza. La mujer de detrás del mostrador empaquetaba con destreza un enorme pastel de forma rápida y precisa mientras tomaba un pedido por teléfono.

—Me gusta la gente —dijo Jisu—. Me gusta mirarlos, capturarlos en una imagen.

—También eres accesible.

—¿Qué?

—Ya sabes, sociable. Que te gusta estar rodeada de gente. Ya te has hecho amiga de casi la mitad de la clase durante tu primera semana en Wick. —Hiba se quedó pensando—. Quizá podrías trabajar en algo relacionado con la hospitalidad o abrir un restaurante. ¡O una galería! Una galería con exposiciones de los fotógrafos más molones, incluida tú.

Todos eran trabajos viables; Jisu no los habría conectado nunca a sí misma. Podía imaginarse paseándose por una galería, verificando al personal y a los invitados y asegurándose de que todo iba bien, como un titiritero tirando de las cuerdas con precisión. Seleccionando las piezas y coordinando su posición en una sala.

De repente, la amplitud de la universidad ya no parecía tan vasta y abrumadora como siempre le había parecido.

—Apuesto a que incluso podrías dirigir una cafetería como Stella —añadió Hiba—. Pero seguro que más refinado que este sitio. Oh, y podrías colgar tus fotografías y otras obras de arte en las paredes. Pero no sería como el arte cursi del Starbucks. Tú eres mucho más visual.

—Hibaaa. —Jisu abrazó a su amiga y la estrechó con fuerza—. ¿Crees que soy demasiado buena para Starbucks?

Ambas se echaron a reír.

Las buenas amigas te daban charlas motivacionales. Jisu estaba bastante segura de que nadie de su edad, ni siquiera Hiba, sabía qué demonios estaban haciendo. Pero apoyarse y animarse entre ellos estaba bien, aunque en el fondo estaba segura de que a todos les asustaba la incógnita de cómo abordar el futuro.

A pesar de sentirse cansada por haber estado fuera todo el día, en cuanto volvió a casa de los Murray, Jisu pasó todas las fotos a su portátil y comenzó a editarlas. Hiba había sido como su *coach* personal y había logrado remover algo dentro de ella. Ahora editar las fotos lo hacía más significativo. Sí que se le daba bien. Era *más* que una afición. Jisu contempló su perfil de Instagram con otros ojos. Quizá hubiese alguna forma de incorporar su perfil a las solicitudes de universidad. Pero ¿les importaría? ¿Querrían las universidades de la Ivy League estudiantes de arte?

Jisu abrió Kakao y le mandó una muestra de las fotos a su abuelo.

> ¡Hola, haraboji! Tal y como te prometí, te mando más fotos. He estado paseando por San Francisco con mi amiga Hiba y las he sacado.

Jisu volvió a su perfil de Instagram para comprobar las notificaciones. La foto de los leones marinos seguía acumulando una cantidad regular de «me gusta». Había muchos en una foto de una camarera frente a un restaurante italiano mostrando la carta de forma frenética y algo desesperada. Pero la publicación de dos hombres posando para sus fotos de compromiso había conseguido tres veces más «me gusta». Comprobó la localización del muelle 39 y el *hashtag* #loveislove y su foto apareció como la primera en ambas.

El móvil de Jisu vibró; era una notificación de Kakao. Su *haraboji* ya había visto las fotos y había contestado.

> Guau, Jisu! ¡Quién iba a decir que mi nieta tuviera tan buen ojo! ¡Tu *haraboji* está muy orgulloso!

¡El mensaje iba acompañado de cinco emoticonos del pulgar hacia arriba. Para ser un anciano de más de ochenta años, el estilo de su *haraboji* a la hora de mandar mensajes era igual que el de los adolescentes: más es más. Jisu sonrió. Cada cumplido de su abuelo la hacía sentirse más fuerte. Como un capullo al que se le anima a florecer. Cuando mencionó su interés por la fotografía, sus padres se limitaron a asentir. Su *haraboji* fue el que le regaló su primera cámara.

Visitar a su *haraboji* había sido tan fácil como subirse a un bus y bajarse en la tercera parada. ¿Quién se estaría encargando de regarle las plantas? Por supuesto, el señor Kim visitaba a su padre a menudo, pero Jisu querría poder subirse a un bus que la llevara del Área de la Bahía al apartamento de su abuelo. Al menos podía mantenerse en contacto con él por Kakao. Sobrevivir sin su apoyo se le antojaría más complicado. ¿Cómo podía alguien vivir sin móvil?

Jisu volvió a mirar Instagram. En la sección de comentarios, Min había puesto varios emoticonos. Euni también había comentado.

¡Es una foto increíble, Jisu!

Hiba había comentado hacía cinco minutos.

Me encanta, ¡y tú también!

Aparte de los típicos mojigatos y provocadores, la gente —tanto amigos como desconocidos de internet— alababa a la futura pareja de casados tanto en coreano como en inglés. Era extraño y a la vez inspirador ver a desconocidos de dos continentes diferentes reunirse en el rinconcito virtual de Jisu.

Y entonces se le vino la idea. Jisu se desplazó por sus fotos hasta encontrar la que quería. Ahí estaba. Era una foto espontánea de Hiba mirando hacia el edificio del consulado japonés. Todos los edificios de los consulados estaban cerca del barrio de North Beach que se podía recorrer andando. Cuando pasaban por delante de uno, Hiba señalaba la bandera en el exterior: Suiza, Japón, México, Suecia, Francia, Indonesia, Brasil. Jisu cerró la página de Instagram y llamó a Dave.

—¿Qué tal, Yiis?

Ese estúpido apodo empezaba a no importarle.

—Ya lo he pensado.

—¿Pensar el qué?

—Nuestro trabajo de Estudios Internacionales.

—¿En serio? ¿Qué has pensado?

—Ve a mi cuenta de Instagram. La última foto. Está siendo todo un éxito.

—¿Me acabas de llamar para impresionarme con tu perfil profesional de Instagram?

—No, Dave —respondió Jisu, seria—. Déjame que te lo explique.

—Vale, vale. Soy todo oídos, Yiis.

—Jamás había tenido tantos «me gusta» en una foto. Ni tampoco había publicado nada tan político.

—Vale. Sigo sin saber a dónde quieres llegar...

—He mirado las geoetiquetas de los consulados cerca de North Beach. Suecia, Suiza, Brasil. Algunos tienen fotos etiquetadas de diferentes festividades culturales y otras de desfiles. Y entonces he pensado: ¿y si extraemos toda esa información de Instagram para rastrear...?

—¿Rastrear el impacto de las redes sociales en las campañas políticas? —Dave acabó la frase por ella.

Normalmente a Jisu le molestaría, pero hoy le alegraba que hubiera entendido el concepto. Después de varias semanas, habían conseguido tener una buena idea. Y parecía que sería la definitiva.

—Es muy buena idea —exclamó Dave. Permaneció callado durante un minuto. Jisu supo que estaba dándole vueltas al concepto. Se lo imaginaba sentado en su cuarto con la cabeza ladeada—. Y podemos usarlo para cualquier localización. Cabinas de votación, juzgados, ayuntamientos. Es una idea muy inteligente.

—Algunas de las galerías de Mission Street exhiben arte político. Estoy segura de que organizan eventos que también se podrían etiquetar.

—¡Y eso también! Creo que nos has salvado el proyecto. A la señora French le va a encantar —exclamó Dave—. Me alegro de que me emparejaran contigo.

—Gracias, Dave. —Jisu sonrió con demasiada vehemencia. Se pellizcó las mejillas para dejar de hacerlo. *¿Por qué me importa lo que piense Dave?* Se alegraba de no haberle contado la idea en persona. Así no habría visto cómo sus halagos la habían hecho sonreír como una idiota.

CITA Nº 12

NOMBRE: Lee Eunsong

INTERESES
Solo de violín en el Carnegie Hall.

AVERSIONES
Las multitudes, esquiar, los lagartos.

JISU: ¿De verdad interpretaste un solo en el Carnegie Hall?

EUNSONG: Sí, fue hace unos años. A la señora Moon le gusta sacarlo a relucir cuando me concierta estas *seon*.

JISU: ¿Qué tocas?

EUNSONG: El violín. Lo toco desde los cinco años. La mayoría de los niños de cinco años ni siquiera son capaces de coger un tenedor bien, ¿pero yo? Yo había empezado a perfeccionar el agarre del violín.

JISU: ¡Es impresionante! ¿Y qué tocaste?

EUNSONG: *Fantasía escocesa* de Max Bruch y *Concierto para violín* de Mendelssohn.

JISU: Te seré sincera, no conozco ninguna de las dos piezas. Aunque sí que reconozco los nombres de los compositores.

EUNSONG: No pasa nada. Nadie conoce los solos a menos que sean superfamosos. Todos sabrían reconocer una sinfonía de Beethoven.

JISU: Pero fue en el Carnegie Hall. Debió de ser como un sueño para ti.

EUNSONG: La primera vez sí que lo fue. Sabes que he tocado allí cerca de cinco veces ya, ¿no? No únicamente solos, pero el sitio en sí ya no me pilla de nuevas.

EUNSONG: ¿Sabías que antes había gente que vivía en el Carnegie Hall? Ya expulsaron a los últimos inquilinos, pero antes vivían artistas allí. Es increíble. Ojalá hubiese nacido antes para poder hacer lo mismo.

JISU: Suena impresionante. Nunca he ido al Carnegie Hall. Fui a Nueva York una vez cuando era pequeña y creo que pasamos por delante, pero nunca he estado dentro.

EUNSONG: Tienen un ascensor de esos que tiene que operar una persona que te lleva a los palcos. Ya quedan muy pocos de esos ascensores antiguos. Es muy curioso.

JISU: ¿Es tu auditorio favorito?

EUNSONG: En realidad, no lo sé. Es muy difícil elegir. Puede que sea porque es más antiguo, pero hay algo en el Carnegie Hall que me resulta más íntimo si lo comparo con otro como el Avery Fisher.

JISU: ¿Ese cuál es?

EUNSONG: Es donde toca la Filarmónica de Nueva York en el Lincoln Center. En realidad ahora se llama David Geffen Hall, pero fue Avery Fisher durante años antes de que le vendieran el nombre a algún otro multimillonario. Francamente, para mí seguirá siendo el Avery Fisher.

JISU: ¿Has tocado allí?

EUNSONG: No, pero algún día lo haré. Estoy seguro.

JISU: Pareces tenerlo muy claro.

EUNSONG: Por norma general, si me lo propongo, al final lo consigo.

JISU: Así sin más.

EUNSONG: La Feria de Ciencias de Google. Ni siquiera soy tan friki de la ciencia. Pero tuve una idea buenísima y pensé: «¿Cómo puedo hacer buen uso de esto?». Fue una propuesta sobre formas más efectivas de reciclaje. La presenté y entonces... ¡bum!: quedé primero. Primero en todo el mundo.

JISU: ¡Genial! Muy bien por ti.

EUNSONG: Una vez, mi hermana pequeña me presentó a un concurso de pintura de lo más competitivo. Sospecho que quería verme perder por una vez en la vida.

JISU: Déjame adivinar. ¿Ese también lo ganaste?

EUNSONG: No, quedé el segundo. Pero era imposible que lo hubiese hecho bien. Se presentaron un montón de chicos de la escuela de arte que ni siquiera llegaron a estar entre los tres primeros. El caso es que mi hermana se enfadó. ¡Pero no fue para tanto!

JISU: ¿Cómo era el cuadro que pintaste?

EUNSONG: Bueno, solo había dado unas cuantas clases básicas de pintura. Así que decidí plasmar unos cuantos colores diferentes en el lienzo y lo denominé abstracto. El jurado elogió mi uso del color y me dijeron que tenía buen ojo. No se le puede enseñar a nadie a tener buen instinto con los colores. Así que no me sentí como un auténtico fraude.

JISU: ¿Hay algún momento en el que te sientas como un impostor?

EUNSONG: Umm... En realidad, ¿sabes qué? Probablemente no.

JISU: Sí, eso creía.

13

El único plan de Jisu para el día era dormir hasta tarde y seguir trabajando en las solicitudes universitarias, pero se despertó temprano dada la emoción que todavía sentía tras haber llamado a Dave.

Me alegro de que me emparejaran contigo.

No, era el hecho de haber resuelto por fin el problema de su proyecto de Estudios Internacionales. La emoción no tenía nada que ver con Dave.

Pero las palabras seguían repitiéndose en la mente de Jisu.

Se echó agua fría en la cara para desperezarse. Por supuesto que se alegraba de hacer el trabajo con ella; acababa de salvarle la asignatura. Pero era verdad que hacían buena pareja. Dave la dejaba pensar libremente en alto, aunque él también tenía recursos. Justo después de colgar, le había enviado un correo dividiendo el trabajo para que pudiesen ponerse manos a la obra. Formaban una buena pareja. En términos de *trabajo*, claro.

El móvil de Jisu sonó. *Llamada entrante de* Omma. Habían hablado hacía dos días. Su madre debía saber que en San Francisco era aún muy temprano por la mañana un sábado. ¿Qué quería?

—¿Sí?

—¡Jisu! Buenos días. Mi hija ya está levantada. No te he despertado, ¿verdad? —La señora Kim sonaba excesivamente alegre.

—No, *omma*. Lo cierto es que estoy ocupada.

—Espero que no editando fotos.

Jisu puso los ojos en blanco.

—Estoy con un trabajo del instituto.

—¿Vas atrasada? ¿Necesitas otro profesor particular?

Jisu silenció el teléfono durante un momento para poder soltar un quejido. Sacudió las piernas bajo la colcha y por fin se levantó. Jisu seguía todavía medio dormida, pero del todo cabreada.

—¿Hola? ¿Jisu? ¿Estás ahí?

Se había despertado de muy buen humor, preparada para ponerse a la acción. ¿Por qué no había dejado que saltase el contestador?

—No, *omma*, de hecho, voy al día. Es una clase que me gusta mucho: Estudios Internacionales. La profesora, la señora French, es...

—Eso suena muy bien, Jisu. Ah, tu *haraboji* me enseñó las fotos que hiciste del Golden Gate. ¿Por qué no nos las mandaste también a tu *appa* y a mí?

Últimamente, Jisu le había estado enviando más fotos a su abuelo que a sus padres. Cuantas más fotos les mandase a sus padres, más probabilidades había de que la criticaran por estar pasando demasiado tiempo deambulando por las calles de San Francisco. Pero su abuelo nunca lo haría. La vista de su *haraboji* llevaba años sin estar bien, pero siempre le pedía más. En su último intercambio de correos, hasta le había ofrecido su propia crítica y le había dado sugerencias en cuanto a iluminación y composición siempre que podía. Sin importar lo bien que pudiese ver sus fotos, su *haraboji* percibía la visión y la inspiración de Jisu en cada una de ellas mejor de lo que lo harían sus padres.

—¡Tu padre y yo nos morimos por ver las fotos de nuestra Jisu! Asegúrate de enviárnoslas también a nosotros, ¿vale? —La señora Kim sonaba un poquito demasiado relajada. Era tarde en Seúl. Probablemente estuviese preparándose para irse a la cama y se sentía relajada después del club de lectura. Las *ajummas* solo bebían vino y cotilleaban en aquellas reuniones bisemanales—. Jisu, de verdad que creo que son geniales. Me alegra que también puedas visitar la ciudad.

—Vale, la próxima vez os mandaré más fotos. —El cariño en la voz de su madre era reconfortante, aunque ligeramente sospechoso.

Siempre y cuando no hablasen del instituto y de las solicitudes universitarias, Jisu y su madre se llevaban bastante bien. Y la distancia sí que hacía que se ablandara un poco más.

La distancia también le concedía a Jisu una independencia con la que nunca había soñado.

La presión de entrar en una universidad de la Ivy League siempre estaría ahí, pero sus padres ya no le respiraban en la nuca. Era como si siempre, durante toda su vida, hubiese tenido las alas atadas y ahora estuviese aprendiendo a usarlas. Nada de aquello era tampoco a costa conseguir unos resultados académicos excelentes. La carga de trabajo en Wick era mucho más manejable. Y ser capaz de dedicarle tiempo a la fotografía, a hacer amigos nuevos e incluso a Austin —a hacer lo que le gustaba e intercalarlo con sus tareas académicas— en cierto sentido la estaba ayudando a sacar mejores notas en el instituto. Su *appa* tenía razón, un instituto en el que le dieran un poco de respiro marcaba toda la diferencia.

—Parece que te estás adaptando bien al instituto, lo cual es genial —dijo la señora Kim. Jisu se aferró a esas palabras y se las grabó en la memoria.

—Gracias, *omma*. Creo que soy feliz en Wick. A veces me entra la nostalgia, pero estoy haciendo amigos nuevos, los Murray son amables...

—Bueno, ahora que ya te has instalado y vas a buen ritmo con los deberes, creo que podemos retomar las *seon*.

Por supuesto. Por supuesto las palabras bonitas del principio habían sido solo para allanar el terreno para esto. Jisu apretó el puño.

—*Omma*, no puedo. Estoy centrada en los deberes. No puedes pretender que vaya a citas si quieres que entre en Harvard. Al menos, no hasta que envíe todas las solicitudes —replicó Jisu. Pensó en cómo había pasado la tarde en Pacífica con Austin. Desde entonces no había sabido nada de él. Ya habían pasado casi dos semanas. ¿Por qué no le había mandado, aunque fuera, un mensaje?

—Siempre tenemos que estar preparadas, Jisu. —La señora Kim habló con aquel tono condescendiente que siempre cabreaba a Jisu—. Por si no te aceptan en una universidad respetable...

—No soy mala estudiante. Tampoco es como si no fuese a entrar en ninguna universidad. Estás actuando como si ninguna me fuese a aceptar. —Un intenso cúmulo de ira e indignación ascendió por su garganta—. Pero no voy a fracasar. Es imposible, porque *soy* buena estudiante. Y pase lo que pase, estoy dando lo mejor de mí e iré a donde sea que eso me lleve, ya sea de la Ivy League o no.

Las lágrimas se deslizaban por su rostro. Jisu se aclaró la garganta. No quería que su madre se diese cuenta de que estaba llorando.

—Si tanto tiempo y energía vas a dedicarle a mi futuro, ¿no deberías tener por lo menos un poquito de fe en tu propia hija?

Esa ira e indignación siempre habían vivido en el interior de Jisu, pero se había asegurado de que permanecieran latentes. Cada vez que la frustración y el resentimiento amenazaban con salir por su garganta, ella se los volvía a tragar. Siempre había sido obediente. Quizás fuese la diferencia horaria o la distancia, pero esta vez la ira había logrado salir pese a sus grandes esfuerzos.

La señora Kim se mantuvo en silencio. Jisu se preguntaba si su madre, desconcertada por la osadía, le había colgado.

Ambas se mantuvieron expectantes, a la espera de que la otra rompiese primero el silencio.

—Un mes. —Su madre habló por fin—. Solo llevas allí un mes y ya actúas como una estadounidense. Toda esa cháchara de estar dando lo mejor de ti y de conformarte con donde sea que te acepten... —La señora Kim suspiró. Jisu podía visualizarla sentándose en el comedor, frunciendo el ceño y masajeándose las sienes—. Sé que no he criado a una hija lo bastante inocente como para creer que sus padres no están haciendo todos estos sacrificios solo y únicamente por ella.

—Yo nunca he dicho eso, *omma*. Solo digo que toda esa presión que me estás echando encima podría no resultar como...

—Ya he oído lo que has dicho. Retomarás las *seon* cuando hayas enviado todas las solicitudes. Pero tenlo claro, seguirás con ellas.

Jisu colgó y aceptó su destino. Era un acuerdo mutuo, algo que rara vez ocurría con su madre, pero seguía sintiendo como si hubiese perdido.

Se le había agriado la mañana; no, el día entero. Era como si el universo le hubiese dado un respiro y una pequeña muestra de felicidad tan solo para apuñalarla por la espalda. Otra vez.

La llamada la había dejado sin aliento. Jisu miró el correo electrónico de Dave. El esquema del trabajo, que esa mañana se le antojaba de lo más inspirador dada su perfecta organización, ahora la desmoralizaba y la agotaba. ¿Qué sentido tenía intentarlo, esforzarse al máximo, si nadie —sobre todo, su madre— se lo iba a reconocer?

Al fin y al cabo, Jisu era la marioneta de sus padres. Les daría una media perfecta de 10, iría sin falta a todas las *seon*, se decantaría por la cita menos ofensiva y viviría la vida que ellos escogieran para ella. Si ese era su destino hiciera lo que hiciese, ¿qué sentido tenía ser la chica buena cuando se encontraba a miles de kilómetros de su casa?

Jisu abrió el último mensaje de texto de Austin. Se habían intercambiado las fotos que se habían hecho el uno al otro en Pacífica. Desde entonces no habían hablado. ¿No quería volver a verla?

Aquel día había sido hacía poco más de una semana, pero la libertad y la felicidad que había sentido entonces se le antojaba a años de distancia. ¿Qué pasaría entre ellos una vez retomase las *seon*? ¿Había siquiera algo entre ellos? No importaba si lo había o no. Porque en cuanto Jisu presentase su última solicitud de universidad, la señora Moon volvería a su vida. El destino de Jisu ya estaba escrito. Así que, hasta que se viera obligada a lidiar con él, iba a hacer todo lo que quisiera y a vivir por y para la persona a la que nunca antes había priorizado: ella misma.

| ¡Austin! ¿Cuándo vamos a volver a quedar? |

Pulsó *enviar* y esperó. Unos segundos después, su teléfono sonó y Jisu sonrió.

CITA N°13

NOMBRE: Cho Sungbaek

___

INTERESES
Genética, club de alemán, ciclismo.

___

AVERSIONES
Conformismo, gelatina, tofu frío.

SUNGBAEK: No te imaginas dónde estaba hace veinticuatro horas.

JISU: ¿Dónde?

SUNGBAEK: Berlín.

JISU: ¡Vaya! Y ahora estás aquí. ¿Qué has hecho en Berlín?

SUNGBAEK: Bueno, llevo aprendiendo alemán desde primaria; tengo bastante fluidez y siempre he querido ir.

JISU: Qué bien. ¿Has ido solo?

SUNGBAEK: Oh, no. Con una de mis mejores amigas, Stella.

JISU: ¿Solos?

SUNGBAEK: Sí, nos conocemos desde pequeños. Nuestras familias solían ir de vacaciones juntas. Pero ahora que todo el mundo está ocupado —y, de todas formas, quién quiere ir de vacaciones con sus padres—, procuramos viajar de vez en cuando.

JISU: Ah... vale. Mi mejor amiga Eunice y yo seguimos yendo de vacaciones con nuestros padres. No preocuparse de reservar o planear un itinerario está muy bien, no te lo voy a negar.

SUNGBAEK: Ah, Stella y yo nunca lo hacemos. Una agencia de viajes nos lo organiza todo. ¿Tus padres reservan y lo organizan todo ellos? Deben de ser muy particulares.

JISU: No, simplemente no les importa hacerlo. Normalmente mi madre es muy organizada, así que la verdad es que lo haría mejor que una agencia de viajes.

SUNGBAEK: Sí, es horrible cuando te echan el viaje a perder. Porque... o es perfecto y el viaje va a las mil maravillas o hay un error tras otro que te lo arruina todo.

JISU: ¿Todo?

SUNGBAEK: Sí, todo. Una vez nos pusieron a Stella y a mí en dos combinaciones de vuelos distintas, aunque teníamos el mismo vuelo de ida. Eso fue en el viaje a España. Así que la pobre Stella aterrizó en Barcelona y tuvo que esperar dos horas para que llegase yo. Y, mientras, yo esperaba a que el vuelo de escala en Ámsterdam despegase.

JISU: ¿No pudo irse directa al hotel?

SUNGBAEK: Reservaron el hotel a mi nombre. Y aterrizamos de madrugada, claro, así que no es como si una llamada de la agencia lo fuera a arreglar a esa hora.

JISU: Esperar fue amable por su parte. Yo probablemente te hubiera dejado plantado y hubiera encontrado un hotel diferente y hasta amigos nuevos.

SUNGBAEK: ¡Sí que amable por su parte! Es una muy buena amiga. Y yo hubiera hecho lo mismo si hubiese sido ella la que aterrizara más tarde.

JISU: ¿Y qué haces aparte de viajar?

SUNGBAEK: Bueno, me gusta el ciclismo. Me lo tomo bastante en serio. No me refiero a pasear en bici por el parque un domingo por la tarde.

JISU: ¿Compites de forma profesional?

SUNGBAEK: No, pero, de hecho, Stella me ha estado presionando para que lo haga. Me lleva dando la lata con ello durante meses, diciéndome lo feliz que me haría si tuviese un propósito y no sé qué.

JISU: Vaya, suena como si Stella y tú fueseis inseparables.

SUNGBAEK: Bueno, cuando se trata de estas cosas, es una de las pocas que me conoce mejor que yo mismo.

JISU: ¿Y quiénes son el resto de esas personas?

SUNGBAEK: Mi madre, mi padre, mis dos hermanos menores, mi perro... y ya está. Y Stella.

JISU: Suena encantadora.

SUNGBAEK: ¡Lo es! Es inteligente, divertida, y buena con las personas mayores. Deberías conocerla. Si esto va a algún lado, seguramente lo hagas, la verdad. Será mi padrino en mi boda y en la suya yo seré la dama de honor.

JISU: ¿Eeeen serio?

SUNGBAEK: Sí. También bromeamos diciendo que, si llegamos a los treinta y cinco y no nos hemos casado, nos...

JISU: ¿Os casaréis? ¿Como en una buena comedia romántica?

SUNGBAEK: ¿Qué? No, bromeamos con que nos mataremos para acabar con nuestra miseria. Es broma, claro. Todo el mundo está obsesionado, no solo con casarse, sino con hacerlo con la persona adecuada.

JISU: Um.

SUNGBAEK: Lo siento, probablemente hablar de matrimonio no sea lo mejor en una primera cita.

JISU: No, no pasa nada. Aunque, lo cierto es que no creo que a Stella le haga gracia conocerme ni conocer a tus citas, ya que estamos.

SUNGBAEK: ¿Por qué? ¿Sabes? Ella también es clienta de la señora Moon y tiene citas. Se apuntó justo después que yo.

JISU: Vale, ya está.

SUNGBAEK: ¿Qué? ¿Qué pasa?

JISU: No pasa nada. Seguramente no sea asunto mío decírtelo, pero...

SUNGBAEK: ¿Pero...?

JISU: Stella está enamorada de ti. Y tú de ella.

SUNGBAEK: Perdona, ¿qué?

JISU: Mejores amigos desde la infancia, viajes a Europa, «me conoce mejor que yo mismo»... ¿hace falta que te lo diga más claro?

SUNGBAEK: No, no lo entiendes. ¡Ni siquiera has conocido a Stella! Si hubiera pasado algo, habría sido hace tiempo. Somos mejores amigos y nada más.

JISU: ¡Exacto! El hecho de que estéis enamorados en secreto, aunque sea obvio para una completa desconocida como yo, resulta sorprendente.

SUNGBAEK: Oh...

JISU: ¿Ninguno de vuestros amigos ha sacado nunca el tema?

SUNGBAEK: No, no que yo recuerde...

JISU: Oye, felicidades, Sungbaek. Stella y tú podéis escaquearos de las *seon* y seguir hacia el horizonte.

SUNGBAEK: Oh... Dios mío. Creo... creo que tienes razón.

JISU: ¡Claro que la tengo!

SUNGBAEK: Tengo... tengo que irme. Siento interrumpir...

JISU: No hace falta que te disculpes. ¡Vete! ¡E invítame a la boda!

14

Austin le había dicho que se pusiese algo cómodo. Sus palabras exactas habían sido: «algo ancho, suelto y calentito. Cuanto más vagabunda parezcas, mejor».

Fuera lo que fuese que tuviese planeado, no era nada refinado ni romántico. Aunque tampoco es que ella quisiese que fuese así. Jisu se había pasado todo el verano intentando no quedarse dormida en diferentes primeras citas supuestamente «refinadas» y «románticas». Pero al menos esos detalles eran claros indicadores de que estaba, en efecto, en una cita.

¿Cómo iba a vestirse en plan vagabunda y verse guapa a la vez? ¿Pantalones de chándal y una sudadera corta? ¿Mallas y un vestido cómodo? No quería dar la impresión de estar esforzándose demasiado, pero le importaba lo que él pensase. A Jisu le gustaba Austin, pero no sabía si ella a él también. No podía presentarse vestida con algo que gritase a los cuatro vientos «¡Mírame a mí... y solo a mí!». O quizás sí. Saber que iba a volver a la lista de la señora Moon solo hacía que Jisu tuviese más ganas de lanzarse con Austin. Aun así, pensaba que pasar más tiempo con él lo haría todo más fácil, al igual que con cualquier otro amigo. Pero no, cuanto más tiempo pasaba a solas con Austin, más significativo le parecía. Y los nervios se le multiplicaban cada vez. El reloj iba a llegar a medianoche igualmente, ¿por qué no disfrutar del baile mientras estuviese en él?

Jisu miró los mensajes en Kakao. Les había enviado a Euni y a Min una foto frente al espejo con dos posibles modelitos, pero su chat grupal permanecía en silencio. La diferencia horaria había hecho estragos en las conversaciones de las chicas para ponerse al día. Todos los estudiantes de Daewon ya estaban enviando solicitudes, así que tenían escaso tiempo libre. Jisu quería contarles más cosas de Wick-Helmering y de Austin. Pero no quería molestarlas con sus historias si estaban estresadas.

Estoy aquí.

Era un mensaje de Austin. Para un tío que se consideraba a sí mismo «espiritual» y se mostraba entusiasta en los almuerzos, era conciso en los mensajes que enviaba.

Jisu iba vestida ahora con el modelito número tres: unas mallas negras y una sudadera extragrande de punto cruzado. *En fin. Tendrá que valer.* Agarró el bolso y se apresuró a llegar a la puerta antes de que Mandy saliese de su habitación y la interrogase sobre los planes que tenía para ese día.

—Vale, tienes que decirme adónde vamos —dijo Jisu a la vez que se subía al coche de Austin.

—Lo sabrás cuando lleguemos. —Austin sonrió. ¿De verdad no iba a averiguarlo hasta que llegasen? Siempre la mantenía en vilo.

No hablaron mucho durante el camino. Pero no le resultó incómodo. Por la radio, los concursantes llamaban y respondían a preguntas al azar para ganarse un viaje a Hawái. Jisu y Austin se rieron de los mismos momentos graciosos. Ninguno sentía la necesidad de entablar una conversación para llenar el silencio entre ellos. Se encontraban cómodos el uno en la presencia del otro.

Austin detuvo el coche junto a una pista de hielo y Jisu sintió un chute de confianza. Aquellas clases de patinaje que su madre insistió en que diese no habían sido en vano. Si no llamaban la atención del director de admisiones de alguna universidad, al menos podría darles uso aquí para impresionar a Austin.

—En verano doy clases de surf. Y en otoño e invierno enseño a los niños a patinar —le explicó Austin tendiéndole un par de patines de alquiler—. ¿Sabes patinar? ¿O necesitas que te enseñe con los demás niños?

Había una mesa junto a la pista cubierta con un mantel rosa y preparada con platos de cartón morados, vasos y servilletas.

Un montón de globos enormes y de tonos pastel estaban atados a ambos extremos de la mesa. Una pancarta que rezaba «¡FELIZ CUMPLEAÑOS, GINA!» colgaba sobre la mesa. La tarta de cumpleaños aún no se había servido, pero sí que habían repartido chucherías y los niños de ocho años ya estaban hasta arriba de azúcar. Todos gritaban y corrían por allí como pequeños demonios mientras sus padres permanecían en un rincón, quietos y con cara de estar agotados.

—Hola, soy la madre de Gina. —Una de las madres se aproximó a Jisu y a Austin—. Puedes enseñarles lo que quieras: saltos, giros, lo que sea. Incluso puedes dejar que patinen como quieran en la pista. Tan solo asegúrate de que terminen tan agotados que se queden fritos en cuanto lleguen a casa. Los padres te estaremos eternamente agradecidos.

—Sin problema. —Austin sonrió—. Mi amiga Jisu está aquí para ayudarme, así que terminarán reventados.

Amiga. La palabra no dejaba de repetírsele en la cabeza. Sería extraño que presentase a Jisu como su cita a una madre a la que acababa de conocer. En la fiesta de cumpleaños de su hija. Que era, además, su trabajo.

—¡Genial! —La madre de Gina les tendió dos sombreros de fiesta con brillantes y se retiró enseguida al rincón donde se hallaban todos los padres.

Austin se adentró en la pista y se deslizó hasta el centro.

—¿Podéis venir todos aquí? —preguntó y los niños rápidamente patinaron hasta él. A pesar de su fuerte chute de azúcar, ni los niños eran capaces de resistirse a la energía que desprendía Austin.

Los dos se las arreglaron para mantener la atención de los niños lo suficiente como para enseñarles a patinar de lado, hacia atrás, e incluso a girar. Austin los manejó a todos con facilidad, incluso a los que al principio tenían demasiado miedo como para soltarse de las paredes de la pista. Fue sencillo para él ganarse la confianza de los niños. Jisu les dio la mano a los niños, patinó en círculos y se rio con ellos. Volvió a sentirse como una niña pequeña. Aquellos niños hiperactivos tenían suerte de no contar con la constante preocupación de elegir universidad, como una amenazante nube de tormenta.

—Muy bien, chicos —gritó Austin por encima de las risitas y del griterío—. Ahora veamos quién puede dar más vueltas a la pista.

Los niños salieron pitando como una manada de lobos. O más bien como una manada de cachorros que todavía estaba aprendiendo a correr bien, algunos cayéndose incluso encima de otros. Jisu se apoyó sobre la pared de la pista de hielo. Estaba agotada. Austin patinó hacia ella.

—Esta es la última parte del trabajo, y también la más fácil —dijo—. Ahora simplemente los vigilamos y dejamos que gasten todas sus energías.

Austin les ponía caras graciosas a los niños y les mostraba el pulgar hacia arriba para animarlos conformen pasaban a su lado. Algo en el interior de Jisu se derritió. ¿Cómo había terminado con esos trabajos tan inusuales, enseñando a los niños a surfear y a patinar? Probablemente fuese otra decisión improvisada. Un movimiento clásico de Austin: ir a donde sea que le llevase la vida y hacer lo que quisiera.

Jisu no se parecía en nada a él. Hablarle a Austin para quedar había sido un impulso de lo más extraño para ella, pero se alegraba de estar aquí con él. Aunque también compartiesen el momento con un montón de niños y sus padres.

—¿Quieres ir a por comida de verdad? —Austin tiró su plato de tarta a la basura. Ambos habían estado comiendo chucherías y dulces toda la tarde, y a Jisu le había empezado a doler la cabeza.

—Sí. —Jisu también tiró su trozo de tarta a medio comer—. Todo este azúcar ha hecho que me duela la cabeza.

—¿Qué te apetece? ¿Tienes algún lugar en mente?

—Tú eliges. Iré a donde sea —respondió Jisu. Y lo decía de verdad. Le gustaba que Austin tomase la iniciativa. Le gustaba estar en el asiento del copiloto cuando conducía. Era agradable dejar que otro llevase las riendas y la llevase adonde fuera.

Terminaron en Tito's Kitchen. Tito's se encontraba entre un restaurante de sushi y una tienda de mensajería UPS. Los mejores restaurantes a los que Jisu había ido desde que se había mudado a la ciudad se encontraban en los lugares más recónditos. Eso era buena señal. La marquesina del sitio era simple, con las palabras TITO'S KITCHEN escritas en mayúsculas en azul y rojo sobre un fondo blanco. Habían pintado un sol amarillo entre las palabras *Tito's* y *Kitchen*. Una luz verde de neón que rezaba ABIERTO brillaba en la ventana. Bajo la señal de neón había una carta larga y prolija pegada por ambos lados con celo.

—¿Alguna vez has oído hablar de este lugar? —preguntó Austin.

—No. ¿Tan malo es? —Uno de aquellos días, Austin iba a preguntarle por algún restaurante de la ciudad, la última película independiente estrenada o una estrella de cine estadounidense de serie B, y ella iba a saber de qué le estaba hablando. Pero hoy por hoy no lo sabía. Todavía no se había puesto al día con todas las tareas de cultura pop que le había encomendado Austin.

—Me refiero a que es el primer restaurante de la lista que te di de lugares donde comer —se burló. Austin podría enumerar todos los restaurantes en el Área de la Bahía y hablar sin parar de todos ellos. Y Jisu le escucharía con atención.

—Si alguna vez oyes a alguien hablar mal de Tito's, dímelo para que pueda sacarlos de su error —dijo mientras le sujetaba la puerta del restaurante. Como un verdadero caballero—. Mis tíos llevan este restaurante. Es *literalmente* donde cocinan todo.

El olor a ajo y a beicon golpeó a Jisu en cuanto puso un pie en su interior. Habían llegado justo cuando el tumulto de gente se estaba dispersando. Solo había un puñado de clientes esparcidos por la sala, y la mayoría ya estaban terminando de comer y habían pedido la cuenta. Un hombre de mediana edad, robusto y vestido con traje de chaqueta y camisa, se hallaba apoyado contra la barra al fondo hablando con el chef. El chef era más alto y llevaba el pelo largo sujeto en una coleta. Se parecían. Por cómo se movía el chef en la cocina, se intuía que era más joven. La campanita atada a la puerta de entrada sonó cuando Austin entró detrás de Jisu. Automáticamente, el hombre mayor se irguió y se giró para saludarlos. Una mirada de reconocimiento se instaló en sus ojos y levantó los brazos al aire.

—¡Mira quién es!

—Hola, tito Ron. —Austin le dio un abrazo al hombre. Miró al chef que se encontraba en la cocina—. ¡Hola, tito Jhun!

—¿Y quién es esta muchachita? —preguntó el tito Ron.

—Es mi amiga Jisu. Acabamos de terminar de enseñarles a unos niños a patinar sobre hielo en una fiesta de cumpleaños —explicó Austin.

Amiga.

—¡Jhun! —gritó Ron—. Puedes prepararles algo a estos dos, ¿verdad?

—¡Por supuesto, *kuya*! —gritó Jhun.

—Habéis venido en el mejor momento. —Ron sentó a Jisu y a Austin a una mesa junto a la cocina. Agarró una silla y se sentó junto a Austin—. Tito Jhun y yo estábamos pensando en hacer un karaoke en la parte de atrás después de cerrar.

—¿Solo vosotros dos?

—Hemos invitado a algunos colegas que salen pronto de trabajar. Pero ¿y qué problema hay con ser solo dos en un karaoke?

—¡Ninguno! —se rio Austin—. Creo que nuestra familia hace más karaokes que los clientes. ¿Sabe la gente siquiera que hay una sala detrás?

—¡Pues claro! Se vuelven locos comentándolo en Yelp. —Ron se giró hacia Jisu—. ¿Has cantado alguna vez en un karaoke?

—En realidad, solía ir mucho con mi familia y mis amigos en Corea.

—Anda, eres coreana. Vosotros sí que estáis a nuestra altura en lo que al karaoke se refiere. Pero nadie gana a los filipinos. —Tito Ron sonrió. Austin y él compartían la misma sonrisa juguetona y torcida—. Cuando comáis, os uniréis a nosotros —decidió categóricamente, como si no tuviesen más elección.

Por supuesto que no tenían más elección.

Jhun apareció enseguida con un montón de comida. Ron describió cada plato en detalle —pancit, lumpias, adobo de cerdo y patatas extra fritas por fuera—, pero Jisu estaba demasiado ocupada probándolo todo como para prestar mucha atención a todos los ingredientes que llevaba cada plato. Perseguir a niños hiperactivos alrededor de una pista de hielo durante toda la tarde la había dejado famélica.

Esta era la primera vez que comía comida filipina, pero había cierta familiaridad y confort en cada cucharada caliente de arroz con ajo que tomaba y en cada trozo de cerdo salado.

Jisu y Austin casi se acabaron todos los platos de comida, y ella ya estaba más que preparada para volver a casa y dormir. Era imposible que pudiese participar, y mucho menos ser espectadora, en una ronda de karaoke. Pero Ron y Jhun estaban en la sala de atrás y ya iban por su tercera canción. A través de la puerta podía oír cómo canturreaban la letra de la canción *My Way*[2] con ferviente pasión.

—Podemos dejarlos tirados sin más —dijo Austin. También se lo veía cansado—. No les va a importar.

Aunque Jisu estaba agotada, una parte de ella quería quedarse. Habían sido lo bastante generosos como para alimentarla para lo que quedaba de fin de semana. También sentía curiosidad por saber si Austin desafinaba mucho. No quería que el día terminase todavía.

—Quedémonos —dijo. Voy a grabarte cantando y se hará viral.

—Eso... —Austin agarró a Jisu de la mano y la guio hasta la sala—. Eso no va a pasar.

La estancia estaba iluminada en un tono intenso de rosa. Una mini bola de discoteca colgaba del techo y proyectaba luz mientras giraba. Una enorme televisión mostraba la letra de una antigua canción filipina sobre su videoclip.

—*I've lived a life that's full*[3]—cantaron a la vez que Ron se aflojaba la corbata y Jhun se quitaba el delantal y lo tiraba a un lado

---

2   (N. de las T.) A mi manera.
3   (N. de las T.) He vivido una vida plena.

hecho una bola. Los dos hermanos sostenían cada uno un micro y se mecían al ritmo de la música. Ron tiró de Austin hasta colocarlo a su lado y le pasó un brazo por los hombros. Estaba cantando con tanta pasión que parecía tener a su sobrino atrapado en una llave de judo. Ron le tendió el micro a Austin cuando la canción se aproximaba al estribillo. Austin se giró hacia Jisu con cara de estar un poco avergonzado.

—¡Venga, Austin! —Jisu sonrió y lo animó.

Se mostraba siempre tan seguro de sí mismo que acaparaba la atención de cualquier lugar en el que estuviese. Pero esta versión más reservada de él era nueva.

—*I did it my way*[4] —canturreó Austin. No era mal cantante, pero sus tíos lo hacían mucho mejor. Siguió cantando algunos versos y mirando a Jisu como diciendo: «¡Estos tíos están muy mal de la cabeza!». Y luego armonizaba con sus tíos y cantaba todos los coros. Estaba siendo un buen perdedor. ¿Quién más había podido ver ese lado de él? Jisu siguió animándolos. Quería que Austin supiese que se alegraba de estar allí con él. Era raro pasar un día entero con alguien y no terminar cansado de esa persona. Incluso con Euni, Min o Hiba, Jisu necesitaba su espacio después de haber pasado una tarde entera con ellas; ya fuera en la biblioteca, almorzando, o viendo una película.

Pero había estado con Austin desde por la mañana hasta bien entrada la noche, y se podría haber quedado en esa sala de karaoke durante varias horas más. Jisu se preguntó si a él le pasaba igual. Si no, ya se habrían despedido y marchado cada uno a casa hacía horas, ¿no?

Ron y Jhun los retuvieron en la sala de karaoke durante cuatro canciones más, hasta que sus amigos por fin aparecieron. Ya casi era medianoche y a Jisu casi se le cerraban los ojos cuando por fin se subieron al coche.

---

4   (N. de las T.) Lo hice a mi manera.

—Gracias por haber pasado el día conmigo —dijo Austin mientras arrancaba el motor—. Eres la tía más divertida que haya conocido nunca. Tengo la sensación de que todos en Wick son demasiado estirados y se preocupan en exceso por su último año y la universidad, pero tú... —Austin le acarició el pelo a Jisu. A ella se le pusieron los vellos de la nuca de punta.

Relájate, pensó Jisu para sí. *Cálmate.*

El calor de su mano le calentó la parte de atrás del cuello. Clavó sus ojos marrones en los de ella. Jisu bien podría desmallarse del cúmulo de nervios que tenía en el cuerpo, mezclados con la emoción y la ansiedad que bullían en su interior.

—Tú te dejas llevar, como si ya lo tuvieras todo claro —continuó. Pero Jisu estaba como paralizada. Cuanto más desenfadado y tranquilo estaba Austin, más tensa y nerviosa se sentía ella.

Actúa normal. Sé la chica divertida que él cree que eres. Eres una tía divertida. ¿Has estado en cuántas seon *y con cuántos tíos? ¿Y los has rechazado a todos?* Mierda. Las *seon. ¿Debería hablarle sobre ellas? No. ¿Por qué arruinar el momento? Vívelo.* Iba a dejarse llevar sin más.

—Austin —pronunció Jisu. Él entrelazó los dedos con los de ella. Su mano estaba cálida y le resultó reconfortante. Jisu se preguntó si podría percibir lo rápido que le latía el corazón. No quería que supiera que era básicamente un manojo de nervios a punto de cortocircuitar en cualquier momento—. Me gustas mucho —susurró lo bastante alto como para que él lo oyese.

Austin la acercó a él. Le soltó la mano y acunó su rostro. La besó. El millón de pensamientos nerviosos que antes acuciaban su mente desaparecieron. Ella le devolvió el beso. Jisu ya había besado a chicos. Pero habían sido besos dulces, tímidos, suaves y planos. No como este. Este fue diferente. Fue como un disparo en el corazón. Una brutal descarga de energía. Un millón de explosiones de adrenalina. Algo que quería seguir saboreando más y más.

Austin bajó una mano por la espalda de Jisu hasta sujetarla por la cintura. La atrajo hasta su lado del coche. Jisu era híper consciente de cada articulación, músculo y extremidad de su cuerpo.

Estaba acercándose rápidamente a donde nunca había llegado con nadie, y estaba nerviosa y embelesada por cruzar aquel límite. Estaba allí, en un lugar nuevo, con una persona nueva, y estaba preparada para hacer lo que quisiese. Se sentía tan ligera como una pluma, y así fue cómo él la acomodó fácilmente sobre su cuerpo. Austin la siguió besando; Jisu no quería que parase. Era maravilloso estar sentada sobre él en el asiento del conductor, besándose hasta que se le durmieran los labios. Le pasó los brazos alrededor del cuello y luego las manos por su pelo, porque era lo que veía que hacían las chicas en las películas. Y porque Austin tenía un pelo negro precioso. ¿Cómo podía no tocárselo?

Austin se irguió y la atrajo más hacia sí. Ya no había espacio alguno entre ellos. A Jisu le preocupaba estar aplastándolo, pero él la siguió besando por todas partes; en el cuello, por el pecho... y aquello la tranquilizó. Colocó una mano sobre el torso de él. Austin se la bajó y la guio hasta introducirla por debajo de la camiseta. Él le acariciaba el cuello con la otra mano, y ella a su vez lo guio hasta su propio pecho, siguiendo el rastro de besos que le había dejado hacía unos momentos.

La sudadera ancha y extragrande que Jisu se había puesto desapareció con facilidad. Se había olvidado del sujetador que llevaba puesto, aunque la alivió ver que era el azul con adornos y no el beis raído que llevaba siempre. La camiseta de Austin desapareció con la misma facilidad. Ya se habían visto así en la playa. Pero Austin parecía distinto al estar sentado debajo de ella, sabiendo que el calor de sus labios seguía presente en los suyos. Era frustrante no poder admirarlo y estar besándolo a la vez.

Jisu sintió los dedos de Austin subir por su espalda y deslizarse por debajo del cierre de su sujetador. Habían llegado más allá de donde ella hubiese llegado nunca y lo dejó llevar las riendas. Con él, todo parecía adecuado.

La farola junto a la que estaban aparcados titiló, como para disculparse por la abrupta intrusión.

Austin miró la hora en el salpicadero.

—Mierda. Mis tíos van a salir en cualquier momento. —Se echó hacia atrás y recogió la camiseta del asiento trasero, donde había caído antes.

—Vale —exhaló Jisu. Volvió a sentarse en el asiento del copiloto y se puso la sudadera.

Austin giró la llave en el contacto. Antes de salir del aparcamiento, se inclinó hacia ella. Jisu se sentía como una versión nueva y más valiente de sí misma. Ella también se inclinó hacia él y los dos se besaron a medio camino. Podrían haber retomado la escena donde la habían dejado, pero oyeron abrirse y cerrarse una puerta. Antes de poder comprobar si era su tío Ron o Jhun cerrando el restaurante, Austin se alejó de allí a toda velocidad.

Cuando Austin se detuvo delante de la casa de los Murray, a Jisu le costó la vida y más apearse del coche. Todas las cosas, incluso un día perfecto, tenían que terminar. Entró en la casa en silencio. Hacía horas le había mandado un mensaje a Linda diciéndole que estaba haciendo maratón de *Riverdale* con Hiba en su casa y que volvería tarde. Todas las luces estaban apagadas. Los Murray estaban dormidos. Aunque Linda apareciese en el pasillo con los brazos cruzados y le soltara un discurso sobre saltarse el toque de queda, no podría estropear el buen humor de Jisu. Como por inercia, cruzó la puerta, subió las escaleras y entró en su cuarto, pero era como si estuviese flotando en una nube más allá de aquella casa.

Solo había una pregunta rondándole la mente. *¿Y ahora qué?* Si su supuesta actitud de dejarse llevar era lo que a él le gustaba tanto de ella, ¿se asustaría si Jisu quería algo más? *¿Quería* ella algo más?

Austin podría marcar el final de todas las *seon*. Dios, no quería volver a tenerlas. Todos a los que había conocido eran aburridos, egocéntricos o posibles amigos. El recuerdo de las *seon* plagaba su mente como una molesta nube de mosquitos. Los apartó de un manotazo. Ya lidiaría con las *seon* cuando volvieran a empezar.

Si es que volvían a empezar.

CITA N°14

NOMBRE: Park Hongki

PROFESIÓN
Estudiante, capitán del equipo de fútbol.

INTERESES
La bolsa, la copa del mundo, poesía.

HONGKI: ¡Jisu! Encantado de conocerte.

JISU: Sí, siento llegar tarde. El metro llevaba mucho retraso.

HONGKI: No te preocupes, de verdad. ¡Ya estamos aquí!

HONGKI: ¿Cómo es Daewon? Estuve a punto de matricularme. Pero mi instituto tenía mejor equipo de fútbol, así que terminé allí.

JISU: Daewon es genial. Es decir, es muy competitivo, igual que el resto de los institutos más importantes. Pero los profesores y los compañeros me gustan mucho.

HONGKI: Todo el mundo cree que las universidades estadounidenses son las más difíciles de acceder. Deberían intentarlo con la Universidad Nacional de Seúl, o incluso sobrevivir en un instituto privado coreano.

JISU: ¡Exacto! Y dime, ¿qué quieres estudiar en la universidad?

HONGKI: Quiero estudiar Administración y Dirección de Empresas y hacer un máster de contabilidad, probablemente seré analista financiero durante unos años y después ya veré.

JISU: Vivir tu vida... ¿y después ya verás?

HONGKI: Lo sé, lo sé. Es un plan para los próximos quince años, no cinco.

JISU: Y aparte del trabajo y los estudios, ¿qué más te gusta?

HONGKI: Bueno, la verdad es que me gusta controlar el mercado de valores. Me gusta estar al tanto de esas cosas. Siempre es bueno saberlo.

JISU: ¡Claro! ¿Y el fútbol? Creo que habías mencionado que jugabas.

HONGKI: Ah, eso. Juego desde quinto de primaria por necesidad.

JISU: ¿Necesidad?

HONGKI: Sí, en el currículo hay que tener un deporte como mínimo para entrar en una buena universidad.

JISU: Claro, claro.

HONGKI: ¿Tú practicas algún deporte?

JISU: Jugué en el equipo de voleibol en primero y segundo. Después se volvió demasiado intenso para mí, así que jugué en interior. Para divertirme.

HONGKI: Guay. Sí, el fútbol ya no me divierte tanto. Llevo así años. La verdad es que estoy deseando entrar en la universidad y dejar de jugar.

JISU: ¡Si no te gusta, no deberías jugar!

HONGKI: Pero ya he llegado lejos, ¿no? Y es para la universidad, así que...

JISU: Hongki, puedes tener una vida apartada de los estudios. Puedes interesarte por algo que no forme parte de tu plan de quince años. Lo sabes, ¿no?

HONGKI: Sí, pero ¿y si no quiero?

JISU: ¿Y por qué no?

HONGKI: No sé. Creo que soy una persona a la que le gustan mucho los estudios.

JISU: Sí... puede que sí.

HONGKI: Lo cierto es que me alegro de que se haya acabado el verano y hayamos vuelto al instituto. Significa que estamos más cerca de entrar a la universidad a la que queremos ir.

JISU: Creo que jamás he oído a alguien decir que se alegra de que se haya acabado el verano tan en serio.

HONGKI: Bueno, es aburrido, ¿verdad? No hay nada que hacer.

JISU: Seguro que encuentras algo que te guste que no esté ligado a los estudios.

HONGKI: Sí, puede. Pero, oye, fuiste tú la que no pudo venir a nuestra cita porque estabas encerrada estudiando en la *hagwon*.

JISU: Ah, sí... es verdad...

HONGKI: ¡No me puedes aconsejar que viva mi vida si tú no haces lo mismo!

15

Clic. Jisu pulsó *Enviar.* Soltó aire. Había acabado la primera solicitud de diez. Cuanto más lo pensaba, más abrumador le parecía hacerlo nueve veces más. El dichoso número nueve. Jisu quería quitarse de encima otra solicitud para que fueran ocho, y no nueve. Pero se permitió respirar profundamente y relajarse. Había hecho una. Terminada. Tachada de la lista.

—¿Lo has hecho? —susurró Hiba. Jamie y Tiffany también miraron a Jisu por encima de sus portátiles. Las cuatro estaban pasando la hora de tutoría en la biblioteca.

Jisu asintió entusiasmada. Se chocaron las palmas y bailaron en silencio, sentadas. Intentaban ser lo más silenciosas posible para que la bibliotecaria no las volviera a chistar o amenazar con echarlas.

Jisu se acomodó en la silla. Sintió una ligera ola de alivio. Sus notas eras buenas y tenía buenas recomendaciones tanto de Daewon como de Wick. Pero todavía le quedaban nueve solicitudes, seis de universidades que no eran de la Ivy League y tres que sí, siendo la última Harvard. Jisu respiró profundamente y soltó aire despacio, como si hubiera subido a la cima de una colina escarpada. Pero era una colina pequeña y todavía le quedaba escalar el resto del monte Everest. Y cuantas más solicitudes acababa y tachaba de la lista, más cerca estaba de que la apremiante de su madre le organizara las *seon* coreano-estadounidenses.

Jisu volvió a mirar el móvil. Nada nuevo. Nada de Euni o Min. Ni de Austin. Uf. Desde que se besó con Austin en el coche se había sentido liviana y sin preocupaciones, pero ya habían pasado dos semanas y no había vuelto a saber nada de él.

No tenían ninguna clase juntos y no se lo había encontrado en la cafetería o en el aparcamiento, como normalmente pasaba. Jisu nunca había pasado de sentirse segura de si misma e imparable a nerviosa y ansiosa en tan poco tiempo. *Seguramente esté ocupado. Quizá sus tíos necesitaban que les echase una mano en el restaurante. O uno de sus hermanos está enfermo y tiene que cuidar de ellos. O el que está enfermo es él. Espero que no lo esté.*

Jisu abrió la aplicación de los mensajes y la cerró. El último contacto fue a las 12:38, poco después de que Austin la dejase en la casa de los Murray esa noche. Aquella noche perfecta.

> ¡No quería que el día se acabara!

Era el tipo de mensaje que tenía sentido mandar cuando lo hizo, con la cabeza en las nubes. Él había respondido con un simple emoticono de una cara sonriente y ella había ocultado la suya propia bajo las sábanas, tímida de repente aun sin estar frente a nadie, y después se había quedado dormida.

Aunque, cuanto más tiempo pasaba sin hablar, más engañada se sentía por su respuesta sin palabras. ¿Debería haberse hecho la dura y no haberle escrito hasta el día siguiente? ¿Qué tenían que decir sobre aquello las revistas de Mandy? Unos días en silencio más tarde, Jisu había tratado de empezar una conversación mandándole la foto que le había hecho en la playa. Pero no había recibido respuesta.

—No me digas que ya estás actualizando el correo. ¡Si acabas de enviarla! —Hiba debió de percatarse de lo mucho que miraba Jisu el teléfono. Cerró la aplicación de los mensajes sin decir palabra y puso el móvil boca abajo.

—No es por eso. —Vaciló, preguntándose si debería contarles lo de Austin. Pero ¿por qué no? Eran sus amigas. Estas cosas eran exactamente las que se contaban a las amigas.

—A ver, he estado pasando mucho tiempo con Austin —empezó Jisu—. Pero mucho.

Hiba cerró el portátil. Jamie y Tiffany dejaron los libros a un lado. Jisu había captado su atención.

—¿Austin Velasco? —preguntó Jamie.

—Sí. Hemos estado quedando... como amigos. O eso pensaba. Hasta que me besó la última vez que lo vi. —Jisu no sabía cuánto decirles. Deseaba que Euni y Min estuviesen allí con ella.

Jamie juntó las manos.

—¿Cuándo? —preguntó.

—Hace un par de semanas —respondió Jisu; se sentía insegura por no saber si aquel era un periodo normal sin tener contacto con alguien sobre el que te habías sentado y con el que te habías liado de noche en un aparcamiento vacío.

—Kaylee se va a cabrear cuando se entere. —Tiffany se echó a reír.

—¡No! No se lo digáis a nadie, por favor —rogó Jisu. Lo último que quería era que la gente descubriera lo que estaba pasando entre Austin y ella antes de que pudiese entenderlo ella misma.

—No sé, Jisu —opinó Hiba—. ¿Habéis estado saliendo en plan cita o vais a empezar a salir? No creo que Austin sea de los tíos que salen en serio.

—¿Estás intentando salir con él? —le preguntó Jamie.

—No lo sé —contestó Jisu—. Pero llevo tiempo conociéndolo. Creo que me gusta.

Tiffany miró a Jisu, preocupada.

—Austin es un buen amigo, y es divertido —exclamó—. Pero tiene la costumbre de pasar de una tía a otra.

—¿No dejó a Amy Saunders justo después de liarse con ella? —mencionó Hiba.

—Sí, pero ella se estaba comportando de un modo un tanto posesivo —aclaró Tiffany—. Se iba a Europa todo el verano y quería que él fuera su novio a distancia.

—Vale, pero oí que ese verano se lio con la mitad de las socorristas con las que trabajaba —dijo Hiba.

—Eso me parece exagerado —intervino Jamie—. Pero seguramente sea verdad.

Jisu gimió y escondió la cara entre las manos. Hablar del tema había sido un error. Todo eso del pasado, aunque fuese verdad, era lo último que le apetecía saber.

—Sí que es mono —opinó Tiffany mientras miraba el móvil—. Es decir, mirad qué perfil. —Y les enseñó la pantalla para que lo vieran.

Era el perfil de Instagram de Austin. Y la última foto —la que Jisu le había mandado hacía semanas y a la que no había respondido— se había publicado hacía dos días. Ahí estaba, en la pantalla de Tiffany en Pacífica State Beach, sentado en la arena y mirando al atardecer. Había colocado la tabla de surf de pie tras él. La luz del sol se reflejaba en su pelo y en su traje de buzo de forma que se viese que no estaba seco del todo. Jisu había sacado la foto para recordar que había compartido una de sus aficiones con ella y le había enseñado algo nuevo.

Siempre surfeando. Tan bien como siempre en Pacífica. #surfeando #pacífica #atardecer #atardecerdepacífica #playa #areadelabahía #locoporelsurf

Jisu cogió el móvil de Tiffany con una mano y se agarró el estómago con la otra como si alguien le hubiese dado una patada en la tripa. Así que sí que había recibido el mensaje. No tenía el teléfono roto y su mensaje no se había perdido por el camino. Si tanto le había gustado, ¿por qué no se lo había dicho? Y ni siquiera había mencionado de quién era la foto. Se le encendieron las mejillas.

Tiffany recuperó el móvil sin percatarse de la epifanía que estaba teniendo Jisu.

—Por muy mono que sea, tiene una reputación —exclamó—. ¡Pero pásatelo bien si eso es lo que te apetece! Siempre y cuando te diviertas no hay nada de malo, ¿no?

Jisu se obligó a sonreír, como imaginaba que haría alguien que se lo estuviese pasando bien, pero aquello no surtió efecto en el desasosiego que sentía; era como una planta que se marchitaba despacio sin la luz del sol. Los comentarios solo confirmaban lo que sospechaba: el tiempo que habían pasado juntos había significado más para ella que para él.

Jisu se quedó pensando y recordando los momentos que habían pasado juntos. Habían estado mucho tiempo sin besarse. Caminando por la ciudad. Impartiendo una clase de patinaje a niños hiperactivos. Por el amor de Dios, ¡él le había presentado a sus tíos y todos habían cantado karaoke! No se hacía eso solo para liarse con una chica y después desaparecer durante dos semanas.

Pero, entonces, Jisu recordó el resto. Las partes confusas y borrosas. Nunca lo habían denominado «cita». No lo habían llamado de ninguna manera. Siempre se habían limitado a… pasar tiempo juntos.

Jisu se dejó caer sobre la mesa como un globo deshinchado. Por orgullo, se alegraba de no habérselo contado todo a sus amigas.

—Tengo que ir a mi taquilla antes de clase. —Jisu metió todo en la mochila y salió pitando de la biblioteca.

Y fue en ese momento cuando lo vio. Junto a su taquilla, hablando con sus amigos. Sonriendo. Riendo.

Austin la vio y se acercó a ella.

—Hola —la saludo, animado, volviendo a donde lo dejaron. Como si la comunicación entre ellos no hubiese sido nula en las últimas dos semanas. ¿Así se había sentido Amy Saunders?

Quizá Jisu estaba exagerando. Una cosa era que Austin se mostrase frío e indiferente. Eso confirmaría lo que estaba empezando a sospechar, lo que sus amigas habían visto: que se le había acabado el tiempo y él había pasado página. Podría lidiar con el rechazo.

—¿Qué tal? — Por un momento, su pregunta casual la hizo preguntarse si sentirse así estaba bien. ¿Quizá le había dado demasiadas vueltas?

—Bien —mintió Jisu—. Cuánto tiempo.

—Ah, ¿sí? Parece que fue ayer —respondió Austin—. Pero bueno, me alegro de verte.

No, no le había dado demasiadas vueltas. Jisu tenía todo el derecho de sentirse molesta por su actitud. Sobre todo, ahora.

—Bueno... —prosiguió él—. Mi tío Ron ha tenido que irse a Los Ángeles de última hora por un asunto familiar. —Austin suspiró y pareció ponerse serio de repente—. Y yo tuve que ayudar en el restaurante, así que todo ha sido una locura.

—Ah... espero que todo vaya bien —dijo Jisu. Austin parecía decir la verdad.

—Vuelve este fin de semana. Da igual. —Se encogió de hombros y volvió a su yo despreocupado. Así era él. Despreocupado por todo. Pero algunas cosas no daban igual.

—¿Tienes algo que hacer el sábado? —preguntó—. Podemos ver todas esas series de Netflix que te dije. Apuesto a que no las has visto. —Austin le dio un leve empujón con el codo y sonrió. ¿Volvía a acercarse ahora?

Jisu quería decir que sí, pero no quería claudicar tan fácilmente. Se suponía que iba a dedicar el fin de semana a terminar las solicitudes de universidad. Quería sentarse y acabarlas. Y, por supuesto, también estaba el trabajo de Estudios Internacionales. Jisu se apuntó la nota mental de buscar a Dave y encontrar un hueco en el que ambos pudieran reunirse dentro de su ocupada y cambiante agenda.

—La verdad es que no puedo quedar —respondió Jisu, a pesar de querer. Tenía que ser responsable. Y no sucumbiría tan fácilmente.

—¡Ah, vale! —exclamó Austin, y empezó a girarse.

¿Y ya estaba? ¿Pasarían otras dos semanas hasta volver a verlo en el pasillo?

—Pero ¿podría ser la semana que viene?

—¡Sí, claro! —contestó Austin mientras recorría el pasillo en dirección contraria—. Te escribiré.

Quiso creerlo. Ese sentimiento de desasosiego en el estómago regresó. La verdad era que Austin no estaba haciendo nada malo. No la estaba ignorando, pero... Parecía a miles de kilómetros de distancia. Era como si Jisu quisiese agarrarse a un montón de arena. Cuanta más intentaba coger, más se le escapaba de entre los dedos.

CITA N°15

NOMBRE: Kang William

INTERESES
Actuar, ciencias políticas.

AVERSIONES
Cerdo, películas de superhéroes, ir al dentista.

WILLIAM: Espera... ¿entonces eres *de* Corea?

JISU: ¡Sí! Me mudé de Seúl hace unos meses. Ahora voy a Wick-Helmering.

WILLIAM: Ah, muy bien. Conozco a varios que van a Wick. ¿Te gusta el instituto?

JISU: Pues la verdad es que sí. Es decir, echo muchísimo de menos mi ciudad. Pero también me encanta San Francisco. ¿Tú naciste y creciste aquí?

WILLIAM: Sí, mis abuelos fueron los que inmigraron aquí. Así que soy de segunda generación.

JISU: ¿Y cómo es que te hacen venir a estas *seon*?

WILLIAM: Ah, bueno, mi abuela es muy tradicional y obstinada. No se puede contradecir a *Halmoni*.

JISU: Este sitio está muy chulo. Creo que no he venido nunca a una pista de *skate*.

WILLIAM: Tiene que haber unas cuantas en Seúl. Apuesto a que hay todo un grupo de *skaters* por la zona del metro en Corea. ¿Nunca lo has probado?

JISU: No, me da miedo caerme y romperme un brazo o algo.

WILLIAM: Yo me he partido el brazo izquierdo. Dos veces. Y también tengo unas cuantas cicatrices no muy bonitas.

JISU: Um… me lo estás vendiendo muy bien, sí.

WILLIAM: A menos que intentes hacer saltos difíciles, normalmente no tienes por qué romperte nada. Toma, intenta mantener el equilibrio encima del monopatín.

JISU: ¿Así? Ay, me voy a caer. ¿Las dos piernas?

WILLIAM: Sí, las dos. Ya lo tienes. La mitad del trabajo es solo mantener el equilibrio encima del monopatín.

JISU: Entonces, ¿cuánto tiempo hasta que pueda deslizarme por esa rampa de ahí?

WILLIAM: Escucha, yo llevo patinando desde los diez años y todavía me intimida esa rampa.

JISU: Me alegro de que no nos hayamos conocido en una aburrida cafetería como habría querido la señora Moon.

WILLIAM: No sabía que podía llevarme las cosas a mi terreno hasta que una chica que conocí decidió que debíamos ir a Alcatraz para nuestra primera cita.

JISU: Esa… es una elección interesante. ¿Cómo os fue?

WILLIAM: Pues no nos fue nada mal, la verdad. Lo peor fue que había muchos turistas. Ella había vivido en el Área de la Bahía durante toda su vida y nunca había ido a ningún sitio turístico, así que imagino que quería tacharlo de su lista.

JISU: Una prisión. Qué romántico.

WILLIAM: Síííí… Esa fue la primera y la última cita que tuvimos.

JISU: Y, bueno, ¿cómo te van las solicitudes de universidad? ¿Ya sabes lo que quieres hacer?

WILLIAM: No voy a ir a la universidad. Lo sé. Es chocante, ¿verdad? Técnicamente, sí iré... si no la señora Moon no querría tenerme como cliente. Pero el plan es entrar en la universidad, donde sea que quieran mis padres, y luego mudarme a Los Ángeles.

JISU: ¿Qué hay en Los Ángeles?

WILLIAM: Hollywood. Quiero ser actor.

JISU: ¡Qué bien! Una de mis mejores amigas de Corea quiere ser una estrella del pop y básicamente ha estado entrenándose para ello desde los nueve años. Me parece fantástico que busques conseguir lo que quieres.

WILLIAM: Sí, y no va a ser fácil, eso está claro. Pero es lo que quiero hacer. Solo necesito asegurarme de que todo esté bien atado. ¿Tú qué quieres hacer?

JISU: Bueno... me gusta mucho la fotografía, pero no lo suficiente como para considerar ir a una facultad de Bellas Artes. Pero el plan es decidirme una vez entre en la universidad.

WILLIAM: Fotografía. ¡Interesante! Pero, profesionalmente hablando, ¿no sabes lo que quieres hacer?

JISU: Bueno, esas dos cosas no son exclusivas la una de la otra.

WILLIAM: Sí, pero es difícil ganarse la vida así. Ya sabes, ser autónomo y eso.

JISU: Dijo el actor. Sin un nombre con reputación.

WILLIAM: Eh, he actuado en muchas obras de teatro.

JISU: No cuentan si han sido en el instituto.

WILLIAM: Bueno, vale. Es justo. La verdad es que yo siempre me he visto como la mitad artística de una pareja. ¿Sabes? Seguro que tú también te ves así.

JISU: Pues la verdad es que no.

WILLIAM: Venga ya. Nadie puede ser un verdadero artista de éxito, y feliz, si no puede dedicarse a su arte a jornada completa.

JISU: ¿Ningún artista puede llegar a ser feliz de verdad a menos que tenga a una pareja que le financie su carrera? ¿Es eso lo que estás diciendo?

WILLIAM: ¡No! Bueno, no así. Obviamente la base de una relación debería ser que ambas personas se gustasen…

JISU: Pero no viene mal que la persona con la que estás saliendo pueda pagarte el alquiler.

WILLIAM: Estás dando por hecho que nunca voy a labrarme un nombre.

JISU: ¡Eres muy optimista!

WILLIAM: Pero no demasiado. También soy práctico y realista. ¿No es eso lo que todos hacen cuando vienen a estas *seon*?

JISU: Supongo.

WILLIAM: Te has molestado.

JISU: No, no pasa nada. Supongo que ambos somos demasiado artísticos como para ser compatibles, o algo así.

WILLIAM: ¿Crees que podría llegar a actuar en Corea si no me va bien aquí? O puede que no sea lo bastante coreano.

JISU: No, ¡creo que te iría muy bien! Eres guapo y eso jugará a tu favor sea en el que país que sea.

16

—¿Estás bien, Yiis? —preguntó Dave—. Pareces estar un poco ida.

Estaban en el distrito Mission, caminando por la decimosexta calle, en dirección a The Lab. Era la inauguración de su última exposición: *El feminismo en la era digital*. Durante las últimas semanas, Jisu y Dave habían dedicado su tiempo libre a averiguar cualquier evento en la ciudad con influencia política y que estuviese abierto al público: un mitin para sindicalistas en el palacio de justicia, un evento literario sobre política en la librería City Lights, y hoy la inauguración de una exposición de arte feminista.

Dave no tenía ni idea, pero Jisu acababa de terminar su primera *seon* estadounidense. ¿Conocía Dave el negocio de las *seon*, o lo que significaba la palabra *seon* siquiera? Jisu dejó que la pregunta de Dave permaneciera en el aire. Una parte de ella quería contarle cómo le había ido la cita; que había sido agradable y había terminado sin una verdadera conexión entre ellos, lo vacía que le había parecido, lo mucho que temía las *seon* por esa misma razón. Podía comentárselo a Hiba sin problema o mandarlo al chat grupal que tenía con Euni y Min. Pero le resultaba raro hablarlo con él. Además, solo estaban a una manzana de la galería.

—Estoy bien. —Jisu se obligó a sonreír—. Solo un poco cansada.

La galería era un espacio abierto gigante. Estaba vagamente iluminada y pintada de blanco del suelo al techo. Había proyectores que reproducían videoclips en las paredes. Unos televisores pequeños, esparcidos por todo el lugar, mostraban otras obras de arte. Solo había pasado media hora desde que empezase el evento y el sitio se estaba llenando con rapidez.

Tenían un sistema: Dave se encargaba de socializar con los asistentes. Así terminaría averiguando quién era el encargado de las redes sociales y de la publicidad. Mientras él los entrevistaba sobre el compromiso y la participación, Jisu se mantenía apartada capturándolo todo con la cámara. Al final de cada evento, los dos combinaban sus notas y rastreaban el impacto que había causado el evento en todas las plataformas virtuales.

La gente en este evento iba vestida, de lejos, con los conjuntos de ropa más interesantes. La conservadora principal de la exposición, una mujer con el pelo tan rubio que parecía blanco, iba ataviada con un elegante vestido negro de corte asimétrico. Se hallaba de pie delante de uno de los vídeos explicando la pieza a una pequeña multitud. Una mujer iba envuelta en bisutería colorida y vistosa. Otra destacaba igual con un sencillo mono vaquero oscuro. Varias mujeres habían traído a sus jóvenes hijas. Caminaban de sus manos a través de la galería y les explicaban lo que sea que entendiesen de cada obra. Algunas personas llevaban gafas de sol: enormes con montura carey, de un azul brillante, y las clásicas negras al estilo «cat eye». Jisu sacó fotos de todas ellas.

—¿Cómo vas? —le preguntó Dave a Jisu.

—Creo que este es mi favorito hasta ahora. Ni siquiera pensaba que me fuese a interesar. *El feminismo en la era digital* suena a charla aburrida.

Jisu se había percatado de que muchas mujeres —¡y hombres!— de San Francisco eran a menudo abiertos y activos en cuanto al feminismo. Le parecía más presente, valiente y muchísimo más normalizado que como estaba en Seúl. Las conversaciones que todos compartían en la exposición no eran para nada las que ella había tenido más explícitamente en Seúl. Parecían versiones más libremente expresadas de los pensamientos que siempre había albergado en el cerebro.

—Yo también. Casi me quedo dormido ayer en clase—admitió Dave.

—¡Lo sé! Fue muy aburrida. Me sentí mal. Quería estar más interesada, de verdad. ¿A ti te ha cundido?

Dave levantó la libreta, que estaba llena de garabatos. Jisu no tenía ni idea de cómo era capaz de descifrar su propia letra.

—¿Tú has sacado muchas fotos? —preguntó.

Jisu le mostró orgullosa algunas de las instantáneas que había inmortalizado.

—¿Qué tal con lo demás? —se interesó Dave—. Por ejemplo, ¿con Austin?

Se quedó de piedra. ¿Por qué quería saberlo?

—¡Bien! —mintió.

—¿Ya estáis saliendo?

—Ah… no. No creo mucho en las etiquetas. Solo estamos pasando tiempo juntos, divirtiéndonos, ya sabes. —Jisu se llevó la cámara a la cara. Miró a Dave a través de la lente, de pie entre toda la multitud. Se le veía serio. Él le apartó la cámara.

—No quiero ser entrometido, pero antes, cuando veníamos hacia aquí, parecías molesta. Y sé cómo puede llegar a ser Austin con las mujeres… aunque puede que ni siquiera sea eso. Y sé que no es de mi incumbencia…

La primera vez que había dicho algo de Austin sí le había molestado, pero ahora Jisu sabía que Dave lo decía con buena intención. Le gustaba que estuviese mirando por ella.

Dejó que la cámara volviese a colgarle del cuello.

—Pareces mi madre con ese *jansori* —le dijo. Dave se rio—. Espera… ¿sabes lo que significa *jansori*?

—Vaaale. Puedo no tener mucha soltura, pero sigo siendo hijo de dos inmigrantes coreanos. Sé algunas cosas. Sobre todo en lo referente a los *jansori*. Cada vez que llego a casa me dan la tabarra.

—¡Pero tu madre es encantadora! Y tú eres como el hijo perfecto —refutó Jisu.

—Hijo *único*. Y ya sabes lo mucho que presionan los coreanos a sus hijos.

—¡No tanto como a sus hijas!

—Vale, vale. Tú ganas. —Dave se volvió a reír. A Jisu le gustaba cómo sus ojos se estrechaban hasta convertirse en dos medias lunas. Su risa era cordial y cariñosa. Genuina. Su aburrida *seon* la había agotado, pero Jisu se alegraba de haber hecho el esfuerzo de ir a la galería con Dave y no haber vuelto a casa para desplomarse sobre la cama y enfurruñarse hasta quedarse dormida.

Una mala cita podía estropeártelo todo; pero, al fin y al cabo, eso es lo que era: una mala cita. Era fácil olvidarse de todas las cosas buenas que le estaban pasando. Aparte de la confusa relación que tenía con Austin, había conocido a buenos amigos en Wick, y se estaban ayudando los unos a los otros a verle el sentido al año más estresante de sus vidas. Iba por buen camino con las solicitudes universitarias al tener ya todas las preinscripciones terminadas. Cuantas más cosas se quitaba de encima, más segura de sí misma se sentía. Era difícil ser amable con una misma cuando tus propios padres seguían cuestionando cada paso que dabas, pero Jisu estaba esforzándose al máximo y eso era suficiente. Ya solo le quedaba esperar a que todo cayera por su propio peso.

El evento estaba empezando a tocar a su fin. Jisu metió la mano en el bolso para agarrar la tapa del objetivo de la cámara y se percató de que su teléfono estaba vibrando. Lo había puesto en silencio y se asustó de ver seis llamadas perdidas y una ristra de mensajes en Kakao de Min. Su teléfono volvió a vibrar. Min la estaba llamando por séptima vez.

—Hola, Min, perdona. Estaba en un evento para clase. —Jisu se tapó el otro oído con la mano. Apenas oía a Min, así que intentó alejarse de la multitud.

—¿Hola? ¿Jisu? ¿Me oyes?

Jisu caminó hacia la puerta y le hizo un gesto a Dave para que saliera.

—Min, ahora sí te oigo. ¿Va todo bien?

Salió a la calle, que se encontraba en silencio. Oía que Min estaba llorando.

—Jisu... Euni... Se...

Jisu apenas podía distinguir lo que Min estaba diciendo, pero empezó a temblar.

—Min. Por favor… dime qué está pasando.

—Eunice se desmayó ayer en la *hagwon*. Llevaba unos días enferma, pero no sabía cuánto… por eso no te dije nada. Pero supongo que era peor de lo que creía. Ahora está en el hospital. Jisu-ya, ojalá estuvieras aquí —sollozó Min. Jisu sintió que perdía fuerza en las rodillas.

—¿Qué le ha pasado? —Jisu no pudo evitar que las lágrimas corriesen por su rostro. No le importaba si alguien la veía llorando en la calle.

—Ya sabes que Euni no es muy fuerte. Ha sido una época muy dura para todos, con los exámenes y preparándonos para la universidad. Supongo que el estrés fue demasiado… —Min apenas era capaz de mantener la compostura.

A Jisu le martilleaba la cabeza y apenas veía con claridad. La culpa la corroía. El último año en Wick no era ningún paseo por el parque, pero sabía lo duras y lo arduas que eran las cosas en Daewon. Una de sus mejores amigas estaba enferma y Jisu estaba en la otra punta del mundo, preocupada por si le gustaba o no a un chico y sacando fotos estúpidas. Nunca se había sentido tan pequeña e impotente.

—Os echo muchísimo de menos. —Jisu se agachó y se sentó en el bordillo. Por el rabillo del ojo vio a Dave salir de la galería—. Y siento mucho no estar ahí.

—No, Jisu. No lo sientas. Pronto estaremos todas juntas —dijo Min—. Y Euni se recuperará y se pondrá bien. Mañana le dan el alta, y ahora voy a ir al hospital a verla.

—Dile que la quiero y que se mejore. —Jisu intentó secarse las lágrimas de forma sutil, pero estas no dejaban de caer—. Te quiero, Min.

—Yo también te quiero, Jisu. —La voz de Min se quebró, y algo dentro de Jisu también lo hizo.

—Todas estaremos juntas dentro de unas cuantas semanas —dijo Jisu intentando sonar optimista.

—¡Sí, por Navidad! —Min también lo estaba intentando—. Bueno, tengo que colgar. Te escribiré cuando vea a Euni.

Jisu colgó y enterró el rostro en el regazo. Deseó que el mundo dejase de girar y de moverse durante un solo segundo, para así poder llorar a gusto, sacarlo todo y pasar página. Pero así no funcionaba el mundo. Podía oír a Dave acercarse a ella arrastrando las deportivas en la acera. Quizás si mantenía la cabeza gacha, pensaría que era otra persona y se marchaba.

—¿Estás cansada, Yiis? —Dave se agachó a su lado. No tenía sentido intentar ocultarlo. Jisu levantó la cabeza y reveló su rostro mocoso y lleno de lágrimas. Dave no retrocedió como pensó que haría en un primer momento.

—Eh, eh. —Colocó una mano sobre el hombro de Jisu—. ¿Qué ha pasado?

—Una amiga mía de Seúl está en el hospital. —Jisu resolló—. Y yo estoy atrapada aquí... haciendo fotos. No puedo estar allí con ella. Me siento... me siento fatal.

—Lamento oír eso. —Dave la miraba con total seriedad—. Pero, Jisu, no puedes cargar con la culpa.

—Lo sé, pero debería estar allí ahora mismo. Con ella.

—Pero no puedes, y no es culpa tuya. Estás en otro país, en otro instituto. Estás esforzándote al máximo en todas tus clases. Y eres buena amiga de los que te rodean aquí. Sé que estás dando lo mejor de ti, Jisu. No seas tan dura contigo misma.

Sintió todavía más lágrimas caer por su rostro. Dave la acercó a su costado para darle un abrazo y Jisu apoyó la cabeza en su hombro y ocultó el rostro entre las manos. Intentaba dejar de llorar por todos los medios, pero no podía. Al menos a Dave no parecía importarle.

Quiso decirle que él también era un buen amigo. Que se alegraba de que Kaylee lo hubiese llamado a su mesa aquel primer día. Que siempre estaba cuidando de ella. Que le había dado un *jansori*. Y que era amable.

Las palabras descansaban, pesadas, en la punta de su lengua.

Las últimas lágrimas de la noche se deslizaron por sus mejillas. Jisu las secó y se quedó mirando a la nada en la calle.

—Dave —dijo—. Me alegro de que me emparejaran contigo.

CITA N°16

NOMBRE: Shim Jimoon

INTERESES
Piano, literatura rusa, historia del arte.

PROFESIÓN DE LOS PADRES
Coleccionista de arte, editor de moda.

JIMOON: ¿Qué has hecho este fin de semana?

JISU: ¡Pues he hecho algo genial! Normalmente solo tengo respuestas aburridas para esa pregunta, como estudiar, ir de compras o ver películas en Netflix.

JIMOON: ¿Qué has hecho, pues?

JISU: He ido a una galería en el distrito Mission.

JIMOON: Ah, yo paso mucho tiempo allí. Mi madre es coleccionista de arte. ¿Qué galería?

JISU: Era un sitio llamado The Lab.

JIMOON: ¡The Lab es genial! Es muy experimental. Y no es solo una galería, ¿verdad? Hay gente que actúa y cosas así.

JISU: Eso creo. Era la primera vez que iba.

JIMOON: ¿Qué exposición tienen ahora?

JISU: Se llama *El feminismo en la era digital*. La verdad es que no sabía qué me iba a encontrar, ¡pero me acabó gustando!

JIMOON: ¿Esa es la que Sally McPherson ha organizado? La que se mostró en esa galería de Nueva York... ¿cómo se llamaba? Siempre se me olvida el nombre.

JISU: Eh... ¿Nueva York? ¿Como el Museo de Arte Moderno?

JIMOON: No, no. Mucho más pequeño. ¿Te imaginas? Llevar tu exposición del Museo de Arte Moderno al humilde The Lab. Aunque al museo le iría bien mostrar un poco más de lo que pasa últimamente en la actualidad. Seguramente el feminismo sea algo que podrían haber expuesto hace *años*.

JISU: Ya... sí, claro.

JIMOON: Dios, no me acuerdo del nombre de ese sitio. Da igual, me acordaré cuando nos vayamos cada uno por nuestro lado.

JISU: Sí, odio que pase eso.

JIMOON: Bueno, ¿y cómo fue la exposición en The Lab?

JISU: ¡Fue bien! Aunque no pude ver muchas piezas porque era la inauguración.

JIMOON: Ya, nadie admira las obras de arte durante la inauguración. Hay demasiada gente. Todos vuelven al día siguiente.

JISU: ¡Sí! Yo estuve sacando fotos, así que no me dio tiempo a mirar.

JIMOON: ¿Te gusta la fotografía?

JISU: Soy autodidacta. Nada sofisticado.

JIMOON: No sé si has ido, pero la exposición de Ansel Adams en el Museo de Arte Moderno de San Francisco es muy buena.

JISU: Perdona, ¿cuál?

JIMOON: Ansel Adams... Sabes quién es, ¿no?

JISU: ¿Eh? Sí, claro. El... fotógrafo.

JIMOON: ¡Exacto! *El* fotógrafo.

JISU: ¿Qué otros favoritos tienes?

JIMOON: Los típicos como Ansel, Diane Arbus, Lewis Wickes Hine. De hecho, mi madre tiene varias obras de Arbus. ¿Quién te gusta a ti?

JISU: Eh... los mismos. Arbus, Hine, todos. Sí. ¿Qué te gusta de sus fotos?

JIMOON: Me encanta la naturaleza, así que las fotografías en blanco y negro de Adams están entre mis favoritas. Con respecto a Arbus, esto puede sonar muy típico, pero inmortaliza a la gente como nadie. Gente normal, enanos, gánsteres, niños, cantantes, contorsionistas. Los trata a todos por igual.

JISU: Eso es lo que más me gusta de la fotografía. Cuando se puede inmortalizar la sinceridad de la persona frente a ti.

JIMOON: ¿Cuál es tu favorita?

JISU: ¿Te refieres a una foto en particular?

JIMOON: Sí, la que más te gusta.

JISU: Um... creo que no tengo. Y, si te soy sincera, no sé mucho. Ha sido hace poco cuando he cogido una cámara y he empezado a trastear con ella.

JIMOON: Ya lo pillo. Bueno, si eres una fotógrafa de verdad, tienes que conocer las obras de los maestros.

JISU: Supongo. Sigo aprendiendo, foto a foto.

17

—*Aigoo*, ¿por qué suena nuestra hija tan triste? —preguntó el padre de Jisu.

—Por nada, *appa*. Solo estoy cansada.

Solo quedaba una semana de clases hasta las vacaciones de invierno. Una semana antes de que enviase sus últimas solicitudes de universidad. Solo una semana para que se montase en un avión rumbo a Seúl. Rumbo a casa.

—Asegúrate de dormir mucho. ¡Y bebe agua! —La voz del señor Kim se fue apagando. Se notaba que la señora Kim le estaba quitando el teléfono.

—Jisu-ya, ¿estás enferma? ¿Por qué estás cansada? ¿Va todo bien?

Jisu suspiró.

—Sí, *omma*. Me quedé hasta un poco más tarde de lo normal estudiando. —Sabía exactamente qué decir y cuándo.

—*Aigoo*, trabajando mucho. Pero pronto llegará navidad.

—¡Lo sé! Estoy deseando volver. Os echo muchísimo de menos a todos.

Jisu pensó en todo lo que tenía que hablar con Euni y con Min. Euni y ella habían hablado un poco por Kakao, pero las conversaciones habían sido esporádicas y todavía no se sentía lo suficientemente bien como para hacer una videollamada con ella.

—Pues tu padre y yo te tenemos una sorpresa —dijo la señora Kim. ¿Sorpresa? ¿Iban a hacer que volviese antes? ¿O la iban a trasladar de nuevo a Daewon?—. Tu padre y yo, y tu abuelo, ¡vamos a ir a verte en Navidad! El otro día reservamos los billetes.

A Jisu se le cayó el alma a los pies. *No. No, no, no.* Desde que había recibido aquella llamada de Min, la promesa de volver a casa, aunque solo fuera durante una corta semana y media, era lo único que había mantenido cuerda a Jisu.

—*Omma...* suena genial, pero...

—Genial, ¿verdad? Podrás enseñarnos tus lugares favoritos. Y nos haremos fotos al lado del Golden Gate...

—No podéis venir —se le escapó a Jisu.

Hubo silencio.

—¿Por qué? ¿Qué ocurre? ¿Ha pasado algo? —Su madre parecía verdaderamente preocupada.

—Necesito volver a Seúl.

—Jisu-ya, sé que quieres venir. ¡Pero nosotros iremos para estar contigo! Y así no tendrás que lidiar con el horrible *jet-lag* cuando vuelvas al instituto.

Claro. Era obvio que las razones de su madre estaban ligadas a Jisu y a su desempeño educativo. Siempre había sido así. Tal cual.

—No, no lo entiendes —respondió Jisu con voz temblorosa—. Euni está enferma. Acaba de salir del hospital. Tengo que verla.

—Ah... ya me había enterado de lo de Eunice —dijo la señora Kim.

¿Y por qué no se lo había contado?

Seguramente pensase que no debería distraer a Jisu con esas noticias. Esas noticias sobre *su mejor amiga*. Eso había pasado.

—Jisu-ya, lo siento mucho. Eunice es una chica encantadora e inteligente. Pero sabes lo débil que es. Todas las madres bromean con que educación física es la única asignatura en la que no es la primera.

—No bromeo, *omma*. —Jisu estaba que trinaba. ¿Cómo se atrevía a hablar de Euni así?

—Sé que no, no quería que sonase así. Lo siento —se disculpó la señora Kim—. Pero ya hemos reservado los billetes, Jisu. Puedes hacer videollamadas con Euni cuando se recupere. Min puede mantenerte informada. Pero el plan ya está en marcha, querida.

Jisu quiso gritar. Tan alto que todo el mundo en el Área de la Bahía y cruzando el Pacífico hasta Seúl la oyera. Pero estaba cansada de pelear, de oponerse. Así que colgó en silencio.

Se tumbó sobre la cama sintiéndose inútil. Como un barco diminuto y sin ancla perdido en el mar. Quería llamar a Dave y desahogarse. *Ni te imaginas lo que acaba de hacer mi madre.* Pero seguramente estuviese ocupado con Sophie y no quería agobiarle con eso. ¿Hiba? ¿Jamie y Tiffany? Todos estaban ocupados en esos momentos.

Jisu tenía el dedo sobre el nombre de Austin y su número. Lo único que tenía que hacer era tocar la pantalla.

Dejó el móvil y fue a la habitación de Mandy.

—Dios, me encanta el vestido verde. ¡Póntelo! —Mandy estaba haciendo una videollamada con una amiga—. Ah, hola, Jisu. ¿Qué pasa? —Mandy giró el móvil hacia Jisu—. Esta es Jisu. Ya te he hablado de ella. Es una estudiante de intercambio de Corea. Va al instituto.

Jisu saludó con un gesto, incómoda.

—Estoy ayudando a Dana a elegir un vestido para el *bat mitzvah* de Eliza el fin de semana que viene. ¿Quieres echarnos una mano?

—Os dejo solas —exclamó Jisu. Cerró la puerta de Mandy y volvió a su cuarto.

No debería escribirle. No debería ser la primera en mandarle un mensaje. La mano de Jisu permaneció sobre el teléfono. *Aj, no me importa.* Sí le importaba, pero no lo suficiente como para no escribir a Austin.

Hola.

Había dejado el dedo sobre la tecla de enviar. Jisu cerró los ojos y la pulsó. Después tiró el móvil a la alfombra y se escondió bajo las sabanas. ¿Por qué le resultaba tan intenso el momento de mandarle un mensaje a un chico?

Estaba lista para quedarse dormida bajo las sábanas, despertar a la mañana siguiente y no ver una respuesta de Austin. Pero, tan solo un momento después, su teléfono sonó. Se espabiló y se sentó en la cama.

> Eyyyyyyy.

Le tocaba responder a ella. Por una parte, deseaba no haberle escrito.

> ¿Qué haces?

> ¿Ahora mismo? Estoy en Tito's. En el típico descanso para echar un cigarro.

> ¿Fumas?

> Nah. Pero los otros sí. Fumar es asqueroso, por cierto.

Jisu no sabía cómo continuar la conversación. Sabía qué quería hacer —ver a Austin—, pero no sabía cómo a costa de su orgullo. Ella le había escrito primero. ¡Ahora le tocaba a él!

> ¿Qué haces tú?

> Estoy en mi cuarto. Aburrida.

> ¿Quieres quedar? Puedo ir.

Quedar. La palabra que menos le gustaba a Jisu.

> Sí, no estoy haciendo nada.

Sintió como si volviera a estar enganchada. Como si se dirigiese directa y sin frenos a unas arenas movedizas. Pero no le importó.

—Puede venir, pero tendrás que dejar la puerta abierta —concedió Linda.

Jisu había estado preparada para explicarle quién era e inventarse un supuesto trabajo que tenían que hacer, pero no fue necesario. Cuando llegó Austin, Linda ni se quedó merodeando ni estuvo encima de ellos aparte de saludarlo. Jisu y Austin subieron las escaleras hasta su cuarto y dejaron la puerta abierta.

Habían estado hablando por mensaje solo hacía quince minutos y ahora él se encontraba allí, en su habitación, sentado en el borde de la cama. ¡Quince minutos! Jisu estaba exultante, como si tuviera un superpoder nuevo. Y también estaba nerviosa otra vez. Sí, había estado encima de él y se habían liado en su coche, pero aquel fue un paso importante para Jisu. Y el hecho de que Austin se encontrara en su cuarto se le antojaba como otro paso emocionante más.

Austin se inclinó para besarla y la mayoría de los nervios de Jisu se evaporaron. Parecía familiar, reconfortante. Como dejarse caer en un gran sofá cómodo y no querer levantarse nunca de él.

—¿Quieres que cierre la puerta? —preguntó él. Debió de verla mirándola desde que había llegado.

—No. Linda me ha dicho expresamente que la deje abierta. Es la única regla que pone cuando vienen chicos. —Jisu se apoyó contra el cabecero de la cama, aún nerviosa y a la vez agradecida por la regla de Linda. Ir despacio no era nada malo.

Austin gateó hasta colocarse a su lado y también apoyó la cabeza en el cabecero.

—Dime, ¿qué vas a hacer en Navidad? ¿Vas a volver a Seúl? —inquirió.

—Pues la verdad es que no —empezó a responder ella. Jisu deseo contarle lo que estaba pasando. Lo de Euni, sus padres, todo. Pero una parte de ella sabía que la reacción o la respuesta que obtendría no le iba a gustar—. Van a venir ellos a San Francisco.

—¡Qué guay! Les podrás enseñar todos los sitios chulos a los que te he llevado. —Austin la miró y sonrió.

—¿Qué vas a hacer tú en vacaciones? —Fue el turno de preguntar de Jisu.

—Trabajar en el restaurante. Se pone superlleno en esta época del año. —Austin posó la mano en la rodilla de Jisu—. Quizá no debería haberme ido del trabajo, pero me has mandado un mensaje. —Austin subió la mano por el muslo de Jisu. Ella la volvió a dejar en la rodilla. No lo rechazó del todo.

—Quiero que los conozcas.

—¿A quién?

—A mis padres. Quiero presentártelos.

Austin se quedó quieto. Jisu dejó que el silencio entre ambos se alargase. Iba a dejar que él hablase primero.

—Jisu... no creo que sea una buena idea. —Austin suspiró y sacudió la cabeza. Como si hubiese sabido que ese momento iba a llegar. Como si ya hubiera pasado por eso.

—¿Por qué no? Hemos estado quedando, nos gustamos...

—Lo sé. Y es verdad. Pero ¿tus padres? Eso es serio.

—¡Yo he conocido a tus tíos!

—Vale, eso es distinto.

—¿Por qué?

—No soy uno de esos sofisticados chicos coreanos que va a heredar una empresa o un tipo de persona con la que tus padres te estén intentando emparejar. ¿Crees que querrían conocerme?

Jisu no se podía creer lo que estaba haciendo. Estaba prácticamente rogándole.

—Bueno, ¿y si sí que quieren?

—Jisu, no voy a conocerlos.

Jisu se sintió como una idiota. Austin Velasco nunca hacía nada que no quisiera hacer. No debería haberle escrito.

—Creo que deberías marcharte —le dijo ella.

—¿Qué? —Austin no se movió de la cama— ¿Lo dices en serio?

—Sí. —Jisu se levanto y abrió la puerta aún más.

—Vale. —Austin cogió la chaqueta de la cama— De todas formas, seguro que me necesitan en el restaurante.

Se marchó, cabreado. Jisu soltó un profundo suspiro y volvió a dejarse caer sobre la cama. El cojín sobre el que se había apoyado todavía olía a él. Como a una mezcla de océano, aceite de freír y champú caro. Jisu gruñó y quitó el cojín de la cama. No lo había creído posible, pero ahora se sentía aún peor.

Cogió el móvil y buscó el nombre de Austin. *Ya estaba bien de dejarse llevar.* No vaciló. *Eliminar contacto.*

CITA N°17

NOMBRE: Han Samuel

INTERESES
Rugby, estudios de Oriente Medio.

METAS
Traductor en la ONU.

JISU: Espera. ¿Cuántos idiomas hablas?

SAMUEL: Tres con fluidez. Y estoy perfeccionando un cuarto. Pero puedo leer y escribir sin problemas en los cuatro. Y este semestre voy a intentar aprender un quinto.

JISU: ¡Qué locura!

SAMUEL: Es literalmente el único talento que tengo. En lo demás soy pésimo.

JISU: Bueno, es un don muy raro e impresionante. ¿Qué cuatro idiomas hablas?

SAMUEL: Inglés, coreano, español y francés. Estoy intentando aprender italiano, que es más sencillo de lo que pensaba.

JISU: Sabes cinco lenguas. Lo normal, vaya.

SAMUEL: ¡No! Ni siquiera estoy fingiendo ser modesto. En cuanto dominas una lengua romance, las otras son muy fáciles de aprender. Así que después del italiano, quiero intentar aprender portugués.

JISU: Debes de ser la persona más estudiosa del mundo. No creo haber conocido a nadie que hable más de tres idiomas, como mucho. Entonces, ¿quieres trabajar en algo relacionado con la lingüística o la traducción?

SAMUEL: Todavía no estoy cien por cien seguro, para ser honesto. Pero creo que quiero trabajar en la ONU.

JISU: ¡Tiene sentido!

SAMUEL: Sí, y así podré viajar a todos los países.

JISU: ¿Has estado en Francia, Italia o cualquiera de esos otros países?

SAMUEL: Ah, sí, muchas veces.

JISU: ¿Muchas?

SAMUEL: A mi familia le gusta viajar. Así es cómo empecé a desarrollar el gusto por las lenguas. Nací en Nueva York y luego pasé unos cuantos años en París cuando mi padre trabajaba allí. Nos mudamos a San Francisco cuando tenía diez años. Así que para entonces ya me sentía cómodo hablando inglés, coreano y francés.

JISU: Vaya, ¿entonces os vais a ir de viaje estas vacaciones de Navidad?

SAMUEL: No, es la única época en la que nos quedamos en el Área de la Bahía. Los demás se van de viaje, así que nosotros tratamos de evitarlo y nos quedamos aquí.

JISU: Entonces, no solo viajáis a menudo, sino que viajáis cuando los demás normalmente no lo hacen. ¡Debe de ser genial! Y no hay mejor manera de aprender una lengua que estar inmerso en ella.

SAMUEL: Eso es muy cierto. Básicamente, todas mis niñeras me han enseñado a hablar un idioma diferente.

JISU: ¿Todas tus niñeras? ¿Cuántas has tenido?

SAMUEL: Una por cada vez que nos mudábamos hasta que ya no me hizo falta ninguna. Así que unas tres o cuatro. ¿En Corea las niñeras no se estilan?

JISU: Eh… creo que no. Vaya, yo no tuve ninguna y tampoco es que la necesitase. Soy hija única, así que…

SAMUEL: ¡Yo también soy hijo único! Pero mis padres trabajaban los dos, así que…

JISU: Los míos también. Supongo que tienen trabajos muy distintos.

SAMUEL: Voy a pedir la cuenta… No, pago yo.

JISU: Vaya, ¡gracias! ¿Estás seguro de que no quieres ir a medias?

SAMUEL: Por favor. No te preocupes. Ni de todas las que vengan. Yo me encargo.

JISU: ¡Gracias, Samuel! Espera. ¿Está incluida la propina?

SAMUEL: ¿Eh…? No, he dejado propina.

JISU: Pero solo es un dólar. Yo tengo suelto si quieres dejar más.

SAMUEL: No, no, no pasa nada. Solo hemos pedido café. Lo único que hacen, literalmente, es servir bebidas.

JISU: Um… yo me he pedido un capuchino caro y tú un café con leche con espuma.

SAMUEL: Sí, exacto, dos cafés. ¿Qué? ¿Te sientes generosa porque es casi Navidad? Venga, ¡vamos! Te llevaré a casa.

JISU: ¿Me esperas fuera? Necesito ir al baño rápido.

SAMUEL: ¡Vale! Me parece bien.

JISU: (Para sí misma en la mesa) Dos, tres, cuatro, cinco. Ojalá tuviese más dólares sueltos. Esto debería servir.

18

El señor y la señora Kim habían alquilado una casa entera en lo alto de las colinas para su estancia de dos semanas en San Francisco. La vista que daba a la ciudad era impresionante, y el aire le sentaría bien a su *haraboji*. Debido a su condición física, no podrían moverse mucho por la ciudad, así que al menos podrían disfrutar de San Francisco desde arriba.

Jisu tocó el timbre de la casa de Airbnb. Los propietarios la habían decorado con objetos navideños. El patio delantero estaba lleno de luces y había una preciosa corona ornamentada colgando de la puerta. El señor y la señora Kim abrieron la puerta de par en par y abrazaron a su hija de inmediato. Jisu casi se echó a llorar.

¿Llorar? ¿Por qué estoy llorando? No ha pasado tanto tiempo.

Solo había estado unos meses fuera de Seúl, el equivalente a un campamento de verano, pero habían sido unos meses difíciles.

—*Aigoo*, mi Jisu. ¡No llores! —exclamó la señora Kim, emocionándose ella también. Cogió el borde del delantal y secó la cara de Jisu antes que la suya propia. El señor Kim las mandó entrar deprisa, lejos del fresco viento invernal.

Sus lágrimas eran agridulces. Aunque le aliviaba y se alegraba de ver a su familia, se acordaba de Euni y Min. ¿Cómo estarían pasando sus queridas amigas las navidades en Seúl? Euni le había mandado varios mensajes y fotos para hacerle saber que se estaba recuperando en casa. Pero no era igual que sentarse a su lado y hablar cara a cara. Estando a su lado.

—¡*Haraboji*! —gritó Jisu antes de abrazar a su abuelo. Había echado mucho de menos a sus padres, pero era obvio a quién de los tres había sido al que más.

—¡Ten cuidado, Jisu! ¡Vas a tumbar a *haraboji*! —la regañó la señora Kim mientras conducía a su suegro al sofá del salón.

—No pasa nada. —*Haraboji* hizo un gesto a la señora Kim para disculparla. Le sonrió a Jisu—. Me alegro de ver a mi nieta.

—El vuelo ha debido ser muy largo e incómodo. ¿Por qué has venido hasta tan lejos? —le preguntó Jisu—. Incluso le dije a *omma* que quería ir yo a Seúl como habíamos pensado en un principio.

—¡Yo también le dije que debías volver! Sabía que echarías de menos Seúl y a tus amigas, pero, claro, tus padres no me hicieron caso —susurró *haraboji* como si intentasen mantener esa alianza en secreto. Siempre estaba de su parte. Era el único en casa que la escuchaba y la veía de verdad.

—¿Cómo podría haberme perdido la oportunidad de ver a mi Jisu? No te había visto en mucho tiempo. Cuando eres mayor como yo, una semana sin ver a tu nieta parece una eternidad.

Jisu se agarró al brazo de su abuelo y se apoyaron el uno en el otro. Dos gotas de agua, dos generaciones separadas. Parecía como si estuvieran acurrucados en el sofá de su apartamento en Corea. Aunque, en lugar de ver Seúl a través de las ventanas, miraban hacia la Bahía.

A pesar de echar de menos a Euni y Min, Jisu se sentía cómoda y en un ambiente acogedor. Tuvo ganas de levantarse, coger su cámara y sacarle fotos a su abuelo en el sofá mientras disfrutaba de los últimos rayos de sol del día. Pero ¿por qué arruinar un buen momento intentando congelarlo? No se movió, feliz por una vez de participar en lugar de observar.

Fuera, el sol comenzó su descenso diario. El horario de Seúl se adelantaba diecisiete horas. Allí era por la mañana, y Jisu se preguntó qué estarían haciendo Euni y Min. Se imaginó a Min por la calle con los cascos mientras practicaba la última coreografía que había aprendido de camino a casa de Eunice. Las imaginó yendo a su cafetería favorita y pidiendo chocolate con extra de nata para ambas, un premio especial por ser vacaciones. Seguramente cotillearían de la gente de clase. ¿Qué estudiantes de Daewon habrían sido aceptados con antelación? Jisu se imaginó caminando por la calle, doblando la esquina y entrando en la cafetería. Euni y Min se girarían con la boca abierta, gritando. Las tres se abrazarían.

¡Te hemos echado tanto de menos!

¡Yo también os he echado mucho de menos! Siento haberme ido.

No vuelvas a marcharte.

—¿Jisu?

Era *haraboji*. La miraba como si esperase una contestación.

—Perdón, ¿qué has dicho? —preguntó, levemente sonrojada y esperando no haber ofendido a su abuelo.

—¿En qué estabas pensando con tanto ahínco?

—En Euni y Min. Las echo mucho de menos.

—¿No habláis por Kakao o videollamada?

—Sí. Pero no es igual. Si no hubierais venido a San Francisco y solo pudiésemos comunicarnos por videollamada, no sería igual.

—Pues no. —*Haraboji* le sonrió a Jisu con comprensión—. Sé que es duro, pero unos pocos meses más y todo esto habrá acabado. Tus padres hacen lo que creen que es mejor para ti.

Jisu se preguntó si lo que su abuelo consideraba «bueno para ella» era igual que lo que pensaban sus padres. ¿Tanto les hubiera costado dejar que volviera a Seúl? ¿No habría sido más fácil que volase una persona en lugar de tres, siendo una muy mayor?

Ver a Euni y Min haría más duro volver separarse de ellas.

El cambio horario le provocaría jet-lag.

No puedes permitirse tener problemas de sueño al volver.

Es el momento más importante del año, el más importante del instituto.

La señora Kim no tenía que soltar nada de ese *jansori*. Jisu podía repetir los consejos de su madre de memoria. Al final, sus padres estaban tomando esas decisiones por ella, lo quisiese o no.

—Dime, Jisu. —*Haraboji* extendió las manos—. ¿Qué has aprendido hasta ahora en tu estancia en Estados Unidos? Aparte de lo que te enseñan en el instituto.

—Pues...

227

Jisu recordó los últimos meses de su vida. Toda la gente que había conocido. Kaylee, de brazos abiertos el primer día de instituto; Jamie y Tiffany haciendo que fuese una más cuando salían; Hiba enseñándole la ciudad; Dave invitándola a su casa para que la señora Kang la cebara... incluso Austin, que la había llevado a sus lugares favoritos de la ciudad.

—La gente —empezó Jisu—. Cuando te aceptan, empiezas a formar parte de su vida. Te conviertes en una más.

—Entonces, ¿ahora eres una más? —*Haraboji* la miraba por encima de las gafas.

Jisu pensó en todo lo que había hecho durante los últimos meses. Había aprendido a surfear, había ayudado a que unos niños aprendiesen a patinar sobre hielo, había asistido a mítines, exposiciones de galerías y juntas de ayuntamiento para buscar inspiración y sacar fotos; había hecho amigos nuevos; incluso había asistido a varias *seon* y había intentado algo con un chico. Aunque a saber qué sentía él por ella... pero, bueno. A pesar de los límites impuestos al haberla mandado a Wick, había conseguido vivir la vida como surgía, como *ella* quería. Por una vez, no estaba planeando todo al dedillo, calculando qué amistades resultarían más beneficiosas a largo plazo o comparando qué afición sería más efectiva para sus solicitudes de universidad.

—Sigo siendo yo. Jisu, la chica de Seúl. Pero algo de este sitio me está cambiando —dijo.

—¿Tienes más fotos para enseñarme? —le preguntó *haraboji*, pero sin el tono acusatorio o preocupado que normalmente usaba su madre. Al contrario, parecía tener la esperanza de que Jisu continuase con su pasión por la fotografía.

Sacó el portátil de la mochila para enseñarle a su abuelo todas las fotos que había sacado, pero que no le había enseñado, en los últimos meses: Crissy Field, Dolores Park, el distrito Mission y City Lights.

—¡Usé la cámara en un columpio y casi me caigo intentando sacar esta foto! ¿Ves cómo parece que la ciudad está bajo tus pies?

Como si fueras un pájaro mirando hacia abajo. —Jisu amplió el paisaje urbano.

—Deberías ver cómo se te ilumina la cara cuando hablas de tus fotos —exclamó *haraboji*.

Le gustaba la forma en que *haraboji* la miraba. Jisu podía oír a sus padres, ocupados en la cocina. Les había enseñado fotos, pero no les mostraría todas. Eso sería darles más munición para que se lo echasen en cara. *¿Cuándo has tenido tiempo de hacerlas? Asegúrate de no salir hasta tarde. No hagas muchas fotos a desconocidos, ¿y si se cabrean e intentan pelearse contigo?*

—Creo que hacerlas me ha hecho más feliz. Al menos me ayuda con el estrés —admitió Jisu mientras pasaban las fotos del álbum.

—Jisu-ya, me alegro de que hayas seguido. El instituto, las notas, la universidad... todo eso importa mucho. No me preocupas en ese aspecto. Eres lista. Pero tienes que aprovechar estos momentos para descubrir lo que te gusta, lo que no y lo que te motiva. Si no, ¿qué te queda?

Jisu asintió. Que se lo dijera le devolvió las fuerzas. Como si fuese una planta marchitándose que no se percata de lo seca que está.

—¿Sabes? Veo muchas similitudes entre tu generación y la mía.

—¿La mía? ¿No la de *appa*? —le preguntó Jisu. Miró a su padre. El señor Kim estaba al teléfono paseándose por el pasillo. Supuso que era una llamada del trabajo. Aquí era por la tarde, y en Seúl la hora de empezar a trabajar.

—No, la de tu padre no. Mi generación, tanto antes de la guerra como durante ella, se esforzaba por lo que quería. Salíamos al mundo y hacíamos lo que podíamos. Quizá porque no había otra opción, ya que Corea seguía siendo un país muy pobre asolado por la guerra. Pero después vino la generación de tus padres. Muy preocupados por el éxito y el dinero. —*Haraboji* se mostraba solemne—. Su generación tuvo muchas cicatrices mientras nos recuperábamos de la guerra. Y aquello creó una determinación férrea que le ayudó al país a remontar. Pero ahora eso es lo que le obsesiona a tu padre y a su generación; asegurarse de que su familia esté a salvo pase lo que pase.

Haraboji señaló a su hijo y lo invitó a sentarse con ellos. El señor Kim levantó un dedo, prometiendo sentarse con ellos a través de gestos animados.

—¿Ves? —se rio *haraboji*, pero Jisu sintió que la situación no le hacía gracia—. Sin embargo, Jisu, veo esa curiosidad genuina en ti. Cuando me enseñas fotos o me cuentas cosas de tus amigos nuevos.

—Creo que no soy de estudiar —admitió Jisu, avergonzada.

—No, no. Escucha a tu abuelo —insistió *haraboji*, más serio—. No ignores lo que te apasiona. No ignores esa voz en tu cabeza. Ya sabes, la que habla desde el corazón. Si ignoras algo así mucho tiempo, ¡al final explotará y creará un caos!

—Vale, *haraboji*. No lo haré —prometió Jisu fervientemente.

—Lo digo en serio. Tus padres han trabajado mucho para brindarte estas oportunidades. Sé que son duros contigo. Y tú eres buena hija. Pero no eres como ellos. Tú ves el corazón del mundo y quieres formar parte de él. Y lo peor será cuando te veas en el futuro con un trabajo que ni siquiera te gusta. Al final, todos queremos lo mismo para ti. Queremos que seas feliz.

Jisu meditó esas palabras. Debía haber oído mil formas repetidas de *tus padres lo hacen por ti*, pero esta fue distinta.

El señor Kim colgó y fue a la cocina, donde se encontraba la señora Kim cortando fruta y colocándola en un plato. Abrazó a su mujer por la espalda, le besó la mejilla y se sentó a su lado. Jisu observó a su padre coger otro cuchillo para ayudar a su madre a cortar fruta. Parecían cansados —era lo que tenía un vuelo de diez horas—, pero felices y estables. Y Jisu sabía qué quería decir su abuelo. Claro que iba a ser *haraboji* quien le soltase las cosas tal cual eran.

—Solo unos trozos para que nos sacien hasta la cena —exclamó la señora Kim mientras entraba al salón con su marido y una bandeja llena de fruta y comida coreana para picar.

—Pero no comáis mucho o no tendréis hambre cuando lleguemos al restaurante —dijo el señor Kim. Había reservado mesa en un restaurante de barbacoa coreana del centro.

—¿Solo queréis comer comida coreana mientras estéis aquí? —les preguntó Jisu, a pesar de echar mucho de menos los sabores de su país.

—Queremos ver si la comida de aquí se puede comparar a la de casa. ¡Tenemos que asegurarnos de que cumple los requisitos para nuestra hija! —bromeó el señor Kim, como haría cualquier padre.

Jisu mordisqueó un trozo de manzana. Había otras cosas, como patatas y galletas, que su madre había traído de Corea. Había traído las favoritas de Jisu: patatas con sabor a gamba, pastelitos dulces de miel, tartas de chocolate y bastones Pepero.

Jisu abrió una caja de Pepero y la galleta cubierta de chocolate la devolvió de inmediato a la hora de comer en Daewon High. Min siempre estaba a dieta con la esperanza de conseguir una figura ideal para ser una estrella del pop, pero sentía debilidad por los Pepero. Siempre llevaba una caja a la hora de comer y los compartía con Euni y Jisu.

Tomad. Alejadlos de mí. No debería estar comiéndomelos, decía siempre que se acababa un delgado bastón de Pepero en tres mordiscos grandes.

Min, la mejor manera de no comer Pepero es no comprarlos, la picaba Euni. Y entonces las tres se echaban a reír y le hacían caso. Solo tardaban cinco minutos en acabarse la caja.

—Jisu-ya, ¿estás bien?

La señora Kim acunó la cara de su hija y la miró preocupada.

—Estoy bien —dijo Jisu mientras salía de sus ensoñaciones—. Me alegro de que estéis aquí. Lo que pasa es que echo mucho de menos nuestra casa.

—Lo sé, lo sé. —La confortó la señora Kim—. En unos pocos meses más todo esto habrá acabado. Sé fuerte, cariño. —Echó un trozo de caqui en el plato de Jisu—. Cómete esto, está maduro y muy rico.

—Sí, come algo de caqui —intervino el señor Kim—. He leído que son geniales para el sistema inmunológico. Que te dan un buen chute de energía.

Jisu se llevó el trozo de caqui a la boca de forma obediente. Por mucho que sus padres estuviesen siempre metiéndose en sus asuntos, le gustaba que alguien la cuidase de esa manera. El caqui era el mismo tono que el sol que se estaba ocultando, un tono brillante que otras naranjas y mandarinas envidiarían. Era suave y crujiente a la vez. El sabor era dulce y enmelado. Se acordó del caqui que la madre de Dave había pelado meticulosamente para dárselo.

—Dime, Jisu. ¿Cuántas te quedan?

—¿Cuántas qué?

—Ya las ha mandado casi todas; ocho, ¿verdad, cariño? Y en las vacaciones mandará las otras dos —contestó la señora Kim—. La Universidad de Chicago y Harvard.

Solo había sido cuestión de tiempo que la conversación volviese al tema de las solicitudes de universidad de Jisu. Las universidades de Chicago y Harvard. Por supuesto, sus padres querrían sobre todo que entrase en una universidad de la Ivy League, pero también se alegrarían si la vieran asistir a la Universidad de Chicago. Esos dos nombres iban a pesarle durante el resto de las vacaciones hasta que pulsase «enviar». Toda la presión que *haraboji* había conseguido quitarle regresó. La ola venía hacia Jisu y la arrastraría por los tobillos hasta la inseguridad de las solicitudes de universidad. No era una buena forma de pasar las vacaciones.

—Pase lo que pase, nuestra Jisu lo hará genial. Vaya adonde vaya —espetó *haraboji* de forma autoritaria, como si zanjase con eso la conversación.

—*Aigoo*, ¡tu *haraboji* ha pasado menos de veinticuatro horas aquí y ya se ha contagiado de ese estúpido optimismo estadounidense! —exclamó la señora Kim.

Pero a Jisu no le molestaron las palabras de su madre. Ese estúpido optimismo, la voluntad de hacer simplemente lo que se pudiese y dejar que la universidad se encargase del resto, no era ni estadounidense ni coreano. Era quien Jisu era en realidad. Y ahora Jisu veía al anciano sentado frente a ella y sabía de quién lo había heredado.

En cuanto los Kim y los Murray entraron al restaurante, les sobrevino el olor fuerte de la cebolla, el ajo y la carne marinada. Para cuando llegaron hasta su mesa, Jisu supo que todos los olores se le habían pegado a cada mechón de la cabeza y cada hilo de su suéter. Ir a comer barbacoa coreana significaba que olerías igual que tu comida durante las próximas horas hasta que te lavases el pelo y la ropa. Pero siempre merecía la pena.

—Huele genial —exclamó Mandy, sorprendiéndose del plato de carne cruda y verduras que los camareros dejaron en la mesa al instante. Subieron el gas y encendieron la parrilla en medio de la mesa. Los instintos maternales de Linda se pusieron de manifiesto enseguida cuando apartó a Mandy hacia atrás con un brazo.

—¿Habéis probado la barbacoa coreana? —preguntó la señora Kim.

—La hemos comido una o dos veces. Hay un sitio al otro lado de la ciudad al que hemos ido, pero es la primera vez que venimos a este. —Jeff abrió el menú y pasó la mano de arriba abajo por las opciones—. Pero es obvio que los expertos sois vosotros, así que voy a dejar que pidáis todo.

Los Murray y los Kim hablaron educadamente acerca de sus vidas en San Francisco y Seúl, respectivamente. *¿Y cómo os conocisteis? ¿Cuánto tiempo habéis vivido en San Francisco? ¿Qué tal el vuelo? Los vuelos internacionales a veces son agotadores, al menos os quedaréis lo suficiente como para que valga la pena.* Mandy miraba con la boca abierta cómo los camareros cortaban rápidamente los trozos de panceta y los colocaban sobre la parrilla.

Si había una forma rápida de curar la morriña de Jisu era comiendo panceta desde la misma parrilla. Jisu alzó un trozo caliente de carne con los palillos de metal y lo dejó sobre la hoja de perilla que tenía en la otra mano. Le untó pasta de chili y trozos finos de cebolleta. Después lo envolvió todo en una bola prieta y se la comió. La mezcla de la hierba, la cebolleta picante y la carne marinada cubierta de grasa de parrilla le supo a gloria.

El padre de Jisu hablaba animadamente entre bocado y bocado, contando algunas historias a Jeff de un compañero que bebía demasiado *soju* y se ponía en evidencia en las celebraciones de empresa. *Haraboji* se reía con las anécdotas de la historia. La señora Kim se mantenía ocupada sacando fotos para mandarlas al grupo de Kakao que tenía con sus amigas.

La campana de la entrada sonó cuando entró otro grupo de clientes. Jisu miró hacia la puerta. Se sorprendió.

¿Era...?

Era Dave Kang.

Él también estaba con su familia. No sabía por qué, pero esperaba que no la viese. Sería distinto si estuviese con Hiba, Jamie o Tiffany. O si él estuviera con uno de sus amigos, o incluso Sophie. Pero Jisu estaba con sus parientes mayores y él con los suyos. Y no había nada tan aburrido como un grupo de coreanos adultos siendo formales e intentando ver qué tenían en común y cuánta separación había entre ellos.

—Oye, ¿esa no es Jisu?

La señora Kang vio a Jisu antes de que esta pudiera agacharse y que el humo la cubriese. La mirada de Jisu chocó con la de Dave. Él le sonrió y la saludó con un gesto. Jisu le devolvió la sonrisa, resignada. Estaba con un gran grupo de gente, parecía que eran primos y otros parientes. La señora Kang apartó al resto de su familia y tiró de Dave de la manga de la chaqueta hacia Jisu y su familia.

—¿Quién es? —la señora Kim le dio un golpe con el codo a su hija.

—¿No es Dave? —susurró Mandy para que solo Jisu pudiese escucharla. Pero antes de que Jisu pudiese contestarles, su madre ya mostraba una sonrisa de bienvenida y la señora Kang ya se dirigía a su mesa.

—Hola, Jisu —dijo Dave en voz baja mientras se pasaba una mano por el pelo, como si se sintiera avergonzado de repente.

—¡Deben de ser la familia de Jisu! —La señora Kang juntó las manos. Se volvió hacia los Murray—. ¡Tanto la biológica como la anfitriona! —Le dio un abrazo a Jisu y extendió la mano al resto de personas de la mesa—. Soy la señora Kang, la madre de Dave. Jisu y Dave asisten al mismo instituto. Estuvo en casa el otro día para hacer un trabajo. ¡Tienen una hija muy educada!

—Jisu es muy educada —intervino Linda. Jisu rompió en trozos una servilleta en su regazo. Ser el centro de atención le resultaba desconcertante. Los padres de Jisu y los Murray se levantaron para estrechar la mano de la señora Kang. Un simple hola, encantado de conocerte y adiós habrían bastado. Todo esto de los saludos era demasiado.

—¿Te llamas Dave? Encantado de conocerte —se presentó el señor Kim mientras le estrechaba la mano a Dave. A continuación, se volvió hacia Jisu—. No nos habías dicho que te habías hecho amiga de un chico tan guapo. ¡Y encima coreano!

Linda se rio y Jeff sonrió ante el comentario. Jisu se sintió enrojecer, igual que su madre cuando bebía un sorbo de *soju*. Miró a Mandy en busca de consuelo, pero ella estaba demasiado ocupada echándose trozos de carne en el plato. Miró a Dave, pero él seguía con los ojos fijos en las deportivas; seguramente estaba igual de incómodo que ella. ¿Cuándo iba a terminar todo esto?

—Bueno, su hija es una joven muy agradable. Me encanta que venga. Es tan educada. Algunas adolescentes no tienen *noonchi*, ¿saben?

—¿*Noonchi*? ¿Qué significa eso? —preguntó Jeff.

—Tacto y sentido común. Pero Jisu... Jisu tiene mucho *noonchi*. —La señora Kim la miró—. Jisu-ya, puedes venir a casa de *ajumma* incluso aunque no esté mi hijo. Te prepararé comida coreana cuando la eches de menos.

—Gracias, es muy amable por su parte —le agradeció la señora Kim—. Y, como madre, me reconforta saber que alguien se la vaya a preparar.

—¿Ha venido toda su familia a celebrar Navidad? —preguntó Linda—. Habíamos oído que era el mejor restaurante de barbacoa coreana de la ciudad y queríamos traer a los Kim a un lugar que valiera la pena.

—*Es* el mejor. De hecho, hemos venido para celebrar algo todavía mejor: mi hijo acaba de ser aceptado en su primera opción de universidad. ¡Harvard!

La alegría de la señora Kim era la que se podría esperar de una madre coreana cuyo hijo ha sido aceptado en Harvard: una alegría absoluta.

A Jisu le sorprendió la noticia. ¿Cuándo se había enterado? Toda la gente de Wick estaba deseando saber qué pasaría con las universidades en las que esperaban ser aceptados anticipadamente y la mayoría lo gritaba a los cuatro vientos en cuanto se enteraban.

¿Harvard? Le preguntó a Dave moviendo los labios, y lo miró como diciendo: *¿por qué no me lo has dicho?*

—¡Felicidades! Es un gran logro —lo felicitó el señor Kim. Jisu sintió la mirada de su madre. La cual se traducía en: *¿Has oído? Harvard. Tu amigo estadounidense ha podido.*

—¡Mi niño va a ir a Harvard! —repitió la señora Kang más fuerte. Algunos de los clientes se volvieron para mirarla.

—Mamá, no tienes que gritar —dijo Dave entre dientes a la vez que sonreía.

—¿Por qué? Jisu sigue trabajando en las solicitudes normales. Que te acepten de manera anticipada significa que debes de ser un alumno especialmente sobresaliente. Si mi hija consiguiese entrar en una universidad como Harvard, se lo diría a cualquier desconocido con el que me cruzase por la calle —opinó la señora Kim.

¿Consiguiese entrar? Jamás ha demostrado tener fe en mí, su propia hija, su única hija. Jisu miró a *haraboji* en busca de ayuda, pero él ya había dejado de prestar atención a la conversación y seguía comiendo. Los mayores podían hacer lo que les diera la gana. No tenían por qué participar en los protocolos sociales.

Jisu vio que la señora Kim cambiaba de tema.

—¿Cuánto tiempo pasan nuestros hijos juntos?

—No lo sé, pero siempre que Jisu viene a casa le digo a Dave que es mucho mejor que las otras chicas a las que invita.

Mandy se atragantó con el agua. Jisu quería hacer lo mismo con la comida para que dejasen de hablar.

—¡Otras chicas! Dave, debes de ser popular. ¡Mira lo alto que eres! —comentó Jeff.

—No, no. Podría aprender modales de su hija. ¿Cómo puede ser una joven tan guapa y bien educada?

Cuanto más hablaban los adultos, más quería Jisu que se la tragase la tierra. Jeff y Linda siguieron comiendo, pero su madre y la de Dave empezaron a hablar en coreano y así siguieron. Jisu y Dave pusieron los ojos en blanco a la vez. La energía paternal los estaba agobiando y molestando. Jisu se moría de la vergüenza, pero parecía que Dave sentía lo mismo, y aunque fuera raro, eso la aliviaba.

—Mira, mamá, la tía Kay nos está haciendo gestos con la mano. Tenemos que irnos —exclamó Dave, aunque todas las personas de su mesa estaban leyendo el menú y nadie los señalaba.

—No queremos entretenerlos —añadió Jisu, siguiéndole el juego.

—*Aigoo*, siempre tan considerada, su Jisu —le dijo la señora Kang a la señora Kim.

Sintió un inmenso alivio cuando Dave y su madre se fueron a su mesa. Si la charla hubiera continuado, le habría sentado mal la comida.

—Dime, ¿hay algo que nos quieras contar de Dave? —preguntó la señora Kim a su hija con inusitadas ganas.

—Sí, Jisu. Es la primera vez que hemos oído hablar de él —añadió Linda.

—Ya lo sabéis. Es un amigo de Wick. Acaba de entrar en Harvard. Eso es todo.

Jisu volvió a enrollar el trozo de panceta en otra hoja de perilla y se metió todo en la boca, deseando no tener que hablar más de Dave o de la idea que sus padres ahora se habían hecho de él.

CITA N°18

NOMBRE: **Jang Jaeson (Jason)**

INTERESES
Tenis, videojuegos, derecho.

PROFESIÓN DE LOS PADRES
Profesora de economía en la universidad;
ingeniero civil.

JASON: ¡Iguales! Madre mía, Jisu. Me has pillado. Eres bastante buena en tenis.

JISU: Di algunas clases en Seúl. Eso fue después de intentar las clases de *ballet* durante medio año... justo antes de que fuese a clases de patinaje artístico como todas las demás chicas coreanas que queríamos ser como Kim Yuna.

JASON: Supongo que entonces debería ponerme a jugar en serio contigo.

JISU: Vaya, ¿esa es tu excusa por ir perdiendo? ¡Ha salido! Vuelve a hacer el servicio.

JASON: ¡No ha salido!

JISU: Sí que lo ha hecho.

JASON: Vale, no creo que haya salido, pero volveré a sacar. Todavía no puedo ponerme totalmente serio contigo.

JISU: ¿Me estás diciendo que no soy una digna oponente?

JASON: Para nada. Es solo que yo llevo jugando desde hace un millón de años. Iré poco a poco contigo.

JISU: No. Juega como tú sabes. No me importa.

JASON: ¿Estás segura?

JISU: ¡Sí! ¡Dale! Si gano, será porque lo haya conseguido de verdad, no porque me hayas dejado.

JASON: Está bien. Eres competitiva. Bueno, ahora yo llevo ventaja.

JISU: Todavía tienes que volver a puntuar para llevarte el partido.

JASON: Sí, ya sé cómo va el tenis.

JISU: ¡Cuarenta iguales otra vez! Ves, no se me da tan mal.

JASON: ¿Cuántas veces hemos empatado ya?

JISU: La verdad es que he perdido la cuenta. ¿Estás seguro de que no me estás dejando ganar? Para alguien que lleva jugando al tenis desde hace un millón de años, creía que serías...

JASON: ¡Ventaja! Si sigues parloteando, voy a terminar el partido ahora mismo.

JISU: Todavía no hemos acabado.

JASON: ¡Partido! Yo gano. ¿Estás segura de ello? Eh, ha sido una buena ronda.

JISU: Solo se ha puesto interesante cuando decidiste jugar en serio.

JASON: Eres muy competitiva, ¿no?

JISU: Después de ir a Daewon en Seúl y ahora a Wick, sería raro que no hubiese desarrollado algún rasgo de competitividad.

JASON: Tienes razón. Todos en mi instituto también son muy competitivos. Intentan hacer un millón de deportes o conseguir unas prácticas en Facebook mientras siguen estando en el instituto.

JISU: ¿Descansamos para beber agua?

JASON: Vaya, ¿ya estás cansada? Si acabo de empezar. Tú misma lo has dicho.

JISU: ¡No estoy cansada! Solo necesito un respiro. Tú también tienes pinta de necesitarlo. Estás sudando mucho.

JASON: ¿Sabes? Las otras veces que he traído a las chicas de las *seon* a jugar al tenis, nunca ha terminado así.

JISU: Así, ¿cómo?

JASON: Como un partido de verdad, con sets completos. Con sudor y desempates.

JISU: Ah, ¿esperabas que fuese una cursi y te pidiese que me enseñases a hacer un revés? ¿Y luego que me impresionaras con tus años y años de práctica?

JASON: Vale, *no*. No así.

JISU: Pero algo parecido, ¿eh? Bueno, ese solo ha sido el cuarto partido. Dos más. Todavía puedo ganar este set.

JASON: Toma… te toca sacar ahora.

JISU: ¡Sí! 15 a nada.

JASON: Cero.

JISU: ¿Qué?

JASON: Es 15 a cero. No *nada*.

JISU: Ah, cierto. Siempre me olvido.

JASON: ¿Sabes que en inglés se dice *love*? Quienquiera que acuñara eso era un cínico sin amor.

JISU: Sí, y apuesto a que odiaría verte intentar ligarte a chicas a costa del tenis.

JASON: ¿Eso es lo que estoy haciendo? ¿Ligarte a ti?

JISU: 30-*love*. ¡No si sigues poniéndomelo tan fácil! ¿Dónde está tu experiencia, Jason?

JASON: ¡Lo estoy intentando! Esta podría ser la primera vez que pierdo un set entero en una *seon* sin pretenderlo.

19

Era injusto lo rápido que las vacaciones habían llegado y pasado. Las dos semanas que la familia de Jisu había estado en la ciudad se le habían antojado demasiado cortas. *Haraboji* y sus padres ya se habían marchado, pero el suelo de la habitación de Jisu seguía cubierto de papel de regalo de Navidad arrugado y lazos dorados. Si no los recogía nunca, quizás seguiría siendo Navidad y su familia seguiría estando en la misma ciudad que ella.

Estar separada de ellos durante unos meses había logrado que Jisu valorara la presencia de su familia. Incluso pasó Nochevieja con ellos. Tiffany iba a dar una fiesta en el sótano de la casa de sus padres, como todos los años, pero Jisu ni siquiera contemplaba la posibilidad de dar plantón a *haraboji* y a sus padres en una de sus últimas noches.

¿Estás segura? Le había preguntado Tiffany. *¡Te echaremos de menos!*

Creo que Austin estará allí, le había mencionado Hiba. *¿Te cambia eso de parecer?*

En cualquier caso, solo reafirmaba su decisión. Él no quería conocer a su familia y tampoco parecía querer pasar mucho tiempo con ella. Austin no le había hablado realmente en vacaciones, a excepción de los mensajes casuales que no llevaban a ninguna parte o de los comentarios ocasionales que dejaba en sus fotos de Instagram con los emoticonos de las manos rezando o el de los ojos con forma de corazón. No la estaba ignorando, pero sí que parecía estar dándole miguitas de pan que bien podría recoger cuando mejor le conviniera o le apeteciera retomar su relación con ella. Cada miguita deshacía un poco más la glacial y firme determinación de Jisu de mantenerse alejada de Austin. Pero también la hacían sentir una punzada de dolor en el pecho. Él quería verla, pero no de la misma manera que ella a él.

En Nochevieja, Hiba bombardeó el teléfono de Jisu con fotos de ella misma, de Jamie y de Tiffany en la fiesta, pero por una vez Jisu fue inmune a aquel miedo que la sobrecogía cada vez que parecía estar perdiéndose algo. Empezó el Año Nuevo tranquila con su familia, los cuatro acurrucados en el sofá viendo la cuenta atrás en la televisión. A la mañana siguiente, la señora Kim hizo sopa de torta de arroz, como todos los años. El momento en que Jisu se llevó una cucharada de sopa a los labios, dio un sorbo y dejó que la calidez de la comida casera la embargara, supo que había tomado la decisión correcta.

El tiempo constante que Jisu había pasado con su familia hizo que la despedida luego le resultase más difícil. Cuando se marcharon, regresó a ella una sensación de quietud, como el vacío de un hogar después de que se hubiesen ido los invitados de una fiesta. Pero todavía quedaba un semestre más, y luego Jisu volvería a Seúl.

Jisu gimió al tiempo que se levantaba de la cama. Se inclinó hacia adelante y se obligó a recoger la basura. Las vacaciones habían terminado. Tenía que ponerse en marcha otra vez.

Al menos ya había enviado todas las solicitudes de universidad, por fin. Jisu había dejado Harvard para la última. Había dado lo mejor de sí, dedicó buena parte de sus vacaciones puliendo la redacción y añadiendo cartas de recomendación de sus profesores de Wick para mejorar su solicitud.

Cuando el instituto volvió a empezar, todos recuperaron el ritmo enseguida. Jamie y Tiffany no se mostraban tan sociables a la hora del almuerzo. En vez de saltar de una mesa a la otra hablando con la gente, se mantuvieron sentadas y se revisaron mutuamente las redacciones para la universidad. Jamie iba preparada con un bolígrafo de gel morado, y Tiffany, con otro rojo.

—¿Qué estás rodeándome tanto? —preguntó Jamie. Miró su redacción en la mano de Tiffany—. Ver todo ese rojo me está poniendo nerviosa, Tiff.

—No te preocupes, estoy rodeando tanto lo bueno como lo malo.

—¿Hay mucho malo?

—Relájate, tía. Dijiste que querías mi opinión, ¿no?

Ver a Jamie y Tiffany discutir sobre la última revisión hizo sentir mejor a Jisu por haber terminado ya. Pero una nueva energía nerviosa los envolvía... porque ahora lo único que quedaba por hacer era esperar.

Por el rabillo del ojo, Jisu vio a Austin. Se movía de grupo en grupo como si nada, como un río de agua que se abría paso por la montaña sin problemas pese a todas las curvas. Se lo veía muy despreocupado. Era exactamente el extremo opuesto a como recordaba haberlo visto la última vez, en su dormitorio, reacio ante la idea de conocer a su familia. ¿No eran, al menos, amigos? El señor y la señora Kim habían conocido a Hiba, a Jamie y a Tiffany durante su estancia. Incluso habían conocido a Dave, pese a lo fortuito y embarazoso que había sido el encuentro.

Jisu podría llamar a Austin. Sabía que él se acercaría, la saludaría amablemente y actuaría de aquel modo tan afable que la desconcertaba. Como si simplemente fuesen conocidos y no lo bastante amigos como para poder expresarle la frustración que sentía con él sin parecer estar loca. Jisu sabía exactamente lo que dirían Jamie y Tiffany. *Pero es muy majo. No te está ignorando. ¿Por qué estás molesta con él?*

Jisu bajó las manos y miró a sus amigos. Se concentró en comer y en no mirar más allá de su mesa. Había tenido la esperanza de que las vacaciones llegaran y se fueran, y con ellas lo que sentía por Austin, como un mal virus estomacal. Pero una parte de ella lo echaba de menos, aunque estuviese *justo ahí*. Se preguntaba si, en caso de verla, vendría a saludarla. A lo mejor solo le hacía falta una señal, un pequeño empujoncito por parte de Jisu.

No. Austin Velasco no era de los que necesitara empujoncitos. Vendría a hablar con ella si quisiera. Jisu no sería la que cediese. Jisu era decidida, pero también odiaba lo mucho que quería verlo.

—¡Hola! —Dave sobresaltó a Jisu. Esta era la primera vez que veía a Dave desde que ambos hubiesen tenido que ser testigos de la vergonzosa conversación trivial de sus madres.

Estaba en la sección de literatura británica de la biblioteca hojeando una copia de *Oxford Book of English Verse*. Las clases habían comenzado ese mismo día, pero ya tenía un examen la semana siguiente.

—¡Shh! ¡Vas a hacer que nos echen! —susurró Jisu. Había pasado demasiadas horas de tutoría en la biblioteca con Hiba intentando no echarse a reír. La señora Cole, la bibliotecaria, siempre las estaba fulminando con la mirada.

—¡Hola, señora Cole! —Dave saludó a la bibliotecaria con la mano cuando esta pasó por su lado empujando un carro lleno de libros. En vez de fruncir el ceño como normalmente hacía, la señora Cole sonrió. Por supuesto, Dave podía ganarse hasta a la gruñona señora Cole.

—¿Ves? Me adora. No pasa nada. —Dave sonrió—. En fin, llevo todo el día buscándote.

—¿Has estado buscándome?

—Sí. Dos cosas. Una... siento muchísimo que mi madre fuese tan bochornosa la otra noche, gritando lo de Harvard y demás. Nunca me he sentido más humillado.

—No tienes nada de lo que disculparte. ¡Tu madre estaba muy emocionada por ti! Es un amor... me encanta. —Jisu cerró el libro de poesía británica y recorrió el pasillo. Dave la siguió—. En todo caso, soy *yo* la que debería disculparse —dijo—. Quería morirme cada vez que mis padres empezaban a hablar. Juro por Dios que me han mandado a tantas citas aleatorias y están tan desesperados por que salga con alguien a estas alturas que han dejado a un lado todas las convenciones sociales.

—Aunque esa es prácticamente la norma para los coreanos.

—Oh, totalmente. Las madres coreanas siempre están halagándose por sus atuendos, sus niños o sus maridos.

—Sí, eso o lanzándose cumplidos con doble sentido.

—Ay, Dios, es graciosísimo cuando las *ajummas* no dejan de dedicarse falsos cumplidos. Una vez, en primaria, hubo una niña que fue cruel conmigo. Yo ni siquiera se lo conté a mi madre, pero de alguna forma la noticia le llegó. Al día siguiente, a la hora de la salida, fue hacia la madre de aquella niña y le dijo: «Todos hablan de lo valiente y agresiva que es su hija. Solo espero que ese comportamiento tan avasallador y poco refinado le sirva en los estudios y en la vida». Sí, sí, le dijo eso.

—Vale, bueno, mi madre odia a mi tía; la hermana más pequeña de mi padre. Y cada Acción de Gracias, cuando nos reunimos, siempre le dice lo «rolliza y sana» y «bien alimentada» que está. Ya sabes a lo que eso se refiere. Y mi tía no le dice nada, porque sabe que lo mejor es no meterse con mi madre.

—¿Tu madre le dice eso? Pero si a mí me parece muy amable. ¡No me la imagino diciendo eso!

—Bueno, ya sabes cómo son. Si estás de su parte, eres la mejor. Si no, pues buena suerte.

—Sí, si lanzar cumplidos con doble sentido fuese un deporte Olímpico, las *ajummas* de Corea del Sur ganarían el oro, la plata *y* el bronce. —Jisu se rio, quizás demasiado alto para el gusto de la señora Cole, pero no le importó. Los dos caminaron hasta el mostrador y Jisu tramitó el préstamo de su libro.

—Ah, y otra cosa —dijo Dave. Deberíamos quedar una vez más para el trabajo.

—Pero la última vez avanzamos mucho. Ya casi hemos acabado, ¿no?

Era cierto. La última vez que habían quedado antes de las vacaciones, habían terminado la presentación de PowerPoint y habían repasado toda la información. La señora Kang había preparado estofado de *kimchi* y había cocido unas bolas de masa caseras. Fue fácilmente una de las mejores comidas que había probado en San Francisco, incluidos los burritos de El Farolito.

—Sí, pero creo que deberíamos revisarlo todo una vez más y también practicar la presentación. —No era de extrañar que Dave hubiese entrado en Harvard. Lo hacía todo hasta que estuviera perfecto.

—Ahora estoy libre, si quieres. Y ya estamos en la biblioteca.

—Ahora no puedo. Sophie está esperándome fuera con el coche.

—¿Sophie? Ah. —Jisu de repente se puso a la defensiva. No sabía por qué. Se imaginó a la normalita de Sophie sentada en el asiento del copiloto, escuchando música normalita y mirándose el maquillaje, normalito también.

—Sí, vamos a ver la nueva película de los Vengadores.

—¡Qué divertido! —Jisu se obligó a arquear las comisuras de la boca hacia arriba.

—¿Quedamos la semana que viene?

—¡Sí! Mándame un mensaje y ya lo vemos.

Dave salió de la biblioteca y Jisu dejó de sonreír. No estaba para nada celosa, no. Jisu ya tenía planes para ver la película de los Vengadores con otra persona. Sí, era para otra *seon* con un completo extraño a través de la señora Moon, pero Jisu tenía sus propios planes. *Apuesto a que Sophie es de las típicas que no deja de hablar y de preguntar cosas a lo largo de toda la película. ¿Sabe siquiera quiénes son los Vengadores?* Jisu estaba preocupándose por Dave. Igual que él se había preocupado por ella con Austin. Lo había hecho de un modo más maternal. Además, que Jisu cuidara de Dave era lo que la señora Kang querría que hiciese. Estaba claro que ella tampoco es que estuviese demasiado impresionada con Sophie.

Jisu recogió sus cosas y salió de la biblioteca. Volvió a encender el móvil. Había un mensaje de texto. Jisu sabía que era de Austin. Lo había eliminado de sus contactos, pero seguía reconociendo su número. Y se odiaba a sí misma por ello.

> Ey. ¿Estás libre este finde? Se me está empezando a olvidar tu cara.

¿Se le estaba empezando a olvidar su cara? ¡Habían estado en la misma sala, comiendo, hacía unas horas! Si quería recordar su cara, bien podría haberse acercado a saludarla.

Pero había iniciado el contacto. Jisu sintió un diminuto ramalazo de satisfacción. Quizás no saludarlo durante la hora de la comida había sido una buena decisión. Sus dos dedos pulgares estaban preparados sobre el teclado. ¿Debería hacerle esperar? ¿Quería ella verlo siquiera? Últimamente pensar en Austin le resultaba más cansino que placentero.

El teléfono de Jisu sonó con otra notificación. Era un mensaje de Kakao de la señora Kim.

> La señora Moon te va a mandar por correo el calendario entero de este mes para tus seon. No te olvides de añadirlas en tu agenda.

—Sí, madre —dijo Jisu en voz alta a la vez que eliminaba la notificación de Kakao.

La pantalla regresó al mensaje de Austin. Jisu se lo quedó mirando un momento. Guardó el móvil en el bolso. Austin podía esperar.

CITA Nº19

NOMBRE: Choi Henry

INTERESES
Entrenamiento con pesas, MTV, karaoke.

PROFESIÓN DE LOS PADRES
Gerente de recursos humanos, propietaria de una galería.

HENRY: ¡Mira quién se ha dignado a aparecer!

JISU: Siento muchísimo el retraso. He perdido la noción del tiempo. Normalmente no llego tan tarde. Y encima había tráfico…

HENRY: Diez o quince minutos… lo entiendo. Pero media hora… Pensaba que me habías dado plantón.

JISU: Dios, lo siento mucho. No suelo llegar tarde, ¡te lo prometo!

HENRY: Era broma. No te preocupes. Ya estamos aquí. ¿Qué quieres?

JISU: Ah, sí. ¿Qué te has pedido?

HENRY: Un capuchino. Quizá me pida otro cuando me lo acabe.

JISU: Vale, entonces yo haré lo mismo. Cuéntame cosas de ti. Te llamabas Harry, ¿no?

HENRY: Me llamo Henry…

JISU: Madre mía, hoy la estoy liando, ¿verdad? Lo siento, Ha… ¡Henry! Henry. Soy de lo peor.

HENRY: No pasa nada. Tranquila. Recupera el aire. ¿Has venido corriendo?

JISU: Para ahorrar tiempo había pensado pedir un Uber. Pero había atasco. Parecía que solo estaba a unas calles de la cafetería, así que decidí salir y venir andando... pero me había equivocado con la distancia. Creo que estaba a un kilómetro y medio aproximadamente.

HENRY: Quizá sería mejor que bebieses agua de coco o Gatorade...

JISU: No, ¡no pasa nada! ¡Estoy bien! A ver, Henry.

HENRY: Dime, Amanda.

JISU: ¿Amanda?

HENRY: Espera, ¿no eres Amanda?

JISU: No, soy Jisu...

HENRY: ¿Seguro que no eres Amanda Lim?

JISU: Créeme, me gustaría ser Amanda Lim ahora mismo para que pudiéramos decir que al menos ha habido algo bueno en esta *seon*.

HENRY: Pues te pareces mucho a ella. Mira. Tu... eh... supongo que este es el perfil de Amanda.

JISU: Espera, esa es mi foto. La que le mandé a la señora Moon. Pero esto...

HENRY: ¿Ves? Nombre: Amanda. Los intereses son ser DJ, preservar la naturaleza y la palabra. Sus padres son profesores de colegio...

JISU: Esta no soy yo. Es decir, la de la foto soy yo, pero se ha debido de mezclar con el perfil de Amanda.

HENRY: O sea que Amanda está en algún lugar con alguien que cree que eres tú.

JISU: Creo que sí.

HENRY: Vaya, creo que esto no ha pasado nunca.

JISU: ¿Deberíamos acabar la *seon* ahora que podemos?

HENRY: ¿Acabarla? ¡No! Has venido corriendo desde un kilómetro y medio de distancia. Espera al capuchino y disfrútalo. ¿Por qué no?

JISU: Eso es cierto. He venido prácticamente corriendo.

HENRY: Cuéntame, ¿qué dice tu misterioso perfil? Tenía una percepción tuya completamente distinta.

JISU: Seguramente hayas pensado que era una hippie a la que le gusta leer.

HENRY: Bueno, si salvar la tierra te hace hippie, supongo que entonces yo también lo soy...

JISU: Ah, no lo decía de forma despectiva. De hecho, creo que los problemas medioambientales son importantes...

HENRY: También me gustan los libros, espero que no suponga un problema.

JISU: ¡Para nada! Intento leer una o dos novelas siempre que puedo. Supongo que había intentado hacer una broma y me ha salido mal. Te prometo que en las habilidades descritas en mi perfil no figura la comedia...

HENRY: Ya...

JISU: Sí...

HENRY: Bueno...

JISU: Creo que voy a pedir el café para llevar. Ha debido de ser una equivocación o un error en el sistema de la señora Moon. Le puedo mandar un mensaje para decírselo.

HENRY: Ah, vale. Me parece bien. Yo también se lo puedo decir. Eh... ¿encantado de... conocerte?

JISU: Sí… ojalá acabemos con la mejor *seon* del mundo después de esta.

HENRY: Ja, ja. Bueno, al menos tienes buen sentido del humor.

20

Jisu tenía un mal presentimiento mientras accedía al portal para comprobar el estado de su solicitud. Tenía una nueva notificación. ¿Cómo podía un correo electrónico tener tanto peso e importancia? Así era probablemente cómo serían todos los correos de la Universidad de Yale. Jisu echó un vistazo a la dirección de correo electrónico. No le hizo falta abrirlo para saber lo que decía. Simplemente lo sabía.

Yale era la universidad de ensueño de Euni. Si Euni tenía que esforzarse tanto como lo hacía para intentar acceder a Yale, entonces era imposible que Jisu la fuese a seguir allí, aunque diese lo mejor de sí. Jisu hizo clic en el mensaje.

Estimada Srta. Jisu Kim:
Agradecemos su solicitud a la Universidad de Yale. El Comité de Admisiones se ha reunido y lamentamos informarle de que nos es imposible continuar considerando su solicitud. Dado el gran volumen de solicitantes este año, era inevitable que varios candidatos con excelentes credenciales tuviesen que ser rechazados...

La carta seguía, pero Jisu ni se molestó en leer el resto.

Llamó a su madre. La señora Kim podría estar en el trabajo; era por la tarde en San Francisco, y en Seúl acababa de empezar la jornada laboral.

—¿Hola? ¿Jisu? —Por supuesto que estaba disponible. Desde ahora hasta que la última notificación de universidad llegase, la señora Kim iba a estar a la espera de noticias de su hija.

—*Omma*, no he entrado.

—No has entrado, ¿dónde?

—Yale.

La señora Kim se quedó en silencio al otro lado de la línea. Jisu no sabía qué versión de su madre tendría hoy: la hipercrítica o la compasiva. Raramente era ambas a la vez.

—¿Te han dicho por qué?

—No. Seguro que envían cientos de rechazos. No van a darle a cada persona una carta personalizada.

—Les mandaste todas las cartas de recomendación a tiempo, ¿verdad?

Bueno, pues iba a ser la hipercrítica al final.

—Sí. Lo hice.

—Y es un rechazo. ¿Ni siquiera estás en la lista de espera?

—Es lo que dice, *omma*. No he entrado en Yale, pero tampoco soy analfabeta. —Llamar a su madre había sido un error. Esta era la peor manera de empezar el día. En tan solo una hora, Jisu tendría que emprender su camino hacia el instituto y no dejaría de darle vueltas al rechazo en todo el día. Quería volver a ponerse el pijama y meterse en la cama.

—Por eso he mandado solicitudes a universidades que no son de la Ivy League, ¿recuerdas? —dijo Jisu—. Era imposible que pudiese entrar en Yale. Ambas lo sabíamos. Era una solicitud perdida.

—Si hubieses estudiado más, habrías tenido más oportunidad. Al menos para llegar a la lista de espera —le espetó la señora Kim.

—Estudié muchísimo. ¡Eso es lo que no entiendes! Estudiar nunca me ha resultado fácil. No soy la mejor a la hora de hacer exámenes. Pero lo he intentado. Me he pasado horas en la *hagwon*, he hecho todas las actividades extraescolares a las que me apuntaste, incluso he dejado a mis amigas y me he mudado a un país completamente diferente. *Nunca* has entendido quién soy de verdad. Y ni siquiera lo has intentado.

—Jisu-ya —empezó la señora Kim. Pero Jisu ya había tenido suficiente. El rechazo en el ordenador ya había sido lo suficientemente malo. No iba a dejar que su madre la hundiera el doble.

—Voy a colgar, *omma*. Adiós.

Jisu pudo oír a Mandy moverse en la habitación de al lado. No le importaba si Mandy la había escuchado discutir con su madre por teléfono. Solo le importaba lo que tuviesen que decir las nueve solicitudes restantes.

En el instituto al día siguiente, Hiba se esforzó al máximo para ofrecerle palabras de ánimo.

—Bueno, Yale es una universidad en la que es muy difícil entrar —le dijo.

—Gracias por comentar lo obvio, Hiba.

—Lo siento... No soy la mejor para dar charlas de ánimo.

—Probablemente porque nunca has necesitado una en tu vida. Apuesto a que ningún estudiante de Princeton ha necesitado que le den ánimos jamás.

—Yo todavía no he entrado en Princeton.

—Bah. —Jisu hizo un gesto con la mano—. Vas a entrar. Nunca he estado más segura de algo.

—No pierdas la esperanza todavía, Jisu. El primer rechazo duele más, pero sigues de pie. Todavía te quedan otras nueve solicitudes. No van a rechazártelas todas.

—¿Qué? Ni siquiera había pensado en eso. ¿Por qué lo has dicho?

—Nooo. No me refería a eso. —Hiba se trabó. Por fin había algo que a Hiba no se le daba bien: dar charlas inspiradoras—. Solo quería decir que es evidente que eres una chica inteligente, con buenas notas... vayas a Yale o no... y vas a entrar en la mejor universidad para ti.

—Te quiero, Hiba, pero serías la peor publicista del mundo.

Jisu e Hiba siguieron recorriendo el pasillo en dirección a clase. Hiba tiró de la mochila de Jisu cuando giraron la esquina. Ladeó la cabeza y señaló a Jisu que mirara a su izquierda. Austin estaba acercándose a ellas.

—Hola, desconocida —saludó él, tan amable como siempre. Jisu pudo jurar que percibió un atisbo de vacilación e inseguridad en su voz. Austin le dio un abrazo e Hiba puso los ojos en blanco con discreción—. He estado intentando hablar contigo. ¿No te llegó mi mensaje?

—Lo siento. He estado... ocupada —respondió Jisu, aunque desde que envió todas las solicitudes universitarias, tenía más tiempo libre.

Austin miró a Hiba, como indicándole con los ojos que se marchase a clase y los dejase a los dos en el pasillo. Pero Hiba se quedó quieta con los brazos cruzados. Jisu se alegró. Bien podría volver a caer en el encanto de Velasco si su amiga no estaba allí para vigilarla.

—Tengo que decirte algo —dijo Austin.

—¿Qué es? —lo alentó Jisu tan calmada como pudo. Aunque ella lo miró con gran expectación. Un millón de pensamientos distintos cruzaron su mente. ¿Qué tendría que decirle? No le resultaría muy difícil alegrarle el día.

—¡Voy a ir a San Diego State!

Aunque tampoco empeorárselo. ¿Había pasado todo ese tiempo y lo único que quería decirle era que había entrado en su primera opción de universidad? ¿El mismo día que ella había recibido su primer rechazo? Era como echarle sal a la herida.

—Qué bien. Me alegro por ti, Austin —respondió Jisu e intentó con todas sus fuerzas dedicarle una sonrisa sincera.

—Bueno, no es una universidad de la Ivy League, donde probablemente terminéis vosotras dos. Pero estoy muy emocionado. —La verdad es que se lo veía bastante emocionado. Jisu dejó que una parte de ella misma se sintiera feliz por él.

—San Diego State es muy buena universidad —dijo Hiba—. ¿Sabes ya lo que quieres hacer allí?

—Pues claro. Voy a surfear todos los días, durante todo el año. Las olas allí no se pueden comparar siquiera con el agua tan fría y picada que tenemos aquí. Jisu lo sabe. ¿Verdad, Jisu? —Austin le dedicó una sonrisa cómplice. Aquella sonrisa torcida perfecta. ¿La volvería a llevar a surfear?—. Pero sí, me muero por poder disfrutar de olas de verdad. Va a ser la caña.

—Me refería a lo que vas a estudiar allí, pero eso es la *caña*, supongo —replicó Hiba con frialdad. Se giró y le dedicó a Jisu una mirada que decía «¿En serio? ¿Y este es el que te gusta? ¿De todos los tíos?», antes de terminar de recorrer el pasillo y de entrar en clase.

Jisu se preparó para que aquellos sentimientos que una vez albergó por Austin regresaran de golpe, pero no lo hicieron. Lo miró. Tenía el ondulado pelo negro alborotado y rebelde. Tan despreocupado como él era. Jisu seguía sintiéndose atraída por su rostro, al igual que la última vez que habían estado solos hacía no sé cuántos días en aquel coche, por la noche.

¿Pero surfear? ¿En serio? ¿Eso es lo que más ganas tenía de hacer? Aquella actitud de Austin de dejar que pasase lo que tuviese que pasar estaba empezando a tocarle las narices. Sí que *tendría* que haber cosas que significasen mucho para ti. Cosas que te gustasen y quisieras conservar. ¿Cómo podía vivir uno tan indiferente de todo?

—¿Cuándo vamos a quedar? No te he visto desde... —Austin agarró la mano de Jisu.

—¿Desde que te pedí que conocieses a mi familia y tú directamente me dijiste que no? —Jisu apartó la mano de la de él.

—Venga, ¿todavía sigues enfadada por eso? Estuve trabajando en el restaurante durante todas las vacaciones. Y ni siquiera te pasaste por allí. Te he echado de menos.

No me pasé porque no me invitaste a ir. Si me has echado de menos, me podrías haber mandado un mensaje, pensó Jisu.

—¿Qué haces esta noche? —preguntó Austin.

—Es martes. Estoy intentando no salir hasta muy tarde.

—Yo nunca he dicho nada de salir. Puedo ir a tu casa.

—Voy a llegar tarde a clase. Ya lo vemos. Mándame un mensaje luego. ¡Te responderé! —Jisu se alejó. Le dio la espalda e intentó no sonreír demasiado. Era genial que Austin tuviese tantas ganas de verla. Sintió la atracción de su encanto, pero se percató de que ya no era tan fuerte.

El teléfono sonó y Jisu lo cogió en cuanto vio el nombre de Euni en la pantalla. Le preocupaba que algo malo le hubiese ocurrido otra vez.

—¿Euni? ¿Hola? ¿Todo va bien?

—¡Jisu! Qué bien oír tu voz. —Eunice sonaba tan normal y alegre como siempre. Jisu se sintió aliviada.

—Yo también me alegro de oír la tuya —contestó Jisu—. Y suenas mejor. ¿Cómo estás?

—Estoy bien. Ya no tengo que descansar durante la mitad del día como los médicos me dijeron cuando me dieron el alta del hospital.

—¡Eso es genial! ¿Y Min se está portando bien?

—Min está siendo demasiado atenta. En serio, es un poco asfixiante. —Euni se rio, y sonó a una risa sana y llena de energía—. Pero, Jisu, te llamo porque tengo noticias. Noticias muy buenas.

—¿Qué? ¿Qué ha pasado?

—¡Me han aceptado en Yale! —gritó Eunice—. Acabo de enterarme y después de decírselo a mis padres, ¡tú has sido la primera persona a la que he llamado!

—Ay. Dios. Mío. ¡Eunice! ¡Es increíble! —Jisu se encontraba a miles de kilómetros de distancia de Eunice, pero podía sentir su felicidad emanar a través del teléfono.

Nunca había tenido duda de que Eunice entraría, pero, después de verla esforzarse tanto durante todos aquellos años, le encantaba ver a su amiga tan feliz. Casi no importaba que ella hubiese empezado el día con el rechazo de Yale; Jisu ya sabía que Yale no iba a ser su universidad.

—Todo el esfuerzo y el trabajo, Euni. Ahora ya puedes relajarte y disfrutar —dijo Jisu.

—Estoy tan feliz... no te haces una idea. Ojalá estuvieses conmigo. Deberíamos estar celebrándolo juntas —comentó Eunice. Parecía estar sin aliento, como si hubiese estado corriendo un kilómetro y medio—. ¿Cómo te están yendo a ti las solicitudes de universidad?

—Bueno, parece que Yale ya ha enviado todas sus notificaciones. Yo recibí un rechazo de ellos anoche.

—Ay, Jisu. Solo es una. Y he oído que han tenido demasiadas solicitudes este año. Además, ¡tú eres la que decías que New Haven parece aburrido!

Jisu se rio. A Eunice se le daba un poquito mejor que a Hiba.

—Sí, es cierto. Es solo mi primer rechazo. Creo que por eso estoy tan molesta.

—No deberías estarlo. Eres superinteligente y divertida. Y tienes mucho talento. Mi único talento es memorizar trabajos y hacer exámenes. ¿Sabes lo aburrido que es eso? Entrar en Yale va a ser lo máximo que me van a ayudar a conseguir esas habilidades. ¡A partir de ahora voy a ir cuesta abajo! —Este solo iba a ser el comienzo de la gran carrera académica de Eunice, ambas lo sabían, pero oírla decir lo contrario consiguió que Jisu no se sintiera tan pequeña.

—Jisu-ya, escúchame. Vas a entrar en la universidad perfecta para ti y serás mucho más feliz allí que en alguna otra estirada de la Ivy League que no te guste tanto.

—Eunice, te han aceptado en Yale hace dos segundos. De verdad que no hace falta que hables mal de tu universidad por mí.

Las chicas se rieron. Eunice puso al día a Jisu con todos los cotilleos de Daewon, principalmente sobre quién salía ahora con quién y qué estudiantes habían logrado entrar ya en qué universidad. Para cuando colgaron, Jisu quería volver a llamar a Eunice para seguir hablando con ella otras cuantas horas. Hablar con Euni la hacía sentir más segura. La tormenta de ansiedad que había estado creciendo en su estómago se había calmado. Por ahora. Las olas de ansiedad iban a lograr romper en la orilla en cualquier momento. No sabía cuándo exactamente, pero volverían.

CITA N°20

NOMBRE: Kim Taehoon

MODELOS A SEGUIR
James Bond, Lee Min Ho.

METAS
Investigador del Servicio de Inteligencia Nacional.

TAEHOON: No me puedo creer que hayan conseguido meter a todos estos actores famosísimos en una película.

JISU: ¡A que sí! Tengo tantas ganas. Esta es la típica película que me apetece ver ahora mismo. La verdad es... ¿Taehoon?

TAEHOON: ¿Qué pasa?

JISU: He tenido un día horrible. Acabo de recibir mi primer «no» de una universidad. Y mi mejor amiga ha entrado en esa universidad que me ha rechazado.

TAEHOON: Vaya, qué mal. Lo siento. ¿Qué universidad? Mira, ¿sabes qué? No me lo tienes ni que contar.

JISU: Ya, lo cierto es que ahora mismo no me apetecen nada las *seon* ni salir con nadie. Quiero olvidarme del teléfono durante dos horas y despejarme de todo.

TAEHOON: Lo pillo. El instituto también me está volviendo loco a mí. Y no es que me importen mucho estas citas a ciegas. Pensamos lo mismo. Vamos a ver la película y ya está.

JISU: Genial. ¿En qué fila estamos?

TAEHOON: La G... aquí.

JISU: ¿Me pasas las palomitas?

TAEHOON: Síp, y yo te voy a robar algunos de esos M&M'S.

JISU: Ohhh, bien, no nos hemos perdido los tráileres. Me encantan los tráileres.

21

Durante el primer fin de semana largo del año era una tradición no oficial que todos los de último año de Wick fueran a Ocean Beach y se apiñasen junto a una hoguera. Todos fueron con sudaderas y las mantas más calentitas para recordar los cuatro años que habían pasado juntos.

—No entiendo por qué tengo que ir. Solo llevo en Wick varios meses. No estoy tan involucrada —le dijo Jisu a Hiba mientras se abrochaba el cinturón.

No tenía pensado ir, pero Hiba aparcó donde los Murray y no dejó de tocar el claxon hasta que Jisu salió.

—Pero estás en último año en Wick. No es como si no hubieras hecho amigos. Todo el mundo va a estar allí.

Hiba sabía que Jisu no tendría mucho que recordar, pero desde la negativa de Yale había una nube negra sobre la cabeza de Jisu que se resistía a irse. Necesitaba salir de casa y despejarse del tema de la universidad.

Las chicas llegaron a Ocean Beach justo cuando se estaba poniendo el sol. La playa se alargaba varios kilómetros. La amplitud resultaba tan abrumadora que parecía como si una breve ráfaga de viento pudiera mandar a alguien a varios metros a través de la arena.

Ya habían hecho fuego y los grupos de gente se apiñaban en torno a él. El cielo nocturno pronto los cubrió mientras Jisu e Hiba caminaban del aparcamiento a la playa.

—Jisu, ¡has venido! —exclamó Jamie mientras la abrazaba.

—¡Pensábamos que no vendrías! —Tiffany también la abrazó.

—Hiba me ha obligado. —Jisu se encogió de hombros—. Quizá no debería estar aquí. Solo voy a ser una espectadora.

—No digas chorradas —respondió Jamie—. Ya ha habido algunas personas que nos han preguntado si ibas a venir.

Jisu quiso saber a quién se refería Jamie. Se preguntaba si Austin habría estado buscándola. Pero rebuscó entre la multitud y no lo vio. No la sorprendió. O Austin organizaba este tipo de eventos, o se creía demasiado superior como para participar en ellos. Como no estaba dando la nota placando a alguno de sus amigos en la arena o pasando latas de cerveza barata que el hermano mayor de alguien hubiese comprado, seguramente estuviera en otro lado haciendo lo que le apeteciera.

Jisu se acercó al agua. La gente estaba pasándose anuarios antiguos y halagando cómo estaban los años anteriores. La vista del océano Pacífico puso sensible a Jisu, como siempre. No podía evitar pensar en Seúl al ver el mar. Jisu se quitó las manoletinas y metió los pies en el agua mientras las olas rompían y se acercaban a ella. El frío la hizo estremecerse. Jisu regresó al grupo con los zapatos en la mano.

—¿Alguien ha traído mantas de sobra? —preguntó Tiffany—. Nos estamos quedando sin espacio.

—Ah, yo he traído una, pero se me ha olvidado en el coche —recordó Hiba. Se encontraba sentada al lado de la hoguera tostando malvaviscos con otra gente.

—Yo voy a por ella. —Se ofreció Jisu. Hiba le lanzó las llaves.

Para cuando Jisu recorrió el corto camino de vuelta al aparcamiento ya había oscurecido. No había farolas, solo la luna llena iluminando el camino sobre un cielo despejado. Jisu abrió el coche de Hiba y buscó la manta en la parte de atrás. Estaba tan oscuro que le pareció más útil buscar con las manos.

No supo lo que la instó a alzar los ojos. Pero cuando lo hizo, los vio a través de la ventana trasera. Primero reconoció el coche. Estaba aparcado y Austin estaba en el asiento del conductor. Estaba hablando con la persona que se encontraba en el asiento del copiloto. Jisu no pudo verle la cara por el ángulo en el que estaba agachada. Pero reconoció la situación al instante. Lo supo porque, hacían tan solo unas semanas, había sido ella en el asiento del copiloto, desahogándose con Austin.

Incluso con la tenue luz, Jisu pudo ver y casi repetir las palabras que estaba usando con la chica. *Me gustas. Me gustas mucho.* ¿Quién era? Jisu se acercó más a la ventana lateral trasera y miró a través del coche de Hiba. Ya no le preocupaba encontrar la manta. Ladeó la cabeza para ver a la chica mejor, pero estaba demasiado oscuro como para distinguirla.

¿Quién es?

Él acunó la cara de la chica y bajó las manos por su cuello. Y dio el golpe de gracia. Jisu desvió la mirada y se acercó las rodillas al pecho. Ver a alguien caer en la misma trampa que ella fue como una experiencia extracorporal.

Se sentía como si alguien la hubiese destruido por dentro. Enrojeció. Tenía que irse de allí. Cogió la manta de lana bajo sus pies y salió del coche.

Cerró la puerta con fuerza.

Demasiada fuerza.

Por el rabillo del ojo, vio que los dos se volvieron. Jisu se arrepintió de inmediato de haber dejado que la rabia la hubiese consumido. Alzó la vista y cruzó la mirada con Austin. Kaylee estaba sentada a su lado, en el asiento del copiloto.

Kaylee. Precisamente.

Por lo visto, la táctica de Jisu de hacerse la dura lo había llevado directamente a los brazos de la persona más dependiente que conocía. Fue un error. Todo aquello había sido un error. Para empezar, Jisu no había querido venir a Ocean Beach. No había querido caer bajo las redes de Austin. No había querido ir a Wick. No había querido marcharse de Seúl.

Jisu se fue del aparcamiento corriendo todo lo deprisa que pudo. Quería volver a casa. Podía oír a Austin detrás de ella e intentó caminar por la arena todo lo rápido que pudo, pero él la alcanzó.

—Oye, eh, ¡frena! —Estiró el brazo hacia ella.

Jisu se encogió ante su roce. Se volvió enseguida para mirarlo.

—Pensaba que habías dicho que Kaylee era molesta y dependiente.

—¿Y eso qué tiene que ver? Eres tú la que está saliendo con todos los coreanos de la ciudad.

—¿De qué hablas?

—Tus citas a ciegas. Con hijos de abogados poderosos y ejecutivos o lo que sea. Oí hablar a Tiffany de eso.

¿Por eso se mostraba cercano algunas veces y otras, frío? ¿Se pensaba que ella lo estaba controlando? Ni siquiera se le había pasado por la cabeza hablarle de las *seon*. Eran simplemente otra tarea más que le habían asignado sus padres y los chicos acababan siendo o amigos o personas con las que jamás había vuelto a hablar.

—¿Las *seon*? Eso es distinto. No son citas como... no es igual que...

—No es distinto y lo sabes —respondió Austin, con descaro.

No estaba equivocado, pero tampoco tenía razón. Austin no podía hacerle sentir a Jisu como si ambos estuviesen jugando cuando él era el único que lo hacía a propósito. Austin era cariñoso, sí. La había cogido de la mano y él le había dicho que la echaba de menos, y cada vez que se lo decía le entraban cosquillas en el estómago. Pero la había tenido ahí como una opción y había pasado página enseguida en cuando otra persona interesada había aparecido. A Jisu le había gustado Austin, solo él. Tembló bajo el suéter. Agarró la manta más fuerte y fulminó con la mirada a Austin. Se pegó los brazos al pecho, a la defensiva; se sentía como si alguien le hubiese cortado la respiración. Como si hubiese corrido varios kilómetros hasta llegar a aquel punto.

—Estás enfadada conmigo —exclamó Austin con un tono de voz más suave. Pero no colaba.

—No estoy enfadada contigo —replicó—. Estoy enfadada conmigo misma por perder el tiempo contigo.

Jisu volvió a la hoguera, cabreada. Pateó la arena con cada paso.

—Bien, Jisu ha traído la manta...

—Hiba, tenemos que irnos —anunció Jisu con dureza—. Ahora. Por favor.

Hiba pareció entender el pánico y el enfado de Jisu y se levantó de inmediato sin preguntar. Austin seguía en la entrada a la playa.

—Venga, Jisu —dijo con expresión arrogante. Como si pensase que podría solucionar las cosas. Pero Jisu mantuvo la mirada hacia delante, con frialdad, mientras pasaron por su lado. Hiba los miró. Era imposible negar la tensión. Seguramente tuviera un millón de preguntas para Jisu, pero ahora no era el momento. Hiba siguió caminando y se alejó con Jisu.

Jisu se acordó de las revistas de Mandy y todas esas estúpidas reglas. «Señales de que la situación se está convirtiendo en una relación».

Siempre probáis cosas nuevas juntos.

Os reís mucho. Él te lleva a casa.

Te escribe a menudo.

Te presenta a su familia.

Todos esos estúpidos cuestionarios, reglas y márgenes. Resultaba innecesariamente complicado, y no tendría que ser tan difícil. Si dos personas descubrían que se gustaban, ¿por qué no podían estar simplemente juntas? ¿Quién creaba esas reglas inútiles y quién decidía seguirlas?

—¿Quieres que te deje en casa? —preguntó Hiba.

—Sí. Por favor —susurró Jisu.

Se cubrió la cabeza con la capucha de la sudadera y se quedó mirando por la ventana, pensando en las chicas que habían estado antes que ella y las que estarían después de Kaylee y ella misma. Había cosas que no se deberían empezar y después dejar en un arranque. Al menos con las *seon* las cartas estaban sobre la mesa. Nadie escondía nada. Más bien al contrario, el negocio de las *seon* resultaba demasiado sincero. Pero era mejor que lidiar con algo así. ¿Para qué involucrar sentimientos de verdad? Solo se conseguía el desastre. Un feo e insoportable desastre.

CITA N°21

NOMBRE: Song Alan

INTERESES
Orquesta de jóvenes músicos, instituto de
investigación policial, club de introducción a
la medicina.

PROFESIÓN DE LOS PADRES
Propietarios de una lujosa cadena de
hoteles.

JISU: Casi todas las *seon* a las que he ido en Seúl han sido en hoteles lujosos y las de Estados Unidos han sido superinformales. Es la primera vez que estoy en un hotel de San Francisco. ¡Pensaba que os gustaba la informalidad!

ALAN: Sí que me gusta… es a mis padres a quienes no. Este hotel es suyo y creen que es una buena manera de presumir e impresionar a mis citas.

JISU: Bueno, es muy bonito. Y elegante. Seguro que causa muy buena impresión.

ALAN: Ja. Hasta ahora, todas las reacciones han sido positivas.

JISU: Vale, vayamos al grano. ¿Has nacido y crecido en el Área de la Bahía? ¿A qué instituto vas? ¿Cuál es la universidad de tus sueños? ¿Qué quieres estudiar…?

ALAN: Oye, oye, poco a poco.

JISU: Lo mejor es quitárselo de en medio cuanto antes, ¿no?

ALAN: Creo que no te entiendo…

JISU: Vale, empiezo yo. Mi nombre completo es Jisu Kim. Me mudé al Área de la Bahía el otoño pasado para el último año de instituto en Wick.

ALAN: Suena bien. ¿Qué te parece San Francisco?

JISU: Es una ciudad preciosa. Es diferente a Seúl en muchos sentidos, pero sobre todo me gusta lo relajada que es la gente. Y me encanta estar cerca del océano.

ALAN: Sí. Yo tengo familiares en Corea. Me lo paso muy bien allí; parece una ciudad diez veces más concurrida que San Francisco. Pasan *muchísimas* cosas.

JISU: ¿Qué haces cuando no estás en el instituto?

ALAN: Soy miembro de la orquesta de mi instituto. Toco la trompeta.

JISU: La trompeta, qué guay. Yo no toco ningún instrumento. Paso la mayor parte del tiempo con mis cámaras.

ALAN: Fotografía... ¡qué chulo!

JISU: Me gusta. Está bien. ¿Ya te han aceptado en alguna universidad?

ALAN: No, sigo esperando, igual que todo el mundo. No hay ninguna universidad a la que haya deseado entrar durante toda mi vida, al contrario que algunas personas de mi instituto, así que he mandado solicitudes a varios sitios.

JISU: Yo he mandado a diez. Una ya me ha rechazado, lo cual me baja puntos como cliente ideal de la señora Moon, pero estoy esperando todavía la respuesta del resto. ¿Qué quieres estudiar?

ALAN: Jisu...

JISU: Dime.

ALAN: ¿Soy yo o parece que estemos tachando una lista de preguntas de una primera cita?

JISU: ¿No es a lo que venimos? ¿A todas estas *seon*?

ALAN: También podríamos conocernos... no tiene por qué parecer una entrevista de trabajo.

JISU: No me digas, porque mandarle mi currículum a la señora Moon y esperar a que me acepte como cliente *no* lo parece. No sé en cuántas *seon* has estado, pero deberías saber que es un negocio. Todo el mundo lo hace para conseguir la transacción más lucrativa que se pueda obtener.

ALAN: Cínica.

JISU: ¿Perdona?

ALAN: Eres una cínica. Eso es lo que debería aparecer en tu ficha, en el apartado de «sobre mí».

JISU: ¿En serio te lees esas cosas? Es relleno.

ALAN: ¿Acabas de reírte de mí?

JISU: No.

ALAN: Sí que lo has hecho.

JISU: Solo he sido sincera.

ALAN: No, Jisu. Estás siendo borde.

JISU: *¿Perdona?*

ALAN: Sí. Estás siendo borde. Mira, no soy tan tonto como para no saber para qué son estas citas. Nuestros padres quieren que encontremos pareja dentro de un mismo umbral de poder adquisitivo. Lo pillo. Es superficial. Pero tu actitud es horrible y haces que una situación incómoda esté siendo aún peor. No sé si te has topado con una *seon* muy mala o si tus padres te han hecho romper con alguien que te gusta...

JISU: No es asunto tuyo. Y no ha pasado ni lo uno ni lo otro.

ALAN: Da igual. Sé que no es asunto mío y la verdad es que no me importa. Pero no deberías ser borde con alguien por mucho que no te guste.

JISU: Lo que tú digas…

ALAN: No, no es lo que yo diga. No me importa que creas estar por encima de todo esto. Podrías tener algo de decencia.

JISU: No creo estar por encima. No estoy por encima de nada. Es que…

ALAN: ¿Qué? Me lo puedes contar.

JISU: Odio esta transparencia. La gente siempre está evaluándose el uno al otro. ¿Por qué tenemos que contratar a la señora Moon y ser tan descarados? Y también…

ALAN: ¿También?

JISU: Estoy cansada de ir a *seon* con desconocidos y gente que apenas conozco. Y mientras, en la vida real, alguien que conozco y me gusta me engaña… ¿Sabes qué? No importa… Seguro que no te apetece escuchar todo esto.

ALAN: Pues la verdad es que es la parte más agradable de esta cita hasta ahora.

JISU: Madre mía, tienes razón. No estoy pasando por un buen momento.

ALAN: Estas *seon* pueden llegar a ser horribles. Y sacar lo peor de la gente.

JISU: Vaya, ¿tan mala crees que soy?

ALAN: Yo no diría mala.

JISU: Acabas de decir literalmente que mi actitud era de lo peor.

ALAN: He sido un poco intenso, sí.

JISU: Lo siento, Alan. Por quejarme tanto. Estas citas son mucho más estresantes de lo que crees.

ALAN: Lo sé, es como combinar una cita y un examen. Tienes que escribir todas las respuestas correctas para obtener la mejor nota.

JISU: Sí…

ALAN: No te lo tomes tan en serio. No lo es.

JISU: Del dicho al hecho hay un trecho, Alan. Pero tienes razón.

22

—Eh… ¿quieres contarme lo que ha pasado? —preguntó Hiba por fin.

Ya iban a mitad de camino de casa de los Murray y Jisu había permanecido en silencio todo el rato. Reprodujo cada momento que había pasado con Austin en los últimos meses y rebuscó en su memoria alguna prueba que lo incriminara. Pero fue inútil. Su forma de actuar estaba bien limada y perfeccionada gracias al paso del tiempo. No había hecho nada malo. Al menos, técnicamente no. El mujeriego siempre salía indemne. Solo era la víctima ignorante la que terminaba echa un lío.

—Austin se estaba liando con Kaylee en el aparcamiento —respondió Jisu—. Igual que hizo conmigo.

—¿Kaylee? Menuda zorra ansiosa. ¿Quieres que les mande un mensaje a Jamie y a Tiffany?

—¿Para qué?

—No sé, para que la asusten o algo.

—¿Qué? ¿Estamos en la mafia? ¿Y Jamie y Tiffany son nuestros matones, los que nos hacen el trabajo sucio?

—*Ejem*. Nuestras *matonas*.

A Jisu casi se le antojó demasiado pronto estar riéndose, ya que seguía sintiéndose totalmente destrozada, pero hablar con Hiba así la estaba ayudando.

—No, Kaylee no es el problema. En todo caso, deberíamos sacarla de la trampa en la que está a punto de caer. Es solo que me siento como una idiota.

—Pues no te sientas así. Austin es un mujeriego. Es lo que hace.

—Exactamente. Me lo advertiste. ¡Todos vosotros me lo dijisteis! Y yo no os hice caso.

—Sí, pero eso no le da derecho a hacerte esto. Ni a ti ni a nadie. Es normal que estés enfadada, Jisu. Pero no te culpes a ti misma. *Él* es la serpiente.

Hiba tenía razón. Jisu sentía en su interior la gran razón que tenía, pero no la hizo sentir ni un poquito mejor. No importaba lo inocente que fueras, que alguien te engañase así era una experiencia que solo podía describirse como miserable.

—Además —prosiguió Hiba—. Te mereces a alguien que esté a tu nivel. Austin es mono, sí, pero ¿ese rollo que lleva? Él solo quiere a alguien insulso que bese el suelo por donde pisa. Y tú no eres así. Tú tienes tu propia vida, tus propios intereses. Te mereces a alguien como tú.

—¿Y tú qué, Hiba? —preguntó Jisu—. Tú también te mereces a alguien así. ¿Tienes a alguien en el punto de mira?

—No. —Hiba suspiró—. Pero ahora con todo el tema de las universidades casi finiquitado, mi madre ha estado muy insistente en que conozca a alguno de los hijos de sus amigos. Y no quiero.

—¿No?

—Todos los chicos libaneses que hay aquí no salen del Área de la Bahía. Vuelven justo después de la universidad y abren su propia clínica de odontología o su negocio o lo que sea y repiten la misma vida que tuvieron sus padres. Es demasiado predecible. Y no quiero eso.

—Quizás pueda decirle a la señora Moon que expanda su negocio y nos encuentre a alguien en la universidad que acabemos, sea cual sea.

Hiba detuvo el coche frente al hogar de los Murray.

—Si lo hace, tienes que escribirme una buena carta de recomendación.

—Hiba, ¿cuándo no has recibido tú una buenísima carta de recomendación?

—Eh... sí, no se me ocurre ninguna ocasión. —Hiba se rio.

Jisu se bajó del coche. Se sentía como una toalla empapada de emociones y no veía el momento de meterse en la cama.

—No te flageles demasiado por Austin —gritó Hiba por la ventanilla—. ¡No se lo merece!

—¡Me estás arruinando la vida! —aulló Mandy, y cerró la puerta de su cuarto de un portazo.

Otra pataleta de preadolescente. Yuju. Mandy se había estado comportando muy bien últimamente. ¿Qué podría haber pasado durante el rato que Jisu había estado fuera?

—Jisu. —Linda parecía estar sorprendida de verla allí de pie en el recibidor—. Has vuelto pronto. —Habló con una tranquilidad fingida, que solo consiguió que lo que estuviese pasando se viera mucho peor—. Acabo de poner a calentar una tetera. ¿Quieres tomarte un té conmigo?

Era una invitación a tomarse un té, pero también a involucrarse y a meterse en la discusión que se había originado entre Mandy y ella. Jisu solo quería subir las escaleras, llegar a su habitación y meterse en la cama. Pero Linda parecía estar especialmente estresada.

—¡Claro! Quiero una manzanilla. Voy a intentar irme pronto a la cama esta noche.

Se encaminaron hacia la cocina y pasaron junto a la oficina, donde Jeff estaba hablando al teléfono, como siempre.

—¿Cómo ha ido la hoguera? —preguntó Linda.

—Bien... Me cansé e Hiba también estaba cansada, así que nos fuimos pronto —explicó Jisu—. ¿Mandy está bien? —*Suficiente con mis problemas, Linda. Vayamos al grano y centrémonos en el drama con Mandy.*

—Ah... sí. Está un poco molesta. Acaban de ascender a Jeff, ya sabes. Todos nos hemos enterado hoy.

—¡Eso es genial!

—Genial, sí. Pero quieren que se vaya a la oficina de Dallas. De ahí... —Linda levantó las manos y señaló a la planta de arriba—. De ahí toda la conmoción que acabas de presenciar.

—¿Cuándo os tendríais que mudar? —preguntó Jisu. Empezó a preocuparse ella también. ¿Qué significaría aquello para ella?

—Aún no lo sabemos. Estamos intentando no cambiar a Mandy de colegio en mitad del año, sino esperar hasta verano —comentó Linda—. Y por supuesto, tampoco a ti. —La tetera sobre la hornilla comenzó a silbar.

Genial. Jisu se había marchado de Ocean Beach para escapar de un problema, solo para toparse en casa con otro problemón.

—Por supuesto, nos aseguraríamos de que esté todo bien arreglado antes de que nos marchásemos siquiera. Ahí es cuando sabremos cuándo nos mudaremos —Linda le aseguró. Pero sus palabras solo pusieron a Jisu más nerviosa.

—Creo que entiendo por qué Mandy está tan molesta —dijo Jisu—. Que te separen de todos tus amigos y de toda tu vida puede ser muy doloroso.

—Lo sé, pero ¿qué puedo hacer? —Linda parecía estar tan agotada como Jisu—. Estamos intentando hacer lo que es mejor para todos nosotros.

Jisu subió a su habitación y se preguntó cuántos días, semanas o meses más le quedaban en aquel cuarto. No soportaría separarse de sus amigos otra vez. No. Hacía unos momentos estaba enfadada por un chico estúpido. Ahora se preocupaba por tener un lugar donde vivir.

Jisu podía oír a Mandy llorar a través de la pared. Entró en su habitación. El suelo estaba lleno de pañuelos arrugados.

—Eh. —Jisu se sentó junto a Mandy en la cama y le dio un abrazo—. Todo va a ir bien.

—No… mentira. —Mandy sollozó entre cada palabra—. ¡Mi… vida… se… ha… terminado! —siguió llorando sin parar.

—Al menos tú te vas a mudar a otra ciudad y no a un país completamente diferente como yo, ¿no? —puntualizó Jisu. Pero el intento de aligerar el ánimo le salió mal y Mandy se puso a llorar incluso con más intensidad.

Jisu recordó cómo había llorado ella en el aeropuerto de Incheon el otoño pasado. Pobre Mandy. La mudanza no iba a ser fácil para ella, pero terminaría superándolo.

—Ya está, ya está. —Jisu le tendió otro pañuelo—. Desahógate. Sácalo todo. Te sentirás mejor.

CITA Nº22

NOMBRE: Kang Philip (Phil)

INTERESES
Hospitalidad, la moda, viajar.

AVERSIONES
Gérmenes, gente que no deja propina.

JISU: Vale, entonces hemos quedado en que a ambos nos gusta viajar.

PHIL: Menos tu último vuelo de Seúl a San Francisco, donde te pasaste todo el vuelo llorando.

JISU: No *todo* el vuelo.

PHIL: Pero sí que has dicho que estuviste llorando ocho de las diez horas que duró el viaje.

JISU: Estoy empezando a arrepentirme de haberte contado eso.

PHIL: De verdad, con eso me resulta difícil de creer que realmente te guste viajar.

JISU: ¡Me estaban obligando a dejar mi ciudad y a separarme de mis amigos! ¿Cómo iba a reaccionar, si no? Además, a nadie le gusta la parte literal de viajar. Lo divertido es caminar por las ciudades, ir a los museos, comer buena comida y conocer a gente nueva.

PHIL: No me digas. Y yo que hasta ahora creía que a la gente le encantaba estar sentado en un autobús durante horas por culpa del tráfico. Es decir, esa es *mi* parte favorita.

JISU: Bueno, ¿y qué cosas no te gustan?

PHIL: Um... Cuando la gente no se lava las manos.

JISU: Puaj. ¿Cuando van al baño?

PHIL: Te sorprendería y repugnaría —bueno, a lo mejor no te sorprende— la cantidad de tíos que van a hacer sus cosas y salen sin más del baño.

JISU: Qué asco.

PHIL: Sí. Yo me lavo las manos antes *y* después. Puede que tenga un poco de fobia a los gérmenes...

JISU: Mejor que lo opuesto.

PHIL: Cierto. También odio cuando la gente no deja propinas, o muy poca. Tengo un amigo que siempre deja lo mínimo cuando que pedimos comida a domicilio. Trabajo de camarero en verano, así que si la gente no deja buenas propinas, los juzgo.

JISU: Oh, ¡esos son los peores! Una vez fui a una cita con un chico que dejó un solo dólar de propina. Nos tomamos unos cafés con leche muy elaborados y solo dejó *un* dólar. ¡Uno!

PHIL: Dios, ni siquiera creo que a eso se le pueda llamar propina.

JISU: No, la verdad es que no. Esperé a que no estuviese mirando y se fuera antes de coger otros cuantos que encontré en el bolso y dejarlos en la mesa. Me sentí fatal.

PHIL: Bueno, hiciste lo correcto. ¿Volviste a ver a ese chico?

JISU: Dios, no.

PHIL: ¿Sabes? Siempre tengo curiosidad por saber contra qué clase de tíos me veo compitiendo en estas *seon*. Eso me hace sentir *muchísimo* mejor.

JISU: ¿Piensas en las *seon* como una competición?

PHIL: Jisu. Somos coreanos. Para nosotros todo es una competición.

JISU: ¡Ja! Supongo que es cierto.

PHIL: ¿Por qué crees que estamos en esta *seon*? Somos los caballos en una carrera y nuestros padres están en la grada, apostando.

JISU: Madre mía, Phil. Eso es muy dramático.

PHIL: Están ahí fuera, enseñándose nuestras hojas de presentación mientras nosotros corremos.

JISU: Vaya, has pensado mucho en la metáfora, ¿no?

PHIL: ¡Pues sí! Es básicamente mi redacción de acceso a la universidad.

JISU: ¡No!

PHIL: Sí.

JISU: ¿Entonces has escrito sobre lo asfixiantes y controladores que son tus padres? ¿Y cómo te está yendo?

PHIL: Ahora mismo llevo dos de dos, así que el porcentaje es del 100 por cien. Sigo esperando la respuesta de tres universidades más, incluyendo la de mis sueños, pero me siento bastante bien.

JISU: Eso me hace tenerte mucha envidia. Yo solo he recibido respuesta de una universidad y es negativa. Sabía que iba a pasar, pero duele igualmente. Al menos hasta que reciba mi primer «sí».

PHIL: ¿Qué quieres estudiar?

JISU: Sociología. Fotografía. No lo sé. Odio esa pregunta.

PHIL: ¿Por qué?

JISU: Porque no sé qué hacer, y cuanta más gente me pregunta, más siento que debería conocer la respuesta. Aunque en el fondo sé que no pasa nada por no saberlo. ¿Tú lo sabes? ¿O tienes tu vida toda pensada?

PHIL: Ni de lejos. Pero creo que quiero hacer algo en el mundo de la hospitalidad.

JISU: ¿Qué significa eso exactamente? ¿Hospitalidad? La gente me dice que debería mirarlo.

PHIL: ¿Y aún no lo has hecho?

JISU: Eh… primero me preocupa entrar a la universidad.

PHIL: Vale, digamos que vas a dar una gran fiesta.

JISU: ¿Qué clase de fiesta? ¿Grande? ¿Pequeña? ¿Qué se celebra?

PHIL: Ya estás haciéndote las preguntas adecuadas. Entiendo por qué la gente te ha dicho que lo valores.

JISU: ¿Entonces trabajar en la hospitalidad significa saber cómo organizar una buena fiesta?

PHIL: Algo así. Piensa en cómo sería un buen anfitrión de una buena fiesta. Ha de ser considerado con sus invitados, se asegura de que todos estén contentos y entretenidos y de que tengan todo lo que necesitan. Va de hacer a todo el mundo feliz y asegurarse de que se lo pasan bien.

JISU: ¿Y a ti qué te gusta en particular? ¿Por qué te sientes atraído por eso?

PHIL: Siempre me ha gustado socializar. Lo más interesante y divertido es conocer a toda la gente que has reunido en una habitación y verlos conocerse los unos a los otros. Es como un pequeño experimento social.

JISU: Como una especie de Gran Hermano.

PHIL: ¡Sí, exacto!

JISU: A mí me encanta observar a la gente.

PHIL: Cierto. Mencionaste que te gustaba la fotografía.

JISU: Sí, pero no soy fotógrafa profesional. No sabría qué hacer si me dejaras en un estudio. Ni siquiera sé nada de iluminación. Simplemente saco fotos en la calle y sigo mi instinto.

PHIL: Bueno, es una forma lícita de hacer fotos. Hasta me suena mejor, incluso. Y probablemente sea la mejor manera de observar a la gente.

JISU: ¡Así es! Y es muy divertido. Pierdo la noción del tiempo por completo cuando salgo a la calle con la cámara.

PHIL: Eso es lo que deberíamos hacer la próxima vez. Puedes enseñarme a observar a la gente con una cámara. En nuestra próxima cita. Si quieres.

JISU: Pues, de hecho, sí que me apetece. Deberíamos hacerlo.

23

—Lo he cronometrado y han sido poco más de quince minutos —anunció Dave.

Dave y Jisu se encontraban ensayando su presentación de Estudios Internacionales. Tras semanas de reunir fotos e información, por fin habían terminado el trabajo. Aunque Dave, siempre tan perfeccionista, había insistido en ensayarlo una y otra vez.

—¡Qué bien! Lo hemos conseguido —exclamó Jisu mientras miraba el reloj de pared. Habían pasado media hora en la biblioteca, en la sala multimedia.

—No, tenemos que dejarlo en quince o menos. O si no la señora French nos quitará algo de nota.

—No creo que pase nada por unos pocos segundos de más.

—Una décima puede ser un mundo, Yiis. Venga. Reduciré los ejemplos de los negocios y las organizaciones sin ánimo de lucro. Y tú no hace falta que describas las fotos con todo lujo de detalle. —Dave fue pasando las diapositivas y leía a medida de hacía clic por si encontraba algún error.

—Dave —lo llamó Jisu—. Ya estás en Harvard. Es a mí a quien han rechazado en todos lados hasta ahora.

—Exacto, ¡cada décima cuenta!

Jisu no se estaba desentendiendo. La presentación estaba terminada y habían ensayado innumerables veces. Quizá Dave estuviera pasando el rato. Pero podría hacerlo con sus amigos, así que ¿por qué querría pasarse el día en la biblioteca? Si Jisu fuera Dave, se relajaría y se tomaría las cosas con calma durante el resto del año. Pero a lo mejor por eso iba él a Harvard y ella aún seguía esperando respuestas.

Dave retrocedió las diapositivas hasta la primera. Le dio el mando a Jisu. Quería practicar la presentación otra vez. ¿Siempre se mostraba así de meticuloso? O puede que intentara evitar a alguien. ¿A Sophie, quizá? Pensarlo removió algo en el interior de Jisu. Al instante, su cerebro se animó, como si hubiera bebido un gran sorbo de café. ¿Se habrían peleado? No, no. Jisu no se permitió imaginarse situaciones locas. No era asunto suyo.

—Vale, de acuerdo. Pero tengo que irme pronto a casa para prepararme para una *seon*.

—¿Cuántas has tenido? —preguntó él—. ¿Son muy formales e incómodas o parecen citas de verdad?

Ya habían hablado un poco de la señora Moon y de su servicio de casamentera, pero Dave nunca le había hecho tantas preguntas como ahora. ¿Le interesaban o le interesarían en un futuro? ¿Preguntaría eso alguien feliz con su actual relación? Jisu alejó de su mente aquellos pensamientos de Dave y Sophie y los problemas que intentaba achacarles.

—Desde que me mudé he tenido unas pocas. La verdad es que hay de todo.

—¿Entonces han sido todos unos personajes?

—Sí, ha habido algunos muy malos. Pero me sirven como anécdotas, así que al menos queda eso.

Jisu recordó algunas de las desastrosas *seon* a las que había acudido. Le había pasado de todo. Desastres desde pelearse a gritos hasta quedarse dormida en una.

—Excepto una —dijo Jisu al pensar en Philip Kang. Cuando se hubo sentado para empezar la cita, se había olvidado de qué número era. Esperaba que fuera otra hora desperdiciada con un desconocido que no le despertaba interés alguno. Pero, por primera vez, no fue así. La *seon* acabó y a Jisu le dio pena despedirse.

—¿En serio? —preguntó Dave.

—Sí, de hecho, mi segunda cita con él es hoy. ¡Por eso intento marcharme!

—¿Qué hizo que la cita con él fuera distinta? —De repente parecía como si Dave se interesase más por la vida amorosa de Jisu que por la presentación proyectada en la pared detrás de ella.

—Eh. Fue amable. —Jisu pasó las diapositivas revisadas. Tendrían que acabar pronto para que a Jisu le diese tiempo de llegar a casa y cambiarse a tiempo de ver a Philip.

—¿Amable? ¿Eso es lo único que hace falta para conquistarte?

—¡Es *una* de las formas! La amabilidad está infravalorada. —Jisu pasó varias diapositivas más.

—¿Y qué más?

—¿Qué más qué?

—¿Qué más te gusta de ese chico... como se llame?

Dave estaba preguntado mucho. Pero a Jisu no le importó. Se había percatado de que a veces a la gente que llevaba bastante tiempo en una relación le encantaba vivir experiencias a través de otras personas.

—Nos gustan las mismas cosas *y* nos desagrada lo mismo. Eso ayuda. Se llama Philip.

—Philip... no sé si me gusta ese nombre. —Dave arrugó el ceño—. ¿En serio quieres salir con alguien que se llame Philip?

—¿Qué? —Jisu se echó a reír—. ¿Qué le pasa al nombre?

—Suena demasiado... remilgado. Y un poco vanidoso. —Dave alzó la cara—. Hola, me llamo... Philip. —Pronunció las palabras con un acento aristocrático y pijo horrible.

—¡Le llaman Phil!

—Meh, eso igual es peor —la provocó Dave.

—Pero la verdad es que nada de eso importa —respondió Jisu.

—¿A qué te refieres?

—Bueno, aunque Phil y yo nos gustemos, no importaría, porque solo me voy a quedar en el Área de la Bahía unos meses más. No es que vaya a volver aquí cuando tenga vacaciones en la universidad.

Jisu encendió las luces y la repentina luz le molestó en los ojos.

—Sí, supongo que no lo había visto así —admitió Dave. Parecía un poco desanimado—. Pero no es como si no fueras a regresar a la Bahía nunca. A menos que planees cortar lazos con toda la gente de Wick.

—Sí, Dave, y también voy a fingir mi muerte y a robar la identidad de otra persona —dijo Jisu—. Ahora en serio, después de mudarme de Seúl y sabiendo que volveré a hacerlo cuando vaya a la universidad, intento no tomarme nada muy en serio.

—Entonces no vas en serio con este tipo, Phil.

—Sí que me gusta, pero no me voy a poner mal si no va a ningún lado, ya sabes. No voy a empezar nada serio a menos que signifique mucho para mí. Con respecto a los chicos, las amistades y todo.

—No sé... parece que este es el que mejor impresión te ha causado.

—¡Para! ¡Vas a arruinarme la cita antes de que empiece siquiera! —Jisu le tiró el mando a Dave. Él lo cogió y pasó el resto de las diapositivas.

—No creo que necesitemos repetirlo más. ¿No te cansas de mirarlo? —le preguntó Jisu cuando posó los ojos en la pantalla del proyector.

—No. —Dave la miró a ella—. Para nada.

CITA Nº23

NOMBRE: Lee Edward (Eddie)

INTERESES
Ser emprendedor social, la banca, Amnistía Internacional.

LOGROS
Prácticas en el consejo de negocios coreano-estadounidense.

EDDIE: Me puedes llamar Eddie, por cierto.

JISU: ¡Vale! Eddie, entonces.

EDDIE: Dime, Jisu.

JISU: ¿Cuál ha sido la última película que has visto?

EDDIE: Um. No voy al cine a menudo…

JISU: Ah, yo tampoco. Normalmente veo lo que hay en Netflix o Hulu. Cuéntame, ¿qué es lo último que has visto?

EDDIE: Te va a parecer aburrido.

JISU: ¡Que no!

EDDIE: No te culparía si así fuera. Fue sobre Watergate y todo el escándalo durante la presidencia de Nixon.

JISU: ¡Hemos dado eso en Historia Estadounidense! Qué *locura*. En Corea no estudiamos en profundidad la historia de Estados Unidos cuando mencionamos los estudios internacionales, pero me gustó aprenderlo.

EDDIE: Es interesante, ¿verdad?

JISU: Espera, creo que sé la película a la que te refieres. La vimos en clase y fue superbuena. Fue tan larga que pasamos dos clases viéndola. *Todos los hombres del presidente.* Es una película muy de la vieja escuela.

EDDIE: Esa es la película. Es bastante buena. Pero la de verdad es mejor.

JISU: ¿La de verdad?

EDDIE: El documental. Está en Netflix. Hace un par de semanas tuve gripe y lo único que podía hacer era descansar en la cama, así que vi un montón de documentales.

JISU: Viste documentales. En la cama. ¿Con gripe?

EDDIE: Ya sé que es muy aburrido.

JISU: ¡No, no creo que sea aburrido! Me parece más un logro. Los documentales son como clases visuales. Yo seguramente me dormiría.

EDDIE: Este fue muy bueno. Entrevistas reales con Woodward y Bernstein. Imágenes reales, fotos y documentos.

JISU: ¿Qué más ves? Aparte de a Ken Burns.

EDDIE: Ken Burns es un genio. Pero ese es otro tema. Y no quiero aburrirte con eso. Me gusta *Anderson Cooper 360.* El programa de Chris Hayes también es bueno. Y Rachel Maddow.

JISU: Básicamente noticias, ¿no?

EDDIE: Sí, pero esos son mis presentadores favoritos. Y, por supuesto, *The Daily Show.* A veces incluso veo lo que pasa en C-SPAN.

JISU: ¿C-SPAN?

EDDIE: Sí, es... a ver... la verdad es que no sé el equivalente en Corea. Básicamente se trata de un canal que emite trámites de la administración federal. Son programas de asuntos públicos.

JISU: Ah... suena... muy educativo.

EDDIE: Es bastante soso, pero de vez en cuando hay alguna locura. *The Daily Show* reúne todas las partes interesantes y las mete en su programa.

JISU: Ya lo pillo. Pero ves tanto *The Daily Show* como C-SPAN, ¿no?

EDDIE: Ambos me parecen interesantes. Los asuntos internacionales me llaman la atención más, así que mola cuando emiten conferencias o asambleas generales.

JISU: Interesante...

EDDIE: Te estoy aburriendo, ¿verdad? Dios, ¿por qué estamos hablando de C-SPAN? ¿Cómo hemos llegado a esto?

JISU: No, ¡no pasa nada! Estudios Internacionales es una de mis asignaturas favoritas del instituto.

EDDIE: Ya, pero del instituto. No de tu vida. Quizá no deberíamos ni hablar del instituto. Deberíamos descansar tanto como podamos.

JISU: ¿Quieres ir a la universidad en Washington DC y mudarte allí? Parece que es la ciudad que más te pegaría.

EDDIE: He mandado solicitudes a algunas universidades de allí, como la de Georgetown, la Americana y la George Washington. Pero ya veremos. Vivir en DC sería genial. Quizá hasta podría asistir a audiencias públicas que he estado viendo.

JISU: Parece muy... ¿emocionante?

EDDIE: ¡Pues sí! ¡Por lo menos para mí!

JISU: Me alegro de que sepas lo que te gusta. Yo sigo intentando descubrirlo.

24

—¡Jisu! —gritó Hiba un par de semanas después mientras corría por el pasillo. Estaban a principios de marzo y las respuestas de las universidades ya estaban enviándose. Jisu esperaba que Hiba tuviese buenas noticias.

—¿Qué pasa? ¿Ha pasado algo? —inquirió Jisu. Entre que a Hiba parecía que se le fuesen a salir los ojos de las órbitas y que estaba sin aliento, Jisu no era capaz de decir si había recibido buenas o malísimas noticias.

—Algo *sí* que ha pasado. Algo *muy* grande. —Hiba inspiró hondo—. Anoche recibí la respuesta de Princeton y... —Hiba soltó un pequeño gritito—... ¡me han aceptado! ¡He entrado en Princeton!

—¡Madre mía, Hiba! ¡Lo has conseguido! —Jisu abrazó a su amiga. Chillaron y saltaron con el mismo entusiasmo de alguien que acaba de enterarse de que ha ganado la lotería. Solo que lo de ellas era mejor. Hiba se había esforzado mucho para llegar a este momento. Era mejor que bueno. Era satisfactorio.

—¿Y tú qué? ¿Ya te han respondido de alguna universidad? He oído que las demás respuestas de admisión de Harvard ya han salido.

Jisu deseó que Hiba no le hubiese preguntado. Podrían haber seguido deleitándose en su éxito. Pero la pregunta cortó de cuajo cualquier ánimo de celebración.

Las demás respuestas de Harvard ya habían salido, y Jisu había recibido la suya ayer a través del portal electrónico. El asunto había sido corto y conciso; el corazón se le cayó a los pies en cuanto lo vio.

Pero no era un rechazo.

Estimada Jisu Kim:

Durante los últimos meses, el Comité de Admisiones de la Universidad de Harvard se ha visto en la tarea de seleccionar estudiantes de entre un grandísimo número de solicitudes excepcionales, más que en ningún otro año. Así pues, nos complace ofrecerle una plaza en nuestra lista de espera.

De querer aceptar su plaza, le rogamos nos lo comunique antes del 17 de abril. En mayo revisaremos la lista de espera y determinaremos si pueden ser admitidos...

Lista de espera. Una parte de Jisu se había sentido aliviada, pero la otra estaba frustrada. ¿Más espera? Estaba cansada de esperar.

Aceptadme o rechazadme. Elegid una de las dos. Elegidme a mí.

Pero al llamar a sus padres para comunicarles la noticia, se habían mostrado sorprendentemente positivos.

—¡No es un no! —le había dicho el señor Kim tan animadamente como pudo. Jisu se imaginaba que su madre no estaría tan contenta y su padre estaba haciendo lo que podía para intentar evitar que las dos se embarcaran en una discusión a gritos.

—Tu padre tiene razón. Puedes seguir intentándolo. No se ha acabado, Jisu —le había dicho la señora Kim, tan alentadora como le había sido posible.

—Estoy en la lista de espera —le respondió Jisu a Hiba.

—Oh... —Hiba buscó las palabras de ánimo adecuadas—. Bueno, ¡es mejor que nada! Y significa que todavía tienes oportunidad.

—¿Tú crees? —preguntó Jisu.

Esperar se le antojaba como un rechazo tardío. Jisu quería que se acabara ya. Quería que todo se acabara ya. Le quedaban los últimos metros hasta llegar a la meta y muchos de sus amigos ya la habían cruzado. Tenía la sensación de que el universo le estaba gastando una broma cruel y no hacía más que mover la meta más y más lejos.

—¡Por supuesto! Deberías pedirles cartas de recomendación a algunos de los profesores de tu antiguo instituto y mandárselas. Tienes que mandarles todo lo que puedas para dejarlos pasmados —dijo Hiba—. Además, estoy segura de que recibirás síes de otras universidades en cualquier momento.

—Sí... supongo. —Pensar en volver a esforzarse en las solicitudes después de todo lo que había hecho la desmoralizaba.

—¿Quieres que te lleve a casa? —se ofreció Hiba.

—No, estoy bien. Necesito tomar el aire. Voy a volver andando.

Jisu quería a sus amigos, pero todos estaban mucho más dotados que ella. Euni e Hiba se merecían todo el éxito que pudiesen conseguir; se lo curraban mucho. Pero a veces era difícil ser amiga de tan buenas estudiantes.

Jisu salió del edificio. Aunque había jugadores entrenando en la mayor parte de los campos, el de fútbol americano se encontraba vacío. Subió a la grada e intentó dejar la mente en blanco. Se sentía atrapada en el purgatorio de las universidades y no había nada que pudiese hacer para liberarse. Jisu se inclinó hacia atrás y observó cómo se movía un avión en el cielo. Sacó la cámara de la mochila y tomó unas cuantas fotos. Lo vio planear a través del cielo hasta que desapareció.

Su teléfono sonó y vibró. Podría ser Hiba mandándole un mensaje de ánimo; Euni y Min hablando en el grupo; la señora Moon preguntándole qué tal había ido su última *seon* o sus padres ofreciéndole consejos académicos no deseados. Sentía el móvil pesado en el bolsillo. Jisu quiso lanzarlo por encima de la grada hasta el campo vacío. Pero, en cambio, comprobó las notificaciones.

> Me gustó verte la otra noche. ¿Quieres ver la nueva peli de *Star Wars* este finde?

Phil. Por alguna razón un extraño con el que había tenido una *seon* era lo más consistente de su vida ahora mismo. Pero la estabilidad, en cualquiera de sus formas, era más que bienvenida.

Volvió a mirar al cielo y a los campos en busca de algo que observar. Los jugadores de fútbol se dispersaron y algunos de ellos se marcharon mientras que otros siguieron pasándose el balón. Uno caminó en su dirección. Jisu echó un vistazo a través de la lente de su cámara para verlo más de cerca.

Era Dave.

La saludó con la mano mientras se aproximaba. Tenía la frente perlada de sudor y la camiseta manchada de césped. Se lo veía alto y triunfante, como si acabase de ganar un partido difícil. *Clic*. Jisu le sacó una foto.

—¿Qué estás haciendo aquí fuera? —Dave se subió a la grada y se sentó en la misma fila que Jisu. Los nervios de Jisu se habían despertado mientras él se acercaba. Había venido hasta aquí para aclararse las ideas, pero la presencia de Dave estaba volviendo a nublárselas. Su cerebro estaba como San Francisco la mañana de después de un temporal: neblinoso y embotado.

—Solo estoy intentando aclararme las ideas —contestó Jisu mientras sacaba otras cuantas fotos más a unas gaviotas que volaban en círculos sobre ellos.

—¿Va todo bien? —inquirió Dave.

Las cosas no iban mal, pero tampoco *estupendamente* bien.

—Todos mis amigos están siguiendo con sus vidas y yo sigo atrapada en una estúpida lista de espera. Todo va *perfecto* —respondió Jisu—. Además, hay una posibilidad de que me tenga que volver a mudar antes de que termine siquiera el año escolar.

—¿En serio? ¿A dónde? ¿Vas a dejar Wick? —Había un deje de preocupación en su voz. Aquello hizo que el corazón de Jisu diese un vuelco y enviara una oleada de emoción a través de su cuerpo. Le cosquilleaban los brazos hasta las puntas de los dedos. Jisu apoyó la mano en el asiento y pudo haber jurado que sintió una pequeña descarga eléctrica.

—Aún no lo sé. Mi familia anfitriona puede que tenga que marcharse a Texas, pero van a intentar quedarse aquí todo el curso por su hija… y por mí también, supongo.

—No puedes marcharte de Wick —dijo Dave. Sería un auténtico caos... con las solicitudes de universidad y todo.

—Todo en mi vida se volvió un caos cuando me subí a un avión y me marché de Seúl. Dave, me alegro mucho por ti y demás, pero lo de haber sido aceptado de forma anticipada en Harvard es un millón de veces mejor que por lo que estoy pasando ahora mismo. No te haces una idea.

—No del todo. Lo dices como si fuese una princesa Disney y fuese a tener una vida de ensueño.

—¿Me estás diciendo que no eres una princesa Disney? —Jisu se rio—. ¿No te despiertan ni te ayudan a hacer la cama por la mañana un montón de pajarillos y conejitos?

Abajo, los pocos jugadores de fútbol que quedaban se marcharon del campo y volvieron a entrar al edificio principal del instituto.

—¿Habéis terminado el entrenamiento pronto hoy? —preguntó Jisu.

—Sí, el entrenador tenía una emergencia familiar y tuvimos que terminar antes. Su madre está enferma, así que ha tenido que ir y venir del hospital. Es muy mayor, pero me imagino que nunca es fácil ver a un ser querido así. Espero de corazón que todo vaya bien. —Dave enderezó la espalda y se irguió—. Pero ya es suficiente de tanta charla depresiva. ¿Cómo está tu Philip? ¿Ya has tenido la segunda cita con él?

—Pues sí. Fue divertido.

—¿Qué hicisteis?

—Dimos un paseo y fuimos al Dolores Park.

—Suena aburrido —comentó él. El rápido juicio por parte de Dave la sorprendió. Era tan raro en él que Jisu se quedó totalmente de piedra. Lo miró un poco confundida. Él la miró a los ojos y se acercó un poco a ella. El corazón de Jisu se aceleró y ella se apartó ligeramente y enderezó la espalda. Jisu rebuscó algo en su mochila.

—¡No lo fue! Me llevé la cámara y hasta pude sacar unas cuantas fotos. No está tan mal. No había mucha química, pero es un chico bastante interesante, la verdad. —Jisu estaba divagando. Estaba hablando tan rápido y sin aliento que las palabras se atropellaban las unas a las otras. *¡Deja de hablar tanto!* Los dos hemisferios de su cerebro estaban luchando entre sí: uno la estaba haciendo hablar sin parar y el otro le estaba suplicando que se callase de una vez. Jisu sacó el teléfono y fijó la mirada en la pantalla. Aun así, percibió a Dave inclinarse hacia ella y acortar la poca distancia que había entre ellos.

—De hecho, me ha mandado un mensaje hace un minuto. Quiere que nos volvamos a ver. —Volvió a atropellarse con las palabras. *¡Deja de hablar! ¡Cállate!*

Dave echó un vistazo por encima del hombro de Jisu mientras ella contestaba al mensaje de Phil. Todo el lado izquierdo de su cuerpo se tensó cuando Dave se pegó más y más a ella. Los músculos le dolían pese a sus mejores esfuerzos por estar relajada.

—¡Tercera cita! ¿Y qué vais a hacer?

Jisu levantó la vista del teléfono. Ahora los ojos de Dave estaban completamente fijos en los de ella. Jisu sentía que iba a derrumbarse si no apartaba la mirada, pero no podía desviarla.

—Vamos a ir a ver una película. La nueva de *Star Wars* —replicó.

—¿Vais a estar sentados el uno al lado del otro durante dos horas sin hacer nada? —Dave se acercó todavía más. Sus labios estaban muy cerca de los de ella, pero Jisu esta vez no se apartó. ¿Podría percibir Dave lo rápido que estaba respirando? ¿Podría oír lo mucho que se le aceleraba el corazón a cada segundo que pasaba?—. Eso suena... aburrido —adujo.

Dave acortó la mínima distancia que quedaba entre ellos y besó a Jisu. En el medio segundo en que sus labios se encontraron y sus rostros encajaron, todo pareció ser como debería.

Y entonces Jisu recordó quiénes eran. Ella era la chica soltera que iba a tener una tercera cita con Phil este fin de semana... y Dave era el novio de Sophie.

Se apartó. Dave pareció estar tan sorprendido como ella.

—No deberías haber hecho eso. Tú... yo... nosotros... —Jisu tartamudeó. Recogió la mochila y se marchó corriendo.

—Lo siento. Jisu, ¡espera! —la llamó Dave. Pero ella ya había bajado de la grada y estaba alejándose del campo.

Eso ha sido un gran error. ¿En qué estaba pensando? ¿En qué estaba él pensando? En ese mismo momento, Dave había puesto su amistad patas arriba. ¿Cómo había podido hacerle eso? Austin, Dave... todos los chicos estadounidenses eran iguales. No hacían más que jugar a su juego. Un juego que solo los beneficiaba a ellos. Pero Jisu conocía a Dave. Y él no era así. Entonces, ¿por qué? ¿Por qué lo había hecho?

CITA N°24

NOMBRE: Kim Hyunwoo

INTERESES
Historia militar, esgrima.

AVERSIONES
La pereza, dormir, las corbatas.

HYUNWOO: ¿Jisu?

JISU: ¿Eh? ¿Qué?

HYUNWOO: Te estaba preguntando si habías ido a algunos de los restaurantes más famosos de comida local desde que llegaste.

JISU: ¡Oh! Lo siento. Estoy un poco ida hoy. No pude dormir mucho anoche. Eh... buena comida que haya probado hasta ahora... Eh...

HYUNWOO: Si no has ido a El Farolito todavía...

JISU: ¡Ahí sí he estado! Tienen unos burritos increíbles.

HYUNWOO: ¿Verdad? Yo siempre me pido el de pollo asado.

JISU: Son enormes. Pero están buenísimos.

HYUNWOO: Entonces los estudiantes de Wick lo han descubierto.

JISU: Pues creo que ya llevan tiempo yendo allí. La última vez que fui fue con...

HYUNWOO: ¿Fue con...?

JISU: Oh, solo unos amigos. Sin más. ¿A qué instituto has dicho que ibas?

HYUNWOO: Al Marin. Competimos en la misma liga.

JISU: ¿Practicas algún deporte?

HYUNWOO: Sí, fútbol en invierno y *lacrosse* en primavera.

JISU: ¡Uno de mis mejores amigos también juega a *lacrosse* y fútbol! Es muy bueno. De hecho, es muy bueno en todo lo que hace. Es irritante.

HYUNWOO: ¿Eh?

JISU: Oh, nada. Y... ¿has estado en muchas *seon*?

HYUNWOO: No tantas. En realidad, estuve saliendo con una chica durante dos años. Rompimos hace unos cuantos meses.

JISU: ¿Qué pasó?

HYUNWOO: Nada malo. Es solo que queríamos cosas diferentes. Y creo que ambos sabíamos que iba a ocurrir tarde o temprano, sobre todo con la universidad tan cerca. Sinceramente, podríamos haber roto antes, pero uno se acomoda.

JISU: ¿Habrías roto antes si hubieses conocido a otra persona?

HYUNWOO: ¿Quizás? Supongo que nunca lo sabré, ya que no es lo que pasó.

JISU: ¿Y si tu ex hubiese besado a alguien mientras seguía estando contigo? Eso te hubiese molestado igual, ¿verdad?

HYUNWOO: ¡Por supuesto! Si seguíamos juntos, entonces sí. ¿Por qué lo preguntas?

JISU: Es solo que le ha pasado a una amiga mía, y es de lo único que habla nuestro grupo.

HYUNWOO: ¿Ha engañado a su novio?

JISU: Nooo. Qué va. No tiene novio, pero un chico que tiene novia la ha besado. Pero creemos que él y su novia siguen juntos porque se han «acomodado», como has dicho.

HYUNWOO: Pero sigue siendo un engaño.

JISU: Sí, supongo que sí.

HYUNWOO: Si tan abierto va a ser con respecto a los sentimientos que tiene hacia tu amiga, primero debería serlo con la falta de sentimientos hacia su novia.

JISU: Sí... tienes razón.

HYUNWOO: Quieres que tu amiga termine con ese chico, ¿verdad?

JISU: Eh... en realidad, no.

HYUNWOO: Pues eso es lo que parece por como hablas de ellos.

JISU: No, ni siquiera es para tanto. Además, ni siquiera sé si eso es lo que ella quiere. Él es el que ha dado el paso y la ha pillado por sorpresa. En fin... ¿de qué estábamos hablando?

HYUNWOO: De salir... de burritos...

JISU: Quería preguntarte algo, ya que has nacido y crecido en el Área de la Bahía. ¿Cuál es el mejor mirador de la ciudad? Estoy intentando sacar fotos aéreas. Lo más parecido a una vista de pájaro sin usar un dron ni tener que separar los pies del suelo.

HYUNWOO: Bueno, está Lombard Street, la más obvia.

JISU: Ya he ido allí.

HYUNWOO: Luego están los parques, como el Monte Davidson, Bernal Heights y Dolores Park.

JISU: ¡He estado en el de Bernal Heights! Un amigo me enseñó el columpio y casi se me doblan las rodillas porque me dan miedo las alturas. Yo estaba nerviosa, pero él estuvo tan tranquilo todo el rato...

HYUNWOO: Sí, cualquiera con miedo a las alturas lo pasa mal en esta ciudad. O te encuentras en una calle empinada, o en una colina empinada en un parque.

JISU: Volveré a esos lugares y quizás supere mi ligero miedo a las alturas.

25

No debería haberla besado, porque tenía novia. Y tampoco debería haberla besado porque Jisu no había sabido lo mucho que le iba a gustar. Y ahora lo sabía. Le había gustado. Mucho.

Había pasado un día entero desde que se habían sentado juntos en la grada y Jisu no podía dejar de pensar en Dave. En lo bien que se había sentido con el beso. Aunque supiera que estaba mal.

Pero, dejando las mariposas en el estómago a un lado, cada vez que lo pensaba se cabreaba más. Estaba *mal*. Lo que él había hecho estaba mal. Sophie seguía siendo su novia.

Y Jisu y Dave eran amigos. ¿Por qué había tenido que arruinar las cosas de esa manera? ¿Por qué ahora? Ahora que se había olvidado por completo de Austin y estaba en proceso de empezar algo consistente y normal con Phil.

Jisu se quedó mirando la pantalla de su portátil. Había pasado la última hora intentando escribir a sus antiguos profesores de Daewon para pedirles cartas de recomendación. Pero estaba demasiado absorta en los sucesos de las pasadas veinticuatro horas.

Céntrate, Jisu. Céntrate.

Cerró los ojos e intentó borrar todos y cada uno de los pensamientos sobre Dave. Su prioridad era salir de la lista de espera. Los chicos eran una distracción. Ya lidiaría con ellos más tarde. Abrió los ojos y apoyó las manos sobre el teclado, como un pianista a punto de empezar un concierto.

Querida señora Han:

¿Cómo está? Espero que bien. Le escribo desde San Francisco, donde he estado asistiendo al instituto

Wick-Helmering durante los últimos meses desde que me mudé de Seúl...

Llevaba pocas frases redactando el correo cuando le sonó el móvil. Era Phil.

> ¿Sigue en pie lo de *Star Wars* mañana?

Aj. Los chicos siempre le escribían en el momento más inoportuno. Era su sexto sentido, como si pudieran oler cuando alguien quería dejar de pensar en ellos. Jisu se sentía mal por molestarse tanto. Phil no había hecho nada malo. Pero sentarse en un cine con él durante dos horas y no hacer nada era lo que menos le apetecía. Era majo, pero ya estaba. No valía la pena distraerse por alguien *majo*. Tenía que centrarse. Jisu no sabía nada de la Universidad de Chicago, así que lo mínimo que podía hacer era darlo todo para entrar en Harvard, incluso aunque fuera raspando.

> Hola, Phil, me lo pasé muy bien contigo, pero últimamente el instituto y salir de las listas de espera me han tenido superocupada. Creo que necesito un respiro de las seon y de salir en general. Espero que lo entiendas.

Era una mentira piadosa. Jisu sabía que seguiría asistiendo a las *seon* siempre que la señora Moon le siguiese mandando facturas a sus padres. Podía soportar una o dos horas de hablar de banalidades con un desconocido. Pero no llegar a algo más con alguien cuando sabía que no iba a funcionar. Sobre todo no le podía hacer eso a Phil, que había sido de lo más simpático. Lo mejor era cortar por lo sano ahora que verse con dudas varias citas más tarde.

Jisu dejó el teléfono boca abajo en el escritorio. Desde que Dave la había besado se le había formado una bola de ansiedad en el estómago e iba creciendo cada día. Se expandía cada vez que pensaba en las *seon* interminables que la señora Moon había concertado para ella. Le molestaba en los costados cuando pensaba en las universidades que aún no habían contestado. La mantenía despierta por la noche recordar la cara de Dave tan cerca de la suya, sus labios rozándose... y se acordaba de Sophie inmediatamente después.

Pero cerrar el bucle con Phil la ayudó a calmar los nervios. Una cosa menos de la que preocuparse. Jisu volvió a centrarse en el correo que estaba redactando.

> Me alegra compartir con usted que he entrado en la lista de espera de la universidad de Harvard. Mi orientador de Wick me ha aconsejado que procure cartas de recomendación de mis profesores para que pueda salir de la lista. Le agradecería enormemente si...

Din. Otra notificación. ¿Y ahora qué era? Un correo de la señora Moon.

> Se ha confirmado tu *seon* con Shim Bongsoo mañana. Te comento que esta no puede cambiarse como las otras que has intentado mover de fecha. Barry es un amigo de la familia y tu madre me ha pedido que me asegure de que la *seon* se celebre.
> Encontraras la dirección debajo...

Jisu puso los ojos en blanco y le confirmó a la señora Moon que sí, que asistiría a la *seon* obedientemente. Volvió al correo original. Redactarlo le iba a llevar todo el día. Sus pensamientos volvieron a Dave. ¿Qué estaría haciendo ahora? ¿Se sentía culpable? ¿Se arrepentía? ¿Le iba a contar a Sophie que había besado a alguien? ¿Y que había sido a *ella*?

No importaba lo que él estuviera pensando. A Jisu no le debería preocupar.

CITA N°25

NOMBRE: Shim Bongsoo

INTERESES
Aviación, judo, pesca.

PROFESIÓN DE LOS PADRES
Subastador; agente inmobiliario.

BONGSOO: ¿Te has hecho alguna operación de cirugía estética?

JISU: ¿Perdón?

BONGSOO: Ah. Lo siento. No pretendía ofenderte. Pensaba que en Corea era algo normal.

JISU: Bueno… la gente se somete a operaciones de cirugía plástica. Pero no puedes preguntarlo así como así. Acabamos de conocernos, literalmente. Y aquí también se hacen. La mitad de las madres de tus amigas se han inyectado Botox. Te lo garantizo.

BONGSOO: ¿En serio?

JISU: Sí, de verdad. Si no te das cuenta y siguen pareciendo jóvenes y que envejecen «con elegancia», eso significa que han tenido un médico muy bueno.

BONGSOO: ¿Pero no hay muchas chicas en Corea que se someten a esas operaciones? ¿Incluso jóvenes? Una de mis primas de Seúl se operó del doble párpado como regalo de graduación del instituto.

JISU: Sí… es normal. Y conozco a varias chicas que se lo han hecho… pero eso no significa que *todas* las chicas de Corea se operen.

BONGSOO: Tú no tienes los típicos ojos...

JISU: ¡No todos los coreanos los tienen! ¡Tú tampoco! ¿Te has operado *tú*?

BONGSOO: ¿Qué? Esa pregunta es una locura. Soy un chico.

JISU: Sabes... que hay bastantes chicos que también se operan, ¿no?

GONGSOO: ¿En serio? ¿En Corea? ¿Ellos también?

JISU: No solo en Corea. Mira en tu propio país. Vete a Los Ángeles o incluso aquí mismo en San Francisco. Hay más gente que se ha operado de la que crees.

BONGSOO: Vaya. No tenía ni idea. ¿Cómo sabes tanto?

JISU: No sé... no es que sea un secreto. Eres tú el que ha ido presuponiendo sin saber nada.

BONGSOO: Para ser honesto, Corea del Sur es famosa por la cirugía plástica. Y la mayoría de los países asiáticos tienen ciertos estándares de belleza occidentales.

JISU: ¿Entonces has supuesto que todas las chicas, incluida yo, formamos parte del grupo que se ha operado? Conozco los estándares de belleza coreanos, Bongsoo. He crecido allí. No me lo tienes que explicar.

BONGSOO: No te estoy explicando nada. Solo te comento lo que sé.

JISU: Ya.

BONGSOO: ¿Te plantearías...?

JISU: ¿Una operación de cirugía estética? ¿Crees que la necesito?

BONGSOO: ¡No! No, Dios. Para nada. Simplemente tengo curiosidad por saber tu opinión. Dada la presión que tú y tus amigas debéis de sentir cuando alguien se retoca los ojos, la nariz o los labios.

JISU: Eh... Hablemos de otra cosa.

BONGSOO: Sí.

JISU: Eh…

BONGSOO: ¿Qué te parece la posible reunificación de Corea del Norte y Corea del Sur?

JISU: ¿En serio? De todos los temas que había…

BONGSOO: ¿Y si ambas partes aceptaran abrir las fronteras y dejar que las familias se viesen de vez en cuando? Sigo sin entender el problema. Alemania pasó página. Estoy seguro de que pueden encontrar la solución… hay tantas familias separadas por eso, y es horrible. Se merecen verse antes de que sea demasiado tarde.

JISU: Sabes que no es tan fácil, ¿no?

BONGSOO: ¿Qué?

JISU: Da igual…

26

—Adivinad lo que acabo de hacer. —Tiffany se sentó en el césped y se unió a Jamie, Hiba y Jisu para almorzar.

—¿Por fin has aprendido a hacer una trenza de espiga invertida? —preguntó Hiba.

—¿Qué? No. Oficialmente le he dicho que sí a la UC Davis. ¡Ya estoy oficialmente matriculada!

—¡Enhorabuena! ¡Eso es genial, Tiffany! —la felicitó Jisu.

—Ya tienen el horario del primer semestre disponible y he empezado a mirarlo. Y estoy pensando en cómo quiero organizar mi dormitorio…

—¿Podemos por favor dejar de hablar de la universidad por una vez? —la interrumpió Jamie—. Es literalmente de lo único que hemos estado hablando en los almuerzos desde que empezaron las clases. Ya estoy harta.

La Universidad de Nueva York acababa de rechazarla, así que su resentimiento era comprensible. Jisu sabía exactamente cómo debía de sentirse. Quedarse atrás mientras tus amigos no dejaban de avanzar a ciento ochenta kilómetros por hora. Durante los últimos días, Jisu había recibido los síes de las universidades que había elegido de reserva: Vassar, Michigan, New School y UC Riverside. Todas eran perfectamente respetables y tenían muy buena reputación. Aquello le había calmado los nervios, pero unas cuantas universidades importantes seguían haciéndose de rogar, incluyendo la Universidad de Chicago. Y lo único que podía hacer con Harvard mientras era seguir enviando todas las cartas de recomendación y comentarios excelentes que pudiera conseguir de sus antiguos profesores y tutores.

—Oh... ya sé de qué podemos hablar —dijo Tiffany. Sus ojos se iluminaron y se inclinó hacia adelante como si fuese a contarles un gran secreto—. ¿Os habéis enterado de lo de Sophie Bennett y Dave Kang? —prosiguió. Jisu se quedó helada y se le aceleró el corazón. Esperó a que otra pidiese más información. Ninguna de sus amigas en Wick tenía conocimiento de lo que había pasado en la grada aquel día.

—No, ¿qué ha pasado? —preguntó Jamie.

—Al parecer han roto —dijo Tiffany.

Hiba ahogó un grito.

—¡Pero llevaban saliendo durante mucho tiempo!

—Madre mía —exclamó Jamie—. Algo malo ha debido de pasar para que corten.

Jisu se sintió como si la hubiese atropellado un autobús no una, sino dos veces. Quería abrazarse el estómago y hacerse un ovillo. No iba a salir nada bueno de aquel beso con Dave. No importaba lo mucho que en el fondo le había gustado. Jisu era responsable de la ruptura de una de las parejas más queridas de Wick.

—Al parecer, pillaron a Sophie enrollándose con un chico de otro instituto. Fue en una fiesta del instituto Marin, así que fue con alguien de allí. —Hiba y Jamie miraron a Tiffany con la boca abierta. Jisu se quedó sin aliento y comenzó a ver puntitos negros debido a la falta de oxígeno.

—¿Qué hacía Sophie en una fiesta del instituto Marin? —se preguntó Jamie en voz alta.

Jisu se moría por hacer más preguntas. ¿Se habría marchado Sophie en busca de otro con quien liarse en venganza por haberse enterado del beso entre Jisu y Dave? ¿O había ocurrido sin que eso tuviera nada que ver? Jisu se mordió la lengua y sofocó su curiosidad.

—Pobre Dave. ¿Cómo ha podido Sophie hacerle algo así? — Hiba parecía estar preocupada.

Si ellas supieran. Jisu quería decirle a Hiba que no había razón por la que compadecer a Dave. Que él era igual que los demás chicos. Actuaba sin pensar, sin que fuese de verdad, sin control.

—¡Pero no le estaba engañando! Al parecer, rompieron hace meses. Justo antes de navidad. —La voz de Tiffany subió de volumen y al instante se calló. Jisu creyó que se iba a desmayar. Este era el mejor cotilleo del semestre y Tiffany lo estaba contando como lo haría un actor en un monólogo dramático. Jisu tuvo que esforzarse mucho para no derrumbarse en el suelo. Sus extremidades estaban perdiendo toda su entereza y fuerza. *¡Serénate, Jisu!*—. Iban a fingir que seguían juntos el resto del año para poder ser rey y reina del baile.

—Vaya, entonces eso lo hace demasiado evidente —comentó Jamie.

—¿Qué es demasiado evidente? —preguntó Hiba.

—Que Dave es el que ha roto con ella, y que fue idea de Sophie fingir estar juntos hasta el baile de graduación. ¿De verdad creéis que a *Dave* le importa ser el rey del baile? —alegó Tiffany.

—Sí, está claro que no fue una decisión que tomaran juntos —añadió Jamie mientras masticaba los últimos trozos de zanahoria que se había traído para comer. Jisu ni siquiera había tocado su comida.

—Al parecer, ella prácticamente le suplicó que fingieran seguir juntos —dijo Tiffany—. Debe de querer el título de reina del baile con todas sus fuerzas. Pero ya se acabó. Se ha corrido la voz.

Jisu estaba completamente anonadada. Entonces Dave *no* había estado actuando de manera inconsciente. Había sido… real. El corazón de Jisu se aceleró más y más. Desvió la mirada por los terrenos del instituto en su busca. Sentía como si la niebla que atosigaba a sus sentimientos se hubiese disipado. La claridad era imperiosa.

Reprodujo de nuevo el recuerdo de ellos en la grada. Una parte de ella se sentía aliviada de que ahora pudiese pensar libremente y con anhelo sobre ese momento. No había odiado el beso para nada, pero las circunstancias la habían hecho apartarse, salir huyendo y mostrarse distante. Jisu se sintió fatal otra vez, pero esta vez por razones completamente distintas.

—No me puedo creer que ninguna lo supierais —exclamó Tiffany. Se giró hacia Jisu—. Sobretodo tú.

—¿*Yo*? ¿Por qué yo? —Los puntitos negros volvieron a aparecer en su línea de visión. Solo que ahora eran más grandes y amenazaban con hacerla perder la consciencia. ¿Sabía de alguna manera Tiffany lo de ella y Dave? La verdad es que siempre parecía saberlo todo de todos.

—Los dos parecéis ser muy buenos amigos, y siempre pasáis tiempo juntos.

—Oh... no. No tenía ni idea. —Jisu se colocó un mechón de pelo detrás de la oreja con una mano temblorosa. Guardó el almuerzo intacto de nuevo en la mochila. Tenía que encontrar a Dave. No se habían visto desde que ella huyera de él tan rápido como pudo; era evidente que él también la estaba evitando.

Y entonces lo localizó saliendo de la cafetería. Iba solo. Era su oportunidad.

—¡Dave! —lo llamó Jisu tan animadamente como pudo, intentando no sonar demasiado sobreexcitada ni ahogada. Quizás si fingía que nada drástico ni embarazoso había ocurrido entre ellos, él también haría lo mismo.

Pero no hubo manera de fingir. Dave ni siquiera la saludó. Simplemente dejó de andar y miró fijamente a Jisu.

—Eh... no te he visto... —empezó y sintió cómo el calor se abría paso a través de sus mejillas.

—Estoy aquí. ¿Necesitas algo? —espetó Dave. Su voz estaba completamente desprovista de calidez, como una larga y fría noche de invierno.

—Quería disculparme por lo del otro día, por cómo salí corriendo...

—¿Estás preparada para la presentación de mañana?

—¿Qué?

—Para la clase de la señora French.

—Ah... sí, estoy lista.

—Bien. Yo también. Te veo mañana en clase.

Dave rodeó a Jisu y siguió caminando por el pasillo. Cada paso que dio fue como una daga en su corazón. Una sensación de pavor la embargó mientras lo veía alejarse, y cayó en la cuenta de que había perdido su oportunidad. La perdió en el momento en que se apartó de él en la grada tan solo dos semanas atrás.

CITA N°26

NOMBRE: Moon Alexander (Alex)

INTERESES
Sociedad Nacional de Honor, arquitectura, polo.

LOGROS
Tercer lugar en el Concurso de Diseño Internacional.

ALEX: En una escala del uno al diez, siendo uno lo menos satisfecha y diez lo más, ¿cómo puntuarías tu experiencia con la señora Moon?

JISU: Uh… No sabría decirte.

ALEX: ¿Cuántas *seon* has tenido?

JISU: He perdido la cuenta, la verdad.

ALEX: ¿En serio? ¿Y ninguna ha llegado a nada? ¿No puedes decirme un número aproximado?

JISU: Pues… más de veinte. Tú puedes ser mi cita veinticinco o veintiséis.

ALEX: Interesante. ¿Y cómo fueron los demás? ¿No te gustó nadie?

JISU: No, no. A ver, no todos fueron malos. Es decir, hubo algunos bastante malos que eran completamente opuestos a lo que esperaba encontrarme después de haber leído su hoja de presentación. Hubo otros con los que simplemente no conecté.

ALEX: Y tus interacciones con la señora Moon… ¿cómo han sido? ¿Le das tu opinión? ¿Ella te la pide?

JISU: Estás haciendo muchas preguntas.

ALEX: Supongo que debería ser sincero...

JISU: Sí, es bastante importante en una primera cita.

ALEX: Esa es la cosa. Esto no es una primera cita.

JISU: Ah, ¿no?

ALEX: No. Quizás debería haber empezado por ahí. Trabajo para una iniciativa para encontrar pareja. Pero en vez de usar las típicas aplicaciones de citas, estamos intentando crear una experiencia mucho más humana tomando como modelo los servicios más antiguos.

JISU: Como lo que hace la señora Moon.

ALEX: ¡Exacto! Así que estoy haciendo algo de reconocimiento.

JISU: Vaya. ¿Te llamas Alex siquiera?

ALEX: ¡Ja! Buena esa. Sí, me llamo Alex. Tampoco es que esté trabajando para la CIA.

JISU: ¿Entonces vas al instituto de verdad?

ALEX: Bueno, tengo dieciocho años. Pero dejé el instituto. Ya no impacta tanto dejar la universidad a medias para perseguir una carrera profesional en el mundo de la tecnología, ya sabes.

JISU: ¿Cómo es posible que la señora Moon te haya aceptado si ni siquiera terminaste el instituto?

ALEX: Bueno, lo primero de todo fue crear un perfil de lo más convincente.

JISU: Sí, he venido aquí pensando que tendría que decir algo sobre diseño y arquitectura.

ALEX: Esos eran mis intereses de verdad cuando todavía seguía en el instituto. Probablemente hubiese seguido esa senda de haber estudiado en la universidad.

JISU: Probablemente todavía puedas.

ALEX: Lo sé. Todo el mundo da de media entre tres y cinco años como máximo para conseguir llegar al mundo de la tecnología. Llevo en él solo uno, así que todavía puedo decidir ir a la universidad antes de alcanzar la edad legal para empezar a beber y denominar esto como un «año sabático» si al final sale mal.

JISU: ¿Y eso es lo que le dijiste a la señora Moon?

ALEX: Por supuesto que no.

JISU: Entonces, ¿qué identidad falsa te inventaste para convencerla?

ALEX: Esto va a sonar un poco embarazoso. Pero ¿te acuerdas de la película coreana *The Lost Boys* que salió cuando éramos niños?

JISU: ¡Ah, sí! La consideraron como la versión coreana de *Los Goonies*, ¿no?

ALEX: Sí, bueno. Ese soy yo. Yo hice del personaje principal.

JISU: ¿Qué? ¡No es posible! Ese niño era superfamoso. Y entonces no supo llevar la fama, así que su familia lo alejó de los focos. Desapareció después de eso...

ALEX: Sí, porque se mudó a San Francisco con sus padres para poder tener una infancia normal.

JISU: No me lo puedo creer. ¡Me encantaba esa peli!

ALEX: Sí, a la señora Moon también. Así que se puso en contacto con mis padres como fan que era. Ambos sabemos que no cumplo los requisitos, pero creo que le encanta decir que me tiene de cliente.

JISU: Y ahora la estás usando tú a ella para ayudarte a progresar laboralmente hablando.

ALEX: Eh, así es cómo funciona el mundo. Sea Hallyu, en la tecnología, y hasta en las páginas de citas. La gente solo la contrata para poder progresar. Con la excusa del romance.

JISU: Sí, y tampoco es que eso sea mucha excusa, para ser sincera.

ALEX: Entonces, ¿qué crees que ofrecería un buen servicio de citas?

JISU: Esa es la parte difícil. No hay ninguna fórmula que se pueda descubrir y usar con todo el mundo. Porque todos somos diferentes. Y las banalidades las hojas de presentación, las cafeterías y los restaurantes pijos—, nada de eso importa.

ALEX: Entonces, ¿qué es lo que importa?

JISU: Creo que, en el fondo, todo depende de las dos personas que se sienten una frente a la otra. Dos personalidades que encajen y tengan química. Al fin y al cabo, esa es la fórmula de toda la vida, ¿no?

27

—Y en las últimas diapositivas mostraremos cómo todo conforma el lema de Wick —explicó Dave. Miró a Jisu y le hizo un gesto para que pasase a la siguiente diapositiva.

Era la primera vez que la miraba en toda la presentación de Estudios Internacionales; la primera desde que se fue el día anterior.

—Cabeza, constancia y corazón. Los tres elementos del lema de Wick. La cabeza representa los ideales y movimientos políticos que Jisu y yo nos hemos esforzado por publicitar a través de este trabajo.

Jisu y yo. Centrarse en presentar a la clase era difícil cuando había cosas sin resolver entre ellos. O, al menos, a Jisu sí que le parecían sin resolver. Quizá Dave dejase de hablar con ella en cuanto terminara la presentación. Al menos en ese momento se mostraba cordial.

—Por ejemplo. El primer mitin del sindicato al que acudimos tuvo una presencia moderada. El propósito del mitin, el objetivo, era el problema de ese mismo sindicato. Lo cual lleva a la constancia. La constancia representa el arduo trabajo y las habilidades técnicas que llevan a ejercer esos ideales políticos y culturales y conseguir que haya más gente que los vote. Se publicaron estas imágenes en redes sociales. No solo encarnan los ideales, sino también la información que extrajimos para determinar cómo y cuánto publicar para lograr el mayor impacto.

—Vaya, algunas de estas fotos son muy buenas —intervino la señora French mientras Jisu las pasaba en el proyector.

—Jisu sacó la mayoría.

¿Había sido un halago? Dave había respondido con un hecho pero a la vez había reconocido su trabajo. Jisu se volvió hacia él y

321

trató de lanzarle una sonrisa de ánimo, pero él la ignoro. Quizá no era una ofrenda de paz.

—Y la última parte del lema de Wick: el corazón —prosiguió Dave—. Para este trabajo, el corazón simboliza nuestras pasiones, las cuales deciden los eventos a los que asistimos e investigamos.

—Yo elegí la exposición de *El feminismo en la era digital* en The Lab y Dave las reuniones y mítines del sindicato —explicó Jisu, y terminó la presentación.

A pesar de la tensión entre ellos, habían hecho un buen trabajo alternándose para terminar el trabajo sin problemas. Jisu pasó la última diapositiva. *Fin.*

—¡Buen trabajo! —exclamó la señora French—. Jisu, deberías mandar la presentación a las universidades que te tienen en lista de espera. Puede que te sea de ayuda.

Jisu asintió y siguió a Dave hasta su sitio. La siguiente pareja empezó su presentación. La clase prosiguió, pero a Jisu le costó prestar atención. Su gran trabajo había acabado y ya no había más razones para que hablasen a menos que ella pudiese solucionar las cosas.

—¡Ha ido muy bien! —Jisu se inclinó hacia la izquierda para susurrárselo a Dave. Él pareció no escucharla—. Y ni siquiera nos hemos pasado de los quince minutos —añadió—. Los ensayos han servido.

—Sí. Ojalá la señora French nos ponga buena nota —comentó Dave antes de volver a prestar atención al frente de la clase.

Jisu también se volvió para mirar al frente y exhaló, derrotada. Estaba sentada a escasos centímetros de Dave, pero parecía estar a un millón de kilómetros de distancia. A Jisu le gustaba Dave. Siempre le había gustado, a pesar de cómo se sintiese él ahora. ¿Acaso era su amistad tan endeble como para no soportar un caso de falta de comunicación? ¿Sería el fin?

No. Jisu no se rendiría sin pelear.

—No sabía lo de Sophie y tú —le dijo a Dave. No le importaba que la oyeran o que la señora French tuviera que chistarla desde el frente de la clase.

Dave mantuvo la vista al frente. Pero ella notó que él la estaba escuchando. Ladeaba la cabeza hacia ella cuando hablaba.

—No sabía que pudiera ofender tanto a alguien —murmuró él como respuesta.

—No me ofendiste. Me sorprendió. Pensaba que Sophie y tú seguíais juntos. —Jisu quería que al menos la mirase.

—Te lo habría explicado si me hubieras dejado. Pero te fuiste corriendo. No sé en qué estaba pensando.

Jisu se desplomó en su asiento. Se sentía inútil, como un globo deshinchado. ¿Entonces cómo debería haber reaccionado? Ahora se estaba disculpando. ¿Por qué no podían al menos volver a como estaban antes? A ser amigos.

—¿Hoy qué vas a hacer después del instituto? —le preguntó.

—Nada.

—¿Quieres quedar en Dolores Park? —le propuso Jisu con tanta normalidad como pudo. Quizá necesitaba restarle importancia para acercarse a él.

—Jisu. —Dave por fin se giró hacia ella—. Hemos acabado el trabajo. Ya no hay razón para que sigamos quedando.

A Jisu se le hundieron los hombros y parpadeó deprisa para contener el picor en los ojos. Sus palabras le hicieron mucho daño. Fueron el golpe final al poco orgullo que le quedaba. ¿Así se sintió él cuando ella se marchó corriendo? ¿Lo estaba haciendo a propósito para hacerle ver cómo se sentía? ¿Por qué estaba cabreado con ella? Ella no sabía lo que había pasado entre Sophie y él, él nunca se lo había contado.

—Es decir, no voy a obligarte a que quedes conmigo. No quiero que sientas que debes hacerlo. —explicó Dave.

Dave parecía nervioso, y mantuvo la vista fija en el suelo, hacia el trozo al lado de sus zapatos, como si estuviera demasiado nervioso como para mirarla. Quizá temiese haberse precipitado.

Sí que lo había hecho. Pero no lo había arruinado todo. Quizá lo único que necesitase fuera una señal.

—¿Vas a ir a la fiesta de Tiffany este fin de semana? —Jisu lo intentó una vez más.

—No sé. Depende. —Y por fin la miró—. ¿Tú vas a ir?

—Sí. Perdérsela sería una locura —respondió Jisu—. ¡Deberías ir!

Dave asintió, pero no dijo nada.

Jisu se había quedado sin nada que decir. Volvió a prestar atención a la presentación al frente de la clase. Miró hacia delante con toda la calma que pudo, pero se sentía nerviosa. En su mente, le mostraba la luz verde y la señal de «Adelante» más grande que había. Quería que él la viera. ¿La había visto?

CITA N°27

NOMBRE: Lee Yongi

INTERESES
Cómics, videojuegos, carpintería.

PROFESIÓN DE LOS PADRES
Banquero de inversiones, pediatra.

YONGI: ¿Cuál es tu superhéroe favorito?

JISU: Um… Me gusta Batman.

YONGI: ¡A mí también! Es un superhéroe sin poderes extraños ni mutantes. Hace cosas por Gotham que van más allá del deber.

JISU: Y no viene mal que sea un multimillonario rico con un elegante mayordomo.

YONGI: Ja, es cierto. Y aun así es mi favorito por encima de Superman, Linterna Verde y los otros.

JISU: Ah, a mí también me gusta Wonder Woman.

YONGI: Claro, sabía que dirías algo así.

JISU: ¿Decir qué?

YONGI: Wonder Woman. A todas las chicas que conozco les gusta.

JISU: ¿Pasa algo porque me guste Wonder Woman? Es la leche.

YONGI: Es tan... cliché. ¿No te gusta ningún otro personaje? ¿Tienes que elegirla precisamente a *ella*? Nadie elige a Catwoman o a Supergirl.

JISU: ¿Catwoman no era una villana?

YONGI: Al principio, sí. Pero es más un antihéroe. No es perfecta, pero la apoyas.

JISU: Ya, ya sé la definición de antihéroe. Y técnicamente es una antiheroína.

YONGI: Ya empezamos otra vez con lo de politizar.

JISU: No estoy politizando nada. Meramente constato un hecho.

YONGI: Vale, ¿y elegir a Wonder Woman como tu superhéroe favorito no es una elección política?

JISU: Dices que es político porque he elegido un personaje femenino. Parece como si fueras tú el que dotase ese carácter político.

YONGI: Pues no. Simplemente creo que es interesante que todas las tías digan que les gusta Wonder Woman.

JISU: Bueno, si hubiera más superheroínas entonces no estaríamos teniendo esta conversación. Aunque quizá, si las hubiera, igual te molestase.

YONGI: ¿Qué? No, no me molestaría. Siempre y cuando no dejen de hacer películas de Batman por hacer más películas de Wonder Woman.

JISU: Exacto.

YONGI: ¿Qué quieres decir?

JISU: No puedes apoyar que haya más superheroínas si no estás dispuesto a que Marvel o DC les hagan espacio.

YONGI: Entonces, para repetir lo que tú has dicho, no puedes pretender que se les preste más atención a Wonder Woman y al resto de superheroínas. Es injusto para los superhéroes.

JISU: Te comportas como si las cosas siempre hubiesen sido iguales entre hombres y mujeres. Y no es así. Por eso cuando una superheroína obtiene un poco de atención va a parecerte injusto, aunque no lo sea. ¿Has pensado alguna vez en que lo que a ti te parece normal a alguien le resulte una realidad opresiva?

YONGI: ¿«Realidad opresiva»? ¿En serio? Estamos hablando de cómics.

JISU: No estamos hablando *solo* de cómics, Yongi.

YONGI: Bueno, da igual. Ah, y Batman y Wonder Woman son del mundo de DC, no Marvel. DC y Marvel son distintos.

JISU: Uf. Ya lo sé.

YONGI: ¿De verdad?

JISU: Sí. Cree lo que te dé la gana. No me importa convencerte de todas maneras.

28

Era la primera vez en años que Jisu se levantaba tarde un sábado. Pero no levantarse a las nueve y no hacer apenas deberes antes de comer, no. Sino más bien levantarse pasadas las doce hasta sentir que todas las células de su cuerpo se habían recuperado por completo.

Los últimos meses en la vida de Jisu se habían convertido en una montaña rusa de emociones y el viaje ya estaba a punto de llegar a su fin. La noche anterior Jisu se había aplicado una mascarilla, se había echado diferentes cremas aromáticas en la piel y había rociado con aceite de lavanda la almohada para asegurarse un buen sueño reparador. Poner el teléfono en silencio y desactivar todas las alarmas se le antojó un lujo, así que se escribió una nota metal para hacerlo más a menudo.

A la mañana siguiente, cuando se despertó a las doce y media del medio día, no fue porque la ansiedad o un sueño agitado la hubiesen despertado. Fue la luz del mediodía que bañaba su habitación. Y cuando Jisu se despertó, se sintió preparada para afrontar lo que sea que la vida le pusiera por delante, por muy fácil o difícil que fuera.

Todavía medio dormida, Jisu alargó el brazo hacia la cámara y sacó varias fotos de la luz del sol y las sombras que se veían en las paredes de su dormitorio. Al final consiguió salir de la cama y dirigirse a la planta inferior.

—Me estaba empezando a preocupar —dijo Linda, y le lanzó una sonrisa. Estaba leyendo un periódico y bebiéndose una taza de café en la mesa de la cocina—. He estado a punto de subir a ver si seguías respirando.

—Estoy recuperando horas de sueño. —Jisu bostezó y estiró los brazos—. Siento como si hubiese estado viviendo en piloto automático las últimas semanas.

—Me alegro de que hayas podido descansar. Has estado trabajando mucho. —Linda señaló con la cabeza el ordenador portátil de Jisu—. Acabas de recibir una notificación en el ordenador. A lo mejor todo ese trabajo ha obtenido su recompensa.

Linda empujó el portátil hacia Jisu. Jisu lo giró. No había cerrado la sesión en el portal académico, y había un correo de la Oficina de Admisiones de la Universidad de Chicago. Su corazón se aceleró y Jisu se precipitó a subir las escaleras y a volver a su dormitorio igual de rápido. Cerró la puerta detrás de ella y se acercó al escritorio. Respiró hondo antes de hacer clic en el correo.

> Estimada Jisu:
> Bienvenida y enhorabuena por haber sido aceptada en la Universidad de Chicago.
> Obtener una plaza en nuestra comunidad de estudiantes no es tarea fácil y estamos encantados de que haya elegido la Universidad de Chicago para proseguir con su viaje intelectual.

Jisu pegó un grito antes de poder terminar de leer siquiera. No era una negativa. No era la lista de espera. ¡La Universidad de Chicago la quería a ella, a Jisu Kim, como estudiante!

Mandy entró en su cuarto sin llamar con cara de preocupación.

—¿Qué ha pasado? ¿Qué ha pasado? ¿Estás bien?

Jisu estaba demasiado emocionada como para hablar. Saltando arriba y abajo sin parar, se lo enseñó a Mandy.

—¡Vaya! ¡Enhorabuena, Jisu! ¡Lo has conseguido! ¡Es increíble!

—¡Tengo que llamar a mis padres! —Jisu levantó el teléfono y los llamó de inmediato. Su emoción no dejaba de crecer. Ni siquiera había podido pararse a pensar en la diferencia horaria como normalmente haría. *¿A quién le importa si son las tres o las ocho de la mañana allí? No les importará.*

—¿Jisu? ¿Va todo bien? —respondió la señora Kim, y sonaba adormilada y preocupada a partes iguales. Quizás habría podido esperar unas cuantas horas para contarles la noticia.

—Todo va *genial, omma.* ¡Me acaban de aceptar en la Universidad de Chicago! —gritó Jisu. Oyó a su madre ahogar un grito y luego correr a despertar a su padre.

—La Universidad de Chicago, cariño. ¡La Universidad de Chicago! —anunció la señora Kim—. Jisu-ya, eso es fabuloso. Todos sabemos lo mucho que te has esforzado.

—¡Enhorabuena, Jisu! —se oyó gritar al señor Kim de fondo antes de aclararse la garganta. También sonaba medio dormido. Pero ambos estaban eufóricos por ella.

Para alivio de Jisu, no mencionaron que seguía en la lista de espera de Harvard. Se preguntaba si la emocionaba más ir a Chicago en vez de a Cambridge los siguientes cuatro años. Era mejor ir a una que te diera la bienvenida al instante en vez de aceptar ir a otra que no estuviese tan segura de primeras.

—¡Disfruta del momento, mi Jisu! ¡Te lo mereces! —dijo la señora Kim—. Tu *appa* y yo no se lo diremos a *haraboji*. Dejaremos que lo llames tú. De hecho, deberías probar ahora. Ya sabes que siempre se levanta muy pronto. ¡Estoy orgullosa de ti!

Todo el esfuerzo había merecido la pena para escuchar esas palabras en la boca de su madre. El sí se volvía más dulce gracias a la aprobación de sus padres.

Jisu llamó a su abuelo.

—¡Jisu! ¡Qué manera más maravillosa de empezar el día! —Jisu ya estaba de un humor genial, pero oír a la voz de su abuelo la animó todavía más.

—*Haraboji*, tengo buenas noticias. —Jisu estaba muy feliz; estaba a punto de echarse a reír como las tontas. Su *haraboji* se dio cuenta porque él también empezó a reír.

—¿Qué te tiene tan feliz, Jisu?

—¡Me han aceptado en la Universidad de Chicago! —estalló Jisu.

—¡Vaya! Ahí es donde tú querías ir, ¿verdad? —Su abuelo no entendía del todo qué universidades tenían mejor reputación y cuáles eran mejor para según qué carreras. Él solo se acordaba de que esa era la universidad que ella quería.

—Tus padres se superaron al mandar a su única hija al otro lado del océano a estudiar en un instituto completamente nuevo —dijo su *haraboji*—. Pero, aun así, lo has conseguido, Jisu. Estoy tan, tan orgulloso de ti.

—Gracias, *haraboji*. —Jisu se sorprendió de lo mucho que le costaba hablar. Las palabras de su abuelo le habían removido algo por dentro. Se había sentido rebosante de felicidad y alegría cuando se enteró de la noticia, pero hablar con su abuelo la hacía sentirse fuerte, como si de verdad pudiera lograr cualquier cosa.

—Tengo muchas ganas de celebrarlo contigo, con *omma* y con *appa* cuando vuelva —dijo.

—Yo también tengo muchas ganas.

Fue un día lleno de llamadas emotivas. Jisu quería seguir. Quería llamar a todas las personas que hubiese conocido a lo largo de su vida para contarles que había conseguido entrar en una universidad increíble. Una universidad que *ella* había elegido. ¿Era demasiado temprano para llamar a Euni y a Min? Jisu les mandó igualmente un mensaje por Kakao.

> Hola, chicas. Llamadme cuando podáis. ¡Tengo buenas noticias!

El teléfono de Jisu comenzó a sonar en cuanto lo soltó. Euni estaba enviándole una solicitud de videollamada. Qué rápida.

—¿Qué hacéis despiertas tan temprano? —A Jisu le sorprendió ver que no solo Euni estaba despierta, sino Min también. Estaban vestidas y fuera. Todavía estaba oscuro en Seúl—. ¿Os habéis escabullido para iros de fiesta? ¡Me dijisteis que esperaríais hasta el verano para poder ir juntas!

—¿Qué? ¡No! —se rio Euni.

Ahora Jisu pudo ver con más claridad que llevaban sudaderas, mallas y diademas. Min agarró el móvil de Euni.

—¿Adivina qué? Ahora a Euni le gusta madrugar *y* salir a correr. —Min parecía estar agotada—. Y me obliga a salir a correr con ella.

—¡Min! ¡Fue idea tuya! —gritó Euni desde detrás de ella mientras estiraba las piernas.

—No, yo dije que deberías empezar a hacer más ejercicio por tu salud. ¡Pero no así! —Min se colocó la capucha de la sudadera en la cabeza y gimió—. Yo ya hago suficiente cardio en clase de baile. ¿Tú también crees que debería hacerlo?

—Hombre, no te hará daño —comentó Jisu—. Toda esa resistencia te vendrá bien para llegar a las notas altas *y* no perder el hilo de la coreografía.

—Supongo. —Min puso los ojos en blanco—. Toma, Euni, tu teléfono. Yo también tengo que estirar.

—¿Y cuáles eran las buenas noticias, Jisu? —preguntó Euni.

—Bueno. —Jisu no podía dejar de sonreír—. ¡Me han aceptado en la Universidad de Chicago! La respuesta me ha llegado hoy.

Tanto Euni como Min estallaron en vítores y en gritos. Las tres comenzaron a saltar sin parar.

—¿La Universidad de Chicago? —preguntó Min—. Esa es una de las difíciles, ¿no? Se supone que es más difícil entrar en las de la Ivy League, ¿verdad?

Min podría estar haciéndose la tonta para hacer que a Jisu se la comieran los nervios, pero escucharla hablar de su futura universidad de esa manera era gratificante y la hacía sentirse realizada.

—Es una universidad increíble. —Euni sonreía cual madre orgullosa—. Jisu, ¡estoy tan contenta por ti! ¡Eso significa que podré ir a verte a Chicago!

—¡Y yo te podré visitar en New Haven! —Por una vez, pensar en el futuro no llenaba a Jisu de temor.

—Por cierto, ¿cómo te va con ese chico, Dave? —preguntó Min. Euni le dio un codazo en las costillas, quizás un poco demasiado fuerte.

—¡Au! ¿Qué? —Min se masajeó el costado y atravesó a Euni con la mirada.

—¿Puedes dejarla disfrutar del momento? —oyó que le susurró Euni a Min.

—¿Qué? Creía que se refería a *eso* cuando nos dijo que tenía buenas noticias. —Min se rascó la cabeza y volvió a mirar a la cámara, a Jisu—. ¿Sigue comportándose como un idiota? —Euni volvió a darle un codazo—. ¡Au!

—Euni, no pasa nada —dijo Jisu. No es ningún idiota. Nunca lo ha sido.

—¡Pero engañó a su novia! No me importa lo guapo o amable que sea contigo. Eso es mal presagio en general —empezó a decir Min.

—Pues al final parece que no fue así. —Jisu se preguntó si tenía la energía necesaria para entrar en detalles. No quería deshacer los efectos del sueño reparador ni de la buena noticia de antes.

—¿A qué te refieres? —preguntó Euni—. ¡Suéltalo!

—Al parecer ya había roto con su novia meses antes y estaban siendo discretos.

—Eso significa que no la engañó… ¿entonces es un caballero noble y honorable? —preguntó Euni.

—Sí, ¿a qué estás esperando, Jisu? ¡Lánzate a por él! —Min estaba ahora trotando en el sitio para calentar de manera adecuada, como si las noticias que les había contado Jisu de San Francisco le hubiesen dado un chute de energía.

—No sé. Lo malinterpreté por completo y ahora se está mostrando distante. He perdido mi oportunidad. ¡Y lo intenté! Si de verdad le gustase tanto, lo habríamos solucionado. No creo que quiera seguir siendo amigo mío. —Decirlo en voz alta lo hacía parecer más real, y Jisu volvió a sentirse desanimada.

—Vale, a ver si lo he entendido bien. —Min volvió a hacerse con el móvil y llamó la atención de Jisu—. Este chico es guapo, va a ir a Harvard, viene de una buena familia coreana con la que *ya* te llevas bien y que tan buena impresión le causó a tus padres aquella vez que lo conocieron.

—Y más importante, ¡te gusta! —gritó Euni a espaldas de Min.

—Sí. No es por ponerme modo señora Moon, pero no puedes rendirte con él. —Min hablaba mientras señalaba a Jisu con el dedo.

—Pero bueno, Jisu, si él tampoco está detrás de ti entonces es un idiota. Dejando a un lado su familia y las notas que haya sacado —adujo Euni—. ¿Tienes oportunidad de toparte con él fuera de clase? ¿Un momento donde podáis hablar de verdad?

—Tiffany va a dar una fiesta esta noche en su casa. Es una fiesta para estudiantes de último año. Creo que irá... a menos que esté intentando evitarme.

—Se estaría comportando como un inmaduro si no va a una fiesta por intentar evitarte. Así que, si no va, olvídate de él. Pero si va, habla con él —la aconsejó Euni.

—¡Pero ya lo he intentado! No quiere tener nada que ver conmigo.

—Vale, pero cuanto intentaste hablar con él, ¿cuánto tiempo había pasado desde el incidente? —inquirió Min.

—No lo sé... fue como una semana o así después.

—Jisu, si algo he aprendido de todas las competiciones de baile que he ganado es que no hay nada más frágil que el orgullo y el ego de un tío. Necesita tiempo para lamerse las heridas. Y entonces entrará en razón.

Min no era de las que siempre daba buenos consejos, pero lo que decía tenía sentido. Quizás Dave solo necesitara espacio.

—Bueno, aunque pudiera hablar con él en la fiesta, no tendré mucho tiempo. Tengo que salir antes para ir a una *seon*.

—¿Sigues yendo a esas? —preguntó Min—. Creía que ya las habías dejado después de la veinticinco.

—No, la señora Moon sigue concertándomelas. Tengo una esta tarde, que será la número veintiocho —conté—, y luego otra después de la fiesta de Tiffany, la desafortunada número veintinueve.

—¿Dos *seon* consecutivas en un día? Joder, Jisu. ¿Estás segura de que no eres tú la que está jugando con los pobres hombres? —bromeó Euni.

—No me interesan. Son solo un pasatiempo —contestó Jisu.

—Hablas como una auténtica *femme fatale* —dijo Min. Ahora estaba haciendo saltos de tijera.

—Bueno, Jisu. Min y yo tenemos que seguir corriendo. Cuéntanos cómo va todo. ¡Y enhorabuena otra vez por lo de la Universidad de Chicago!

Las chicas se lanzaron besos en la distancia y colgaron. Jisu deseó poder ir a correr con ellas, por mucho que allí fueran las cinco de la mañana.

Miró la carta de la Universidad de Chicago en el ordenador y la adrenalina volvió a correr por sus venas.

> ¡Adivinad quién acaba de entrar en la Universidad de Chicago!

Jisu envió el mensaje al grupo de chat de Wick que tenía con Hiba, Jamie y Tiffany.

> **HIBA**
> ¡OH, DIOS!

> **JAMIE**
> Geniaaaaaaal.

> **TIFFANY**
> Síí. ¡TOMA, JISU! Me muero de ganas de celebrarlo en mi fiesta esta noche.

Con cada *din* y respuesta de júbilo, el corazón de Jisu se henchía de alegría. Tenía muchas ganas de verlas luego. Ojalá pudiese saltarse las *seon* veintiocho y veintinueve.

Los dedos de Jisu se detuvieron sobre la pantalla del móvil. Quería mandarle un mensaje a Dave para contarle la buena noticia a él también.

Quizás fuera el subidón de la emoción por haber sido aceptada mezclado con el abundante apoyo y la adulación de sus padres y amigas, pero pensar en Dave hizo que se le acelerara el corazón. Era un chico coreano que había impresionado a sus padres, y justo por eso mismo se había resistido a mirarlo con ojos románticos. Pero también era muchas otras cosas. Era amable y cariñoso. Impresionaba con lo inteligente que era, pero nunca presumía de ello. Era divertido y sabía cómo hacerte reír. Caminaba con decisión y determinación.

Jisu no iba a mandarle ningún mensaje. Iba a verlo en la fiesta de Tiffany, donde le contaría lo de la Universidad de Chicago. Y le diría cómo la había hecho sentir: vista, escuchada y completa.

CITA Nº28

NOMBRE: Park Jimin (Jimmy)

MODELOS A SEGUIR
Lionel Messi, Mia Hamm, Pelé.

PROFESIÓN DE LOS PADRES
Profesor de literatura coreana; embajadora estadounidense.

JISU: ¿Quiénes son tus ídolos?

JIMMY: Esa es fácil. Pelé, Lionel Messi y Mia Hamm.

JISU: ¡Te gusta el fútbol! Ya lo pillo.

JIMMY: Ja, ja, sí. Es más que una afición.

JISU: Qué bien. A mí me apasiona la fotografía, así que lo entiendo.

JIMMY: Y dime, ¿cómo te va el último año? Me da la sensación de que o la gente está supercalmada o estresada durante el último curso.

JISU: Bueno, pues no cabe duda de que yo soy del grupo de los híper estresados.

JIMMY: ¡Oh, no! ¿Por qué? ¿Por lo de la universidad?

JISU: Sí, sobre todo eso. Me han admitido en algunas...

JIMMY: ¡Qué bien!

JISU: Y otras pocas me han dejado en lista de espera. ¿Y tú? ¿Muy calmado o agobiado?

JIMMY: Superrelajado. Nunca me siento agobiado. No hay nada que me haga sentir así.

JISU: ¿En serio? ¿Nada? ¿Y si Messi sufriera una lesión grave?

JIMMY: Tendrá los mejores médicos. Siempre se recupera.

JISU: ¿Y si muriese?

JIMMY: Vale, eso ya es nefasto. Estamos hablando del Rey del Fútbol.

JISU: Te descompones tan solo de pensarlo. Creo que hemos averiguado qué te estropea toda esa calma.

JIMMY: Estuve fatal cuando Estados Unidos no se clasificó para el último Mundial. Fue horrible. Estoy bastante seguro de que se me rompió el corazón.

JISU: Pero Corea del Sur participó ese año.

JIMMY: Sí, gracias a Dios. Nunca he estado en Corea, pero soy coreano. Así que me alegra haber tenido un equipo al que animar. Además, todos se parecen a mí, ¡lo cual mola!

JISU: ¿Y cómo es que te sientes «superrelajado» ahora mismo? Incluso mis amigos, aun habiendo entrado en las universidades de sus sueños, siguen esforzándose en clase para que no les retiren la plaza.

JIMMY: La verdad es que he entrado en Notre Dame no por mis notas, que no es que sean tan malas, sino por mi habilidad en el fútbol. Me voy a abrir paso en la universidad jugando. Va a ser genial.

JISU: Eso está genial. ¿Qué quieres estudiar en Notre Dame?

JIMMY: La verdad es que no lo he pensado. Creo que, si puedo, intentaré hacerme profesional. Solo estoy centrado en jugar.

JISU: Vaya. Me recuerdas a alguien.

JIMMY: Ah, ¿conoces a alguien que intenta llegar a ser profesional?

JISU: No. Y ni siquiera practica el mismo deporte.

JIMMY: ¿Cuál?

JISU: Surf. ¿Se considera siquiera un deporte universitario?

JIMMY: Seguramente no, ¿no?

JISU: Ya, está enfrascado en ello. Solo quiere comer, dormir, surfear y vuelta al principio.

JIMMY: Solo tener que comer, dormir y jugar al fútbol sería un sueño.

JISU: Ya... no sé si hay algo que me haga sentir así. Necesito más aficiones.

JIMMY: Oye... ¿tienes planes para hoy? ¿Quieres que vayamos a algún sitio? Podemos ver una peli o algo en mi casa.

JISU: Eh, no puedo. Una amiga da una fiesta en su casa y no me la puedo perder. De hecho, voy tarde y ya debería estar en camino. ¡Pero ha sido un placer conocerte!

29

Jisu se pasó todo el camino a casa de Tiffany pensando en cómo encontrar a Dave y hablar con él. Pero no fue necesario. Fue la primera persona a la que vio en cuanto entró por la puerta.

Él asintió. Se acercaron y se encontraron en mitad de la estancia.

—He oído que has entrado en la Universidad de Chicago. Felicidades —la felicitó Dave en tono más suave. Le chocó los cinco. Fue un gesto amistoso, pero no el que ella quería—. Me preocupaba que no fueras a venir —dijo.

¿Le seguía importando? ¿O se mostraba amable porque sí?

—Tiffany me odiaría si me la perdiera. —Jisu buscó a Tiffany por la sala. Se había preparado para ese momento, para el cara a cara con Dave, pero sentía cosquillas en el estómago y mirar a Dave a los ojos le resultaba difícil.

Nunca le había pasado aquello con él.

—Ya. —Dave se miró los pies—. El otro día me porté como un capullo en clase de la señora French. Así que pensaba que intentarías evitarme. Lo siento.

La volvió a mirar. De repente, Jisu dejó de temer mirarle a los ojos.

—Cuando te besé fue porque me gustas. Estoy loco por ti, Yiis.

Los latidos del corazón de Jisu no se aceleraron debido a la anticipación, sino que los sintió más fuertes y regulares de la alegría. El resto de su cuerpo parecía elástico e ingrávido. Agradecía estar apoyada contra la pared, porque sin ella quizá se hubiera derretido en un charco de emociones. Sentía lo mismo que él le había confesado. Cogió la mano de Dave y entrelazó sus dedos con los de él.

—Ojalá pudiéramos volver a estar solos en la grada. Esta vez sería distinto —le aseguró ella.

—¿Te refieres a que no te sonrojarías ni te marcharías cabreada? —bromeó Dave. Parecía como si al instante hubiesen vuelto a la normalidad. *Por fin.*

—¿Y si nos vamos? —propuso él.

—En primer lugar, Tiffany me lo recriminaría hasta Dios sabe cuándo —empezó Jisu—. Y también… me tengo que ir pronto igualmente. Tengo que ir a una *seon*… ¡pero esas citas no significan nada! De verdad. —Jisu trató de calmar el nudo de ansiedad que tenía en el estómago mientras esperaba ver su reacción.

—Bueno, no eres la única con la que la gente hace cola por salir. Yo también tengo que ir a la mía. —Sonrió Dave.

Jisu lo miró, confundida.

—¡Es una broma! —admitió él mientras la atraía hacía sí para darle un abrazo tranquilizador—. Bueno, algo así. Desde que mi madre se enteró de que había roto con Sophie, ha estado intentando concertarme citas a ciegas. Lo hago solo por ella.

—¿Sabes quién es tu cita?

—Es la hija de una amiga de una amiga de mi madre… o eso creo. —Juntó las manos como si se le hubiese encendido la bombilla—. ¿Cuándo es tu *seon*?

—Pronto. De hecho, debería irme dentro de poco. Me gusta llegar temprano.

—La mía también es esta noche. Deberíamos deshacernos de ellos y quedar luego —le sugirió Dave.

—Vale, ¡pero no seas borde con tu cita! Yo siempre voy con la mente abierta. Me refiero a que sé que no llegará a nada, pero…

—¡No! No seas demasiado simpática. —Dave colocó las manos sobre los hombros de Jisu—. No te puedo perder por un cualquiera.

Jisu se sintió liviana, ingrávida, como si pudiese flotar en el aire y lo único que la anclase fueran los brazos de Dave sobre sus hombros.

—Eso no va a pasar de ninguna de las maneras. Va a ser mi cita número veintinueve. Y cualquier número con el nueve es mi número de la mala suerte.

Jisu llegó a El Farolito con diez minutos de antelación por si su cita también llegaba antes. Se quedaría una hora o menos y después se reuniría con Dave. Ese era el plan.

—Un burrito de carne de res para comer aquí, ¿verdad? —le preguntó el hombre tras el mostrador.

Jisu ya se había convertido en clienta habitual de El Farolito. Los deliciosos burritos superrellenos hacían que volver fuera decisión fácil, pero el sitio también se había convertido en uno de los lugares de encuentro para sus *seon* en San Francisco. Le encantaba no tener que quedar en el vestíbulo de un hotel lujoso cubierto de mármol italiano y del que pendían candelabros ostentosos. Y con cada *seon* se olvidaba del recuerdo agridulce en El Farolito con Austin, que fue el primero que la llevó a comer burritos allí, y donde también vio a Dave con Sophie por primera vez.

Jisu pidió y se sentó en una mesa, preguntándose como sería su cita.

Le vibró el móvil. Un mensaje de Dave. ¿Tan pronto?

> Acabo de llegar a mi cita. Y es una chica espectacular. Puede que quiera ver a dónde lleva esto...

¿Qué? Aquello fue un giro de 180 grados de lo que le había dicho hacía una hora. Jisu se quedó mirando el móvil, confusa.

—Y también creo que el veintinueve puede ser tu nuevo número de la suerte. O no. Ya sabes que no hay números malditos, ¿verdad?

Jisu alzó la vista. Dave estaba frente a ella. Dave Kang. El corazón le explotó en el pecho, expandiéndose como la floración de una planta a cámara rápida. La felicidad la embargó. Era tan tangible que lo sentía hasta en los huesos. Por un momento se desmayó, pero volvió en sí con el latir desbocado de su corazón. *Dave* era su vigésimo novena cita. ¿Cómo?

—Supongo que la amiga de la amiga de mi madre conoce a alguien que tú conoces. —Dave le sonrió y se sentó al otro lado de la mesa.

343

—No puede ser. Las organiza una casamentera profesional, la señora Moon. Tuve que mandar una solicitud para que me considerase como clienta y todo. No es una simple situación de conocer a amigos de amigos.

—Espera, ¿la señora Moon? Esa es la amiga de la amiga que me mencionó mi madre. —Dave soltó una carcajada—. Apuesto a que intentaba aparentar tranquilidad para que no me volviese loco por hacer uso de un servicio profesional de emparejamiento.

—Supongo que estás más metido en la comunidad coreana de lo que pensaba. —Le sonrió Jisu—. Y lo de los números de mala suerte es verdad, en serio. Si quieres ser coreano de verdad tienes que permitirte ser un poco supersticioso.

—Entonces, ¿significa eso que soy tu cita de la mala suerte? —preguntó Dave.

Jisu se echó a reír. No se había sentido tan afortunada jamás.

> #### Cita Nº29
>
> NOMBRE: Kang Daehyun (Dave)
>
> ---
>
> INTERESES
> Debate, ciencias medioambientales, *lacrosse*, fútbol.
>
> ---
>
> LOGROS
> Capitán del equipo de fútbol, admisión anticipada en Harvard.

JISU: Técnicamente eres mi cita número treinta. Porque Austin también cuenta como una, en algún momento entre las *seon* quince y veinte.

DAVE: ¿Podemos no hablar de ese chico?

JISU: Y ya sabes lo que es el número treinta, ¿no?

DAVE: ¿Qué?

JISU: Se considera el número más afortunado en Corea.

DAVE: ¿En serio?

JISU: No, me lo acabo de inventar. Vaya, no sabes nada de la cultura coreana.

DAVE: Y otra vez con lo mismo. Soy muy coreano, que lo sepas. Incluso tengo un nombre coreano.

JISU: ¿En serio? ¿Cuál?

DAVE: Vale, volvamos a empezar la *seon*.

JISU: Hola, soy Jisu.

DAEHYUN: Yo, Daehyun.

JISU: ¡Un nombre coreano! Pero ¿has nacido y crecido aquí?

DAEHYUN: Sí, tú te mudaste aquí desde Seúl no hace mucho, ¿no?

JISU: Sí, a mis padres se les ocurrió de última hora que sería buena idea venir a estudiar a San Francisco y me hicieron cruzar todo el Pacífico. Así que aquí estoy.

DAEHYUN: No te diré que lo comprendo. Soy incapaz de imaginarme mudándome a otro país.

JISU: No ha sido fácil. Pero he conocido a gente que ha hecho que merezca la pena.

DAEHYUN: Parecerá una tontería, pero la verdad es que ahora mismo estoy un poco nervioso.

JISU: ¿En serio? ¡Es como si hubiésemos quedado sin más!

DAEHYUN: Lo sé, pero es mi primera *seon*. Incluso decirlo hace que suene oficial y formal. Y me estás poniendo nervioso. Incluso les he pedido consejo sobre citas a algunos amigos.

JISU: ¿Y qué te han dicho?

DAEHYUN: Que la amabilidad está sobrevalorada. Y que la clave son los gustos en común y lo que no nos guste. Pero pusieron énfasis en lo segundo. ¿Has ido a muchas *seon* aquí y en Seúl?

JISU: Sí, pero en ninguna me fue bien… a la vista está. He conocido a chicos estupendos y aún soy amiga de algunos de ellos. Pero no he tenido química con ninguno, ya sabes. Me encanta conocer a gente nueva, pero lo cierto que es que estoy cansada de las *seon*.

DAEHYUN: Estoy seguro de que el chico adecuado hará que no tengas más. Pareces saber lo que quieres.

JISU: ¿Y tú qué quieres? ¿Qué pretendes sacar de las *seon*?

DAEHYUN: La verdad es que tengo novia, lo cual me perjudicará a la larga si sigo saliendo a escondidas. Solo vengo a estas citas para contentar a mi madre. Odia a mi novia.

JISU: Vaya, qué mal. Tenía la sensación de que esta vez podía salir bien.

DAEHYUN: Bueno, encantado de conocerte, Yiis.

JISU: ¿Me has llamado Yiis? Odio los apodos. Sobre todo, cuando me los pone alguien al que acabo de conocer.

DAVE: Espera, ¿me lo dices en serio? Te he llamado Yiis desde siempre, desde el primer día que nos vimos. ¿Por qué no me habías dicho nada?

JISU: ¡Porque me ha acabado gustando! Me siguen sin gustar los apodos, aunque tú me puedes seguir llamado Yiis. Pero nadie más. Solo tú.

Nota de la autora

Me enteré de las citas a ciegas *seon* por mi mejor amiga de la universidad, que es coreana y cuyos padres le organizaron varias de esas citas. Acabo casándose con un hombre genial que conoció en un bar, sola, y sus padres se alegraron muchísimo. Aunque la mayoría de las citas *seon* suceden entre parejas universitarias o después de la universidad, pensé que sería divertido escribir una novela juvenil adulta que mostrase este diseño tradicional de citas. Sin embargo, al establecer el marco de las *seon* en el instituto, me he tomado algunas libertades como escritora de ficción. Esta historia no representa las experiencias surcoreanas o coreanas-estadounidenses con una casamentera, sino que es una mera comedia romántica ligera afincada en una cultura a la que soy afortunada de pertenecer a través de mis amigos y familiares. Cualquier error o malentendido en el texto es solo mío.

Mi querida cuñada, Christina Jiyoung Hwang, inspiró esta novela por su propia historia de inmigración a Estados Unidos desde Corea del Sur, sola, como estudiante internacional cuando estaba en su primer año de instituto. Christina ha sido un pilar fundamental y una fan entusiasta de esta novela desde el principio, y le agradezco su generosidad, su buen humor y su ojo crítico en busca de incongruencias.

Agradecimientos

Gracias a todos en Inkyard Press, sobre todo a mi maravillosa editora, Natashya Wilson. Gracias a mi familia de 3Arts: Richard Abate y Rachel Kim. Gracias a mis amigos y familiares, sobre todo a los DLC: mamá, Aina, Steve, Nicholas, Joseph, Chit, Christina, Seba y Marie; y a mis hermanas coreanas, Carol Koh Evans y Jennie Kim (y su madre, JJ Kim, ¡que también es como mi madre!). Gracias a Mike y a Mattie por aguantar todos mis plazos. Y mucho amor para mis fieles lectores.